シャーロック・ホームズたちの新冒険

田中啓文

非公式の演奏会に招かれた元医者のワトスン。荘厳な演奏に聴き入る彼だったが、ステージから上がった医者を求める声に駆けつけると、そこには胸を撃ち抜かれたホルン奏者の死体があった。公衆の面前で起こった殺人事件を“ヴァイオリン奏者”のホームズと共に解き明かす！　ベイカー街で出会わなかった二人の、“最初の事件”を描いた「ホームズ転生」ほか、〈黒後家蜘蛛の会〉の面々が挑む、アイザック・アシモフがアーサー・C・クラークに宛てた手紙の謎「二〇〇一年問題」など全五編を収録。誰もが知る名探偵や著名人の知られざる冒険譚を描いた『シャーロック・ホームズたちの冒険』に続く斬新奇抜な本格ミステリ短編集！

シャーロック・ホームズたちの新冒険

田中啓文

創元推理文庫

THE NEW ADVENTURES OF SHERLOCK HOLMESES

by

Hirofumi Tanaka

2018

目次

シャーロック・ホームズたちの新冒険

トキワ荘事件

漫画は子供の心を明るくする
漫画は子供の心を楽しくする
だから子供は何より漫画が好きだ
「漫画少年」は、子供の心を明るく楽しくする本である
「漫画少年」には、子供の心を清く正しくそだてる小説と読物がある
どれもこれも傑作ばかり
日本の子供たちよ「漫画少年」を読んで清く明るく正しく伸びよ!!

加藤謙一《かとうけんいち》「漫画少年」創刊のことばより

昭和二十八年のはじめだった。私は、ひとりの人物を案内して椎名町《しいなまち》へとやってきた。駅を出て少し進み、目白《めじろ》通り沿いに西へ曲がる。かなり歩くと交番のある分かれ道に出るので右側の狭い道を進む。もう夕暮れどきで、道の両側に続く畑が赤く染まっていた。人家や店は少なく、あとは畑ばかりだ。

「寒いね」

歩きながら、彼は私に言った。分厚いコートを着ているが、それでもまだ足りないらしい。

「部屋に火鉢《ひばち》はありません。ぼくのところから持っていきますよ」

「そうじゃないよ」

ベレー帽をかぶり、黒縁《くろぶち》の眼鏡をかけた男は、笑いながら手を振った。

「ずいぶん寒々としたところだな、と思ったものでね。駅前にもなにもない。畑ばかりじゃないか」

「喫茶店も洋菓子屋もラーメン屋も……文房具屋だってあります。それに、このあたりの沿線はたいがいこんなもんですよ」

「それは知ってるよ。まあ、住めば都だからな」

枯草に覆われた広い空地があり、その奥に「それ」は建っていた。木造モルタル二階建てアパート。ここが我々の目指す場所だ。

「さあ、着きましたよ」

建物の右側にある玄関には「トキワ荘」という看板が掲げられている。私が扉を開けても、男は入ろうともせずにその場に立ち、腕組みをして全体を眺めている。

「ふーん……」

「どうかしましたか」

「いやあ……去年建ったところだと聞いてたもんだから、もっと新しくてぴかぴかなのを想像してたんだが、案外古ぼけてるね」

「そうですか？」

鞄《かばん》と風呂敷を持ってなかに入る。私もここの下宿人のひとりなので、話は早い。大家への挨拶を簡単に済ませたあと、玄関正面の階段を二階に上がる。廊下を挟んで五部屋ずつ、合計十部屋が並んでいる。

「先生の部屋はここ……十四号室です」

私は階段に一番近い四畳半を指差し、ガラスの引き戸を開けた。

「ほう、机も本棚もきてるじゃないか」

「先に運び込んでおきました。今からでも仕事にかかれますよ」

「勘弁してくれよ」

彼は笑いながら、風呂敷をほどいた。

「荷物、少ないですね」

「ああ、座布団もないんだ」

「カーテン吊りましょうか」

「そんなもの、しないよ。どうせここも仮の宿だ。一年もしないうちに引っ越すことになるからね。――きみの部屋は？」

「ぼくはあっちです」

彼は畳に座り、あちこちをきょろきょろ見回した。襖《ふすま》紙に奴《やっこ》さんの絵がたくさん印刷されており、それをしげしげと見つめながら、

「どうしてこの下宿にしたの？　学童社《がくどうしゃ》まではずいぶん遠いじゃない」

「うちの高橋《たかはし》が見つけてきたんですけどね、ぼくは新婚なもんであまり会社に近いのもどうかと思ってここにしました。池袋《いけぶくろ》線の沿線には馬場《ばば》のぼる先生、島田《しまだ》啓三《けいぞう》先生をはじめ漫画家がたくさん住んでらっしゃるので、原稿をいただきに回るのに都合がいいんです。それに、建てつけは悪いですが一応新築ですし……」

「たしかに建てつけは悪いねえ……」

「いいアパートですよ。住んでるぼくが言うんだから間違いありません」

「うーん……」

「とにかくここに住んでもらわなきゃ困るんです」

「もう荷物も運んじゃったから住むけどさ、どうしてここにそんなにこだわるんだい。アパートなんてほかにもたくさんあるんだから」

「いえ……ここでないとダメなんです」

彼は首をかしげながら、

「ということは、下宿人はぼくときみのほかはみんな勤め人なんだね。まえの八百屋みたいになったら困るなあ……」

八百屋というのは、彼が昨日まで住んでいた四谷《よつや》の下宿のことである。一階の八百屋が大家で、二階が下宿になっていたのだが、彼の原稿を取るために私をはじめとする各社の編集者が大勢徹夜で詰めているうえ、ときには大騒ぎするので驚いた大家から苦情が頻発《ひんぱつ》し、結局、出て行かざるをえなくなったのだ。

「今はそうですが、そのうちにここは若い漫画家ばかりが住むようになりますよ」

「ははは……そんな馬鹿な」

「いえ、本当です。このアパートの名前はやがて日本中のひとが知るようになるはずです」

「まさか。ぼくもどうせすぐに出て行くと思うよ」

「それはそうなんですが……でも、先生がまず一度、このアパートに住むということが重要なんです」

「なにを言ってるのかよくわからないな」

「ここはいずれ、漫画好きのこどもたち……いや、大人たち、漫画家志望の若者たちにとっての聖地になります。そうなってもらわなくては困るんです」

彼は眼鏡を拭くと、

「加藤さんはときどき変なこと言うよね。ははは……そこが面白いんだけどさ、まるで預言者だ。――でも、本当にいつか、漫画家志望の才能のある若いひとがたくさん出てきて、漫画がもっともっと盛んになっていってほしいよね」

「なりますよ。絶対に……そうしてみせますよ」

「それには『漫画少年』がもっと売れないと……っていうわけだろう。ははは……しょうがない、じゃあ仕事します」

机と布団しかないがらんとした新居で、彼は猛然と作業をはじめた。彼のペン先からは新しいキャラクターが、背景が、物語が、とんでもないスピードで生み出されていく。そして、いきいきと動き出すのだ。それは私が見ていてもまるで魔法のように見えた。

「じゃあ『ジャングル大帝』の次回分、よろしくお願いします」

私は、一心不乱に仕事をしている彼の背中に声をかけると、そっと部屋を出ようとした。そのとき、脱いで手に持っていた私の背広の内ポケットから一冊の本が落ちた。彼は耳ざとく振り返ると、その本の表紙に目をやった。

「『イナゴ身重く横たわる』……？　変わったタイトルだね。小説かい？」

私はあわててその本を隠し、

「まあその……SFみたいなものです」

「SFかい！　大好きなんだ。ぼくにも貸してくれよ」

「あ、はい……読み終わったらお貸ししますよ」

私は部屋を出た。危ないところだった。自分の部屋に戻るため廊下を歩きながら、私はひとつの大きな仕事をやり終えた満足感と安堵《あんど》感でいっぱいになっていた。

（これがすべてのはじまりなんだ……）

皆さんもうおわかりだろう。彼の名前は手塚治虫《てづかおさむ》。のちに漫画の神様と呼ばれる人物だ。

私の使命は、彼をここ……トキワ荘に住まわせること。あと、どうなるかはわからない。すべては歴史の流れに身をゆだねるしかないのだが……。

そうそう、じつは私や私がやっていることは、これからはじまるお話にはほとんど関係がないのです。だから、私は一度舞台から引っ込み、舞台袖から手塚先生をはじめとする登場人物の活躍ぶりを拝見させてもらうことにしたい。最後にまた出てくるつもりなので、その時まで忘れないでくださいね。

では、のちほど。

◇

カーテンの隙間から朝の光が差し込んでいる。

「もう朝か……」

彼は長い腕を天井に向けて大きく伸びをすると、カーテンを開けた。眩《まぶ》しい。長時間ずっと原稿を見つめていたせいだろう。藤本弘《ふじもとひろし》はあわててカーテンを閉めると立ち上がり、首をコキコキと動かし、身体を反らして体操の真似事をした。顔を洗おうと廊下に出て、右斜めまえにある台所に入ると、さきに顔を洗っている男がいた。ひょろりと背の高い藤本とは対照的にずんぐりとした体形で、じゃがいものような顔をしている。

「やあ、石森《いしもり》氏」

藤本が声をかけると、

「やあ、藤本氏。徹夜かい？」

「『ぼくら』の今月分八ページがどうにも進まなくて……結局徹夜になってしまった」

「なんだ、たった八ページか」

「たったはひどいな。これでもがんばってるほうだ」

「がっはっはっ……申し訳ない。でも、俺なんか昨日今日で『少女クラブ』の別冊四十枚仕上げるんだ」

「よ、四十枚……？　そりゃすごい」

石森章太郎《しょうたろう》は、本名を小野寺《おのでら》章太郎といい、去年宮城から上京してきたばかりだ。まだ十九歳だがそのセンスと筆力はものすごく、トキワ荘に住む若手漫画家たちのなかでも群を抜いていることを藤本も認めざるをえなかった。しかも、たいへんな勉強家で、毎日一冊本を読む。なかでもSF小説が大好きで、同じSF好きとして藤本とは馬が合った。最近、元々社《げんげんしゃ》という出版社から刊行されたロバート・ハインラインの『人形つかい』、ロバート・シェクリイの『人間の手がまだ触れない』、フレデリック・ブラウンの『発狂した宇宙』、ウィルソン・タッカーの『未来世界から来た男』……といった海外SFの名作を、藤本は石森たちと手分けして購入し貸し借りしあっていた。

「たいしたことないよ。まあ、赤塚《あかつか》が手伝ってくれてるからできるんだがね」

赤塚不二夫《ふじお》は石森の三歳上だが、その卓越したギャグ漫画が世に認められず、今は石森のアシスタントが主な仕事だった。

「いやあ、石森氏の描くスピードは手塚先生並みだと思うよ。ぼくらはふたりがかりでもとうていかなわない」

石森より一年半ほど早く富山から上京してきた藤本は、同郷の安孫子《あびこ》素雄《もとお》と藤子不二雄《ふじこふじお》というペンネームで合作を行っていた。合作といっても、この連載は自分、こっちはおまえ……みたいに分担することもあるし、本当にふたりで描く場合もある。そして、原稿料は折半《せっぱん》である。「絵」という、個性が滲《にじ》み出るものを扱う漫画家としては、世にも珍しい創作形態だと思うが、こどものころからずっとこのやり方でやってきたので本人たちに違和感はない。

「とんでもない。手塚先生は別格だよ。速さだけじゃない。量もすごいし、なにより毎月あれだけたくさん描いて、そのどれもがものすごく面白いというのがすごい。しかも、それをずーっと続けておられるんだぜ」

「そうだな。手塚先生は別格だ」

彼らにとって手塚治虫は、ただの先輩漫画家というだけでなく、「神様」的存在だった。手塚が描いた『新宝島』という作品はそれまでの日本の漫画の概念を大きく変えた。その後矢継ぎ早に発表された『ロストワールド』や『来《き》るべき世界』といった作品によって手塚治虫は一躍、日本中の漫画好き少年少女のヒーローとなり、それを、石森は宮城で、藤本と安孫子は富山で、赤塚は奈良で読み、脳天をかち割られるほどの痛烈なショックを受けた。そして、自分もこんな漫画が描いてみたい、と思うようになった。漫画家を志した彼らはそれぞれ模索しながら努力を重ね、ついには上京するに至ったわけだが、その根源にあったのは手塚漫画との出会いなのである。

手塚治虫が「漫画少年」という学童社の雑誌の読者投稿欄の選者をしていたので、漫画家志望者たちはこぞってその雑誌に投稿した。のちにプロ漫画家として有名になるセミプロたちのほとんどが「漫画少年」の投稿者だったと言っていい。

「俺たちがこの下宿に住んでるのも、もとはといえば手塚先生がいらっしゃったからだ。先生がここに住んでなけりゃ、みんなと知り合うこともなかった」

石森はしみじみと言った。そのとおりだ、と藤本は思った。なにも知らずに田舎から出てきて、東京のど真ん中に放り出され、一寸先のこともわからない漫画家という仕事を続けるプレッシャーや孤独感は相当なものだ。このトキワ荘にいる仲間たちはもちろんライバルでもあるが、ときに余人にはわかりえぬ不安、焦燥感、創作上の悩みなどを話し合える、かけがえのない友なのだ。トキワ荘がなかったら、トキワ荘の友人たちがいなかったら、

(漫画家を辞めていたかもしれない……)

藤本は本気でそう思っていた。

手塚治虫がこのトキワ荘に下宿したのは、学童社の加藤という編集者が住んでいたから……というだけの理由にすぎなかった。その証拠に手塚は、二年にも満たぬうちにトキワ荘を出て雑司《ぞうし》が谷《や》のアパートに転居しており、もうここにはいないし、加藤も居をよそに移している。しかし、手塚がここに入居したすぐあとに、寺田《てらだ》ヒロオ、藤本弘と安孫子素雄、石森章太郎、赤塚不二夫、森安《もりやす》なおや、鈴木《すずき》伸一《しんいち》……といった青雲の志を抱く若い漫画家たちがつぎつぎとトキワ荘に集まってきた。藤本と安孫子は、

「敷金はそのままにしておくからね」

と手塚が住んでいた部屋を敷金付きで譲られたのである。トキワ荘はまさしく漫画界の梁山《りょうざん》泊《ぱく》の様相を呈していた。手塚がここにいたころは漫画家が他にひとりもいなかったことを思うと、考えられない展開である。

「さあ……これから戦争だ。じゃあ、藤本氏」

「ああ、石森氏、がんばって」

石森章太郎が台所から出て行ったあと、藤本が顔を洗おうとすると、入ってきたのは上背のある、がっしりした体格の人物だった。天然パーマで、鼻が大きく、目が細い。両手に鍋と味噌、大根を持っているのは、今から味噌汁を作るらしい。

「テラさん、おはようございます」

「ああ、おはよう……と言いたいところだが、その様子では徹夜明けみたいだね」

「あ、はい、そうです」

テラさんこと寺田ヒロオは真面目な顔つきで、

「徹夜は良くないよ。身体にも悪いが、ぼーっとした頭じゃ良い案も出てこないし、絵だって雑になる。そんな漫画を読まされるこどもたちがかわいそうだと思わないのか」

「は、はい……」

「ぼくは徹夜はしない。どんなに忙しくても、数時間は眠るよ。そうしないと身体を壊してしまう。きみたちや石森くんを見ているとと徹夜が常態化しているようではらはらするよ。漫画家は身体が資本なんだ」

「毎晩眠れるように、仕事のペースを配分するんだ。きみたちは、映画を観《み》に行ったり、遊びに行ったりして、時間がなくなった分を埋め合わそうと徹夜でしゃかりきに描いているんだろう？　スケジュール管理をするのも仕事のうちだよ。よく寝て、しっかり朝ごはんを食べて、さあ、今日もやるぞ！　という活力を出すんだ」

「わかりました。以後、気を付けます」

「そ、そうですね」

寺田ヒロオも、学童社の加藤がこのアパートに下宿させた若い漫画家のひとりだった。彼は「漫画少年」の漫画投稿欄の選者を手塚治虫から引き継ぐ形で担当していた。たいへんに面倒見が良く、金はないがやる気に満ち溢《あふ》れた後輩たちを兄貴分としてサポートした。ときには人生を教え、ときには金を貸し、ときには漫画について意見をした。率直で厳しいこともずばずば言うが、それはどうしてもだらしなくなりがちな若い連中になんとかきちんとした社会生活を送らせたい、という愛情から出た言葉だとみんなわかっていた。寺田がトキワ荘にいなかったら、後輩たちの何人かは身体を壊したり、借金を重ねたりして漫画家を続けられなくなっていたかもしれない。

台所を出た藤本は、階段横にある安孫子素雄の部屋に入った。ここはもともと手塚治虫が住んでいた部屋で、以前はこの四畳半に藤本も同居していたのだが、今はその隣の部屋に移っている。引き戸を開けると、安孫子は寝ていた。机のうえには描きかけの原稿があり、ペン入れもかなり進んでいるようだった。

藤本が安孫子と出会ったのは小学生のときだ。すぐに意気投合して親友になり、以降は険しい「まんが道」をふたりで歩んできた大事な相方だ。布団のかたわらには最近ふたりで買った8ミリ撮影機が置いてある。安孫子は8ミリで自主映画作りに夢中なのだ。

「むにゃむにゃむにゃ……」

なにか寝言を言っているが聞き取れない。トレードマークの黒縁眼鏡をかけたままぐっすり眠っているその寝顔を見ていると、藤本は悪戯《いたずら》をしたくなってきた。藤本も安孫子も悪戯好きで、トキワ荘の住人たちはたびたびその犠牲になってきた。たいていはふたりでほかのだれかに悪戯を仕掛けるのだが、今日は自分が相方になにかしてやろうと思ったのだ。そこにあった筆に墨汁《ぼくじゅう》をたっぷりふくませる。ヒゲや頰《ほ》っぺたに落書き……なんて古臭い。藤本はその筆で安孫子の眼鏡を黒く塗った。これでよし。

藤本はほくそ笑みながら自分の部屋へと戻った。顔を洗って気合いを入れ直し、もうひとふんばり……と思ったが、ちょっと仮眠を取るか……。世間ではサラリーマンが出勤する時刻だろう。みんなが働こうとしている時間に寝るなんて、こりゃあテラさんが怒るのももっともだ。身体を壊したらなんにもならないし、石森は石森、自分は自分だ……そんなことを思いながら、藤本は布団に入った。

どれぐらい眠ったのだろうか。ふと目を覚ますと、顔のうえになにか丸くて大きな物体があった。

「うわあっ！」

驚いて起き上がろうとすると、

「やあ、藤本さん」

それは、『少女マガジン』の編集者丸谷《まるや》まさしの顔面だった。

「おどかさないでください。寿命が縮まりましたよ」

「はは……すまないね。今まで手塚先生のところにいたんだけど、ちょっとみんなの顔を見に寄ったんだ」

丸谷は、各漫画誌にひとりはいる手塚治虫担当者、いわゆる手塚番だった。今や日本一の人気漫画家である手塚治虫は、十誌以上の月刊誌に連載を持っている。そこに描き下ろし別冊付録などの仕事がイレギュラーで入るので、各誌の手塚番たちはなんとか自分の雑誌の原稿をもらおうと必死なのだ。なにしろひとつの連載を二日ほどで仕上げないとほかが間に合わなくなる。しかし、なにかの事情でそれがちょっとでもずれると、あとのほうにしわ寄せがくる。だから各誌の手塚番は月初めに会合を開き、その月の「手塚治虫に描いてもらう順番」を決める。手塚はそれに従って描き進めるわけだが、なかには「どうしてもうちに先に描いてもらいたい」とか「少しでもうちの原稿に時間を割《さ》いてほしい」といった理由で、手塚をこっそりどこかへ連れ出してカンヅメにしようとする社が出てくる。他社は、そうはさせじと仕事場に貼りついて、どこにも行かぬように見張る。うちが先だ、いや、うちに寄越《よこ》せ……しまいには手塚番同士の喧嘩が勃発する。そういった修羅場《しゅらば》が毎月繰り返されていたのだ。

「『不死鳥』の原稿、出来上がったんですか？　ぼくも毎月楽しみにしてます」

「今日もらえないとギリギリアウトでね……」

「でも、手塚先生、また連載が増えたそうですが……」

「ああ、九州の新聞で四コマ漫画だそうだ」

「すごいですね。ぼくたち、月二、三本でもひいひい言ってて情けないです」

「きみたちがいけないわけじゃない。あのひとは超人なんだよ。比べちゃダメだ」

「わかってますけど……」

手塚治虫は現在、青年誌、少年誌、少女誌、幼年誌を問わず多数の連載を抱えている。ざっと挙げても、『ひょうたん駒子《こまこ》』『旋風Z』『ぼくのそんごくう』『ピンクの天使』『地球大戦』『リボンの騎士』『フィルムは生きている』『お山の三五郎』……そして、「少女マガジン」の『不死鳥』だ。そうそう、「中学生の友」には『蟻人境《ぎじんきょう》』という小説も連載中なのだ。

「どうだい、仕事は順調かい」

「ええ。一度大穴をあけてしまって、皆さんにもご迷惑をおかけしましたが、最近はしっかりやってます」

「石森くんは？」

「あいかわらずバリバリ描いてます。手塚先生のつぎに量産してるんじゃないかな」

「彼は手が早いからね。寺田さんは？」

「テラさんは、朝起きて夜に寝てます。さっきも、生活がなってないって叱られたところです」

「ははははは……。赤塚くんは？」

「石森氏のアシスタントをしながら描き下ろしをしてます」

「鈴木くんは？」

「長崎に帰省中です。同室の森安氏もいません」

丸谷は、ひととおりトキワ荘住人の消息をたずね、なにをしに来たんだろう……と思いながら藤本が答えると、

「じゃあ、そろそろ社に戻るよ」

丸谷はそう言ったが、なぜかその顔色は冴えなかった。

「あの……マルさん、なにかあったんですか」

「いや、べつに……」

言いかけて丸谷は口ごもった。そして、しばらく黙り込んだあと、

「じつはね藤本くん……手塚先生の原稿、まだ上がってないんだ」

「遅れてるんですか。今日もらえないとアウトって言ってましたよね。じゃあ急《せ》かさないと……」

「それが……急かすもなにも、どこにいるのかわからないんだ」

「雲隠れですか」

手塚治虫は時折そういう行動に出た。毎月毎月、一日も休まず徹夜徹夜で仕事を続けていると、ふっとそんな衝動に駆られるのだろう。部屋に詰めている手塚番たちに、ちょっとトイレに行ってくるよ、とか、ちょっと散歩してくる……みたいなことを言ってそのまま旅行に出て

しまう。そこまで行かなくても、どうしても原稿を取りたい出版社がお膳立てをして手塚を部屋から脱出させ、示し合わせておいた編集者とどこかの旅館にカンヅメになる……という場合もある。いずれにしても、手塚番たちは大困りである。

「そうなんだ。心当たりは全部当たってみた。いつもならだいたいうっすらと『ここじゃないかな』……ぐらいの見当は付くんだが、今回はどこにいるのかまるっきりわからない。お手上げなんだ」

「はあ……」

丸谷はいきなり、藤本に向かってがばと土下座をした。

「ここに来たのは、藤本くんをはじめみんなにお願いがあるからなんだ。なんとか手塚先生の今月分の原稿を代筆してくれないか。それも、今日の夕方までに」

「無茶ですよ。ぜったい間に合いません。事情により休載ということにして、代原《だいげん》（穴埋め用の原稿）を載せるしかないのでは……」

「手塚先生はうちの原稿、先月も仕上がらなくて休載してるんだ。手塚治虫の漫画はうちの看板だからね、二カ月続いて載らないんじゃあ、売り上げがガクンと落ちてしまう。編集長の定岡《さだおか》も、それは絶対避けたいはずだ。それに、今から今日の夕方までに代原を描けるひとなんかいない。そんなことをするぐらいなら、手塚先生の代筆をみんなでやってくれたほうがいい。トキワ荘なら手塚先生の漫画のことをよーく知っている漫画家たちがたくさんいる。そう思って、ここに来たんだ」

「そういうことでしたか」

藤本はようよう、丸谷が来たわけが得心できた。

「どうした。なにかあったのか」

寺田ヒロオが顔をのぞかせた。朝食が済んだところらしく、茶碗や箸《はし》、皿などを載せた盆を持っている。

「これを台所に洗いに行こうとしたとき会話が聞こえたんでね」

「ええ、手塚先生の原稿……」

言い掛けた藤本を丸谷はあわてて制し、

「しっ、声が大きいよ。——寺田さん、じつは……」

自分で寺田に事情を説明した。

「なるほど。しかし、今日の夕方までとなるとむずかしいな……」

寺田がそう言ったとき、石森章太郎の部屋の引き戸が開いて、石森と赤塚不二夫、それに馬のように長い顔の男性が廊下に出てきた。その男性は、藤本もよく知っている、『冒険画報』の編集者里山稔《さとやまみのる》だった。彼らは藤本の部屋を覗き込んだ。

「なんの騒ぎです？　あ、マルさん……」

石森は目ざとく丸谷を見つけると、

「すいません。まだ『少女マガジン』の原稿、手も付けてないんです。でも、今日明日で『冒険画報』の別冊付録が終わる予定なんで、そのあとすぐにかかります」

「ああ……よろしくお願いします」

「声が暗いですね。どうしたんです」

「それがその……」

丸谷はさっきの説明を繰り返した。

「どうだろう。みんなが忙しいのはわかっている。なんとか手を貸してくれないだろうか」

頭を下げる丸谷に、皆は顔を見合わせた。石森と赤塚は、

「俺たちは今から二日間徹夜で四十枚描かないといけないからな」

藤本が、

「ぼくも連載があって……」

寺田も、

「ぼくは筆が遅いから、できるだけ自分の仕事のペースを崩したくないんだ」

丸谷は顔を上げない。額を畳にこすりつけたまま声も出さない。しばらくして、皆の気持ちを代弁するように寺田ヒロオが言った。

「どうだろう、みんな。それぞれ忙しい身体だとは思うけど、日頃お世話になっているほかならぬ丸谷さんのためだ。それに、ぼくたちが尊敬する手塚先生のためでもある。武士は相身《あいみ》互《たが》い。なんとかしてあげようじゃないか」

「賛成」

「賛成」

「俺も」

「ぼくも」

居合わせた漫画家全員が賛成した。

「ありがとう……やっぱりここに来て正解だった。助かったよ」

「よし、ちゃっちゃっと片付けてしまおうぜ」

すぐにでも仕事に取りかかろうとする石森を寺田ヒロオが制した。

「待った。よく考えてみると、いくら雲隠れしているとはいえ、手塚先生の許可なく勝手に続きを描くなんてことは許されないんじゃないかな。あとで先生の構想とつじつまが合わなくなったらまずいだろう」

丸谷はにやりとして、

「ぼくは担当として、今回どういう展開になるのか先生からざっくりと聞いている。それをきみたちに伝えるよ」

「でも……ざっくりした雰囲気聞いただけでできるかなあ……」

慎重派の藤本が不安を口にしたが、予想に反して丸谷が話し出したのは、ざっくりどころか、コマ割りやネームにまで言及した細かい内容だった。藤本は驚いた。

(手塚先生は、まだ描いてもいない原稿の詳細が頭のなかで出来上がっているのか。速いはずだよ……)

「もし、先生が雑誌を見て、自分が描いていないのに続きが載っていると言ってお怒りになられたらどうしますか」

　赤塚が言うと、

「それはあとでぼくが先生に土下座して謝る。なあに、許してもらえなかったら、ぼくが社を辞めればすむことだ」

　寺田ヒロオがドンと胸を叩いて、

「そこまで言われたらやるしかない！　ここにいる全員で取り組めばきっと……」

　そのとき石森が、

「おかしいな。ひとり足りないような気がするぞ……」

　そう言って一同を見渡し、

「安孫子氏はどこだ？」

「寝てるよ。あいつ、一旦寝たら隣でどんな騒ぎがあっても起きないからな」

　藤本はそう言うと、隣に向かって、

「おーい、安孫子！　起きろ！　事件だぞ！」

　壁が薄いアパートなので、これで十分聞こえるのだ。途端、どたばたという音が聞こえたかと思うと、

「わっ……事件ってなにが……あああっ……なんだこれは！」

　扉が開いたあと、廊下に倒れ込む大きな音がした。藤本が廊下に出てみると、安孫子がその場に倒れていた。

「その声は藤本氏。なにも……なにも見えないんだ！」

藤本は思い出した。悪戯で彼の眼鏡を黒く塗ったのだった。

「すまんすまん……」

彼は安孫子の眼鏡を取った。

「あれ……？　見える」

説明するのが面倒くさいので、藤本は安孫子の眼鏡の墨汁をすばやく雑巾《ぞうきん》で拭きとり、目にかけてやった。安孫子は藤本の部屋に大勢が集まっていることに驚いた様子で、

「朝からなんの会合だい？」

丸谷はまたしても一から説明しなくてはならなかった。やっと事情がわかった安孫子は、

「そんなことになっていたのか。ぼくは寝ていたから、なにも知らなかったよ」

藤本は笑って、

「ぼくに、眼鏡に墨汁を塗られても気づかないぐらいね」

「な、なんだ。今のはおまえの悪戯だったのか！　びっくりしたぜ」

寺田が皆を見渡して、

「これで全員そろったな」

彼は、構成力のある石森を中心にひとりずつに役目を割り振ってから、

「みんなそれぞれ自分の仕事があるとは思うが、一旦それを忘れよう。あとで、愚痴《ぐち》や文句も

言いっこなし。トキワ荘の底力を見せてやろうじゃないか」

石森は時計を見ると、

「よおし、あと五時間か。みんな、やるぞ！」

「おう！」

皆は一斉に制作に取りかかった。そうなるとさすがプロたちである。丸谷が記憶から絞り出した断片をもとに石森が当たりをつけていき、ネーム、コマ割りまでを行った。前回とのつながりや次回への引きもきちんとしなくては手塚治虫に迷惑をかけることになる。構成力が問われる作業だが、石森は見事にそれをこなした。そしてまずは一ページ目の下書きが出来上がり、それにペンを入れていくのだが、これがじつは難業なのだ。手塚治虫の絵に似せようとはしているが、皆それぞれに自分の画風を持っている。どうしてもそれが表に出てしまい、コマごとに登場人物の顔が変わってしまう。主役は藤本、脇役は安孫子、背景は赤塚、ベタその他の仕上げは寺田……と分業にしてはいるが、漫画家個々の個性を殺すことはむずかしい。

皆、必要最小限の言葉しか発することなく、ひたすら作業に打ち込んでいる。まさに「一丸」となった状態だ。その姿を見ていると丸谷はたまらなくなったとみえ、

「ありがとう……ありがとう。この恩は一生忘れないよ」

「お礼なら、完成してから言ってください。今はまだ早い」

寺田ヒロオが言った。

「でも……ぼくもなにかしないと申し訳ない」

「だったら、眠気ざましになるものを買ってきてください。コーヒーとかサイダーを」

徹夜明けの石森が言った。

「よ、よし、わかった！」

丸谷は階段をどすどすと降りていった。しばらくして、それと入れ替わるように上がってきたのが、元学童社の加藤康一《こういち》だった。創業社長の息子で、今はちがうがもともとこの下宿の住人でもあり、たしか手塚治虫や寺田ヒロオにここを斡旋《あっせん》したのも彼だった。学童社は先年倒産し、加藤は今はべつの仕事に就いていると聞いていた。

「やあ、皆さん久し振り、元気でやってるかい……と言いたいけど、どうしたの、暗い顔して……」

「加藤さん、じつはですね……」

藤本が代表して説明した。

「ふーん、そんな話は聞いたことがないなあ」

「聞いたことがないってどういう意味です」

「いや、つまり……とにかくぼくはここにいないほうがいいようだ。じゃあ、失敬するよ」

加藤はなぜか慌ただしく去っていった。

カリカリ……カリカリ……カリカリ……。

ペンが紙のうえを走る音だけがトキワ荘の二階に響く。

しばらくしてふたたび階段を上がってきた丸谷は、皆が自分のために必死に描いている光景を見て涙ぐみ、持っていた飲み物の紙袋を音を立てないようそっと廊下に置いた。

カリカリ……カリカリ……カリカリ……。

カリカリ……カリカリ……カリカリ……。

カリカリ……カリカリ……カリカリ……。

そして……。

「できたーっ！」

最後の一ページの消しゴムを掛け終えた寺田ヒロオが叫んだ。皆が寺田のまえに集まってきた。すでに太陽は西にかたむきかけていた。寺田は原稿を一枚目から順番に丸谷のまえに並べた。丸谷は目を輝かせてそれを一枚一枚チェックしていき、

「ありがとう。完璧だ。これでぎりぎり入稿できる。間に合ったよ！」

彼は完成した原稿を大きな茶封筒に入れ、封をして、うやうやしく押しいただいてから自分の鞄にしまいこんだ。ひとりひとりとしっかり握手を交わし、

「きみたちにはいくら感謝してもし足りない。じゃあぼくはそろそろ印刷所に向かうよ。――と、そのまえにちょっと便所に行ってくる」

そう言って丸谷は藤本の部屋を出て行った。トイレは台所の隣、階段を上がって真ん前である。寺田、石森、赤塚、安孫子の四人もそれぞれの部屋に引き上げていった。今度は自分の作品との格闘が待っているのだ。藤本も、祭が終わったあとのような虚脱感を感じながらも、今朝まで描いていた作品の続きに頭を切り替えようとした。

（これでよかったんだろうか……）

ペンを走らせながら藤本は考えた。

（たしかに二カ月連続で原稿を落とした手塚先生が悪い。それも雲隠れじゃあ丸谷さんもこういう手段を取るしかないよな……）

そのとき、トイレから出てきたらしい足音が近づいてきて、藤本の部屋のまえで止まった。このアパートの床はきーきー鳴るのですぐにわかるのだ。

「あれ……？　おかしいな……」

丸谷の声がする。

「どういうことだ。これは……」

引き戸が開けられ、丸谷がふたたび顔を出した。なぜか蒼白になっている。

「どうしたんです」

「藤本くん、きみ……手塚先生の原稿知らないか」

「――は？」

一瞬、意味がわからなくて藤本は首をかしげた。

「手塚先生が原稿を落としたから、ぼくたちが描いたんですよね」

「そうじゃない。きみたちが描いてくれた手塚先生の代作だよ」

「さっきテラさんがそろえて渡したじゃないですか」

「うむ、それが……便所に行くときに、鞄をこの部屋のまえの廊下に置いておいたんだがね、今、なかを見たら、茶封筒がなくなってるんだ。きみの部屋のまえだし、もしかしたらもう一度チェックしようとして取り出したんじゃないかと思ったんだ」

藤本は少しムッとした。

「ぼくはマルさんがトイレに行ってるあいだに勝手に鞄を開けたりしませんよ」

「そ、そうか。そうだよな。これは失敬……」

だが、丸谷の顔色はますます悪くなる一方だった。それはそうだろう。もう時間的にギリギリなのだ。すぐにでも印刷所に走らないと白紙のページができてしまう。

「鞄をよく見たんですか。もしくは、鞄に入れずにどこかに置いたとか……」

丸谷は鞄をつかみ、そのなかを藤本に示しながら、

「それはない。原稿を入れた大型封筒をここに入れたことはしっかり覚えている」

原稿を受け取ってから彼はこの建物から外へは出ていない。つまり、このトキワ荘のなかで紛失したということだ。

「目を離したのはどれぐらいです」

「鞄を部屋のまえに置いてトイレに入った。大のほうだったから少し長かったが……それだけだ」

時間にしてわずか五、六分というところだろう。もっと短かったかもしれない。

「ないとは思うんですが、テラさんや石森氏が描き直したい箇所が出てきて持っていったのかもしれない。一応きいてみましょうか」

「頼むよ」

丸谷の顔色は紙よりも白くなっていた。藤本が全員集合を掛け、ほかの五人をもう一度集め、事情を説明した。もちろん原稿を持っていったものはいなかった。

「うーん……それは困ったな」

腕組みをする寺田に、丸谷が吐き捨てるように、

「なにが困るんです。困っているのはぼくだ」

「それはそのとおりだろうが、今の話を聞いていると原稿は紛失というより盗難にあったとしか思えない。鞄のなかから、あの原稿だけがうっかりなくなる……ということはありえないからね」

藤本はようやく事態が呑み込めた。

「そ、それじゃあ原稿が盗まれたということですか」

「そのようだな。しかも、その疑いはぼくたちにかかっている」

「馬鹿なことを。ぼくたちが描いたものをぼくたちが盗むはずがない」

「だって、二階には漫画家しかいないんだぞ」

「一階にも大家さんや下宿人がいますよ」

「今日は平日だ。一般の下宿人は皆、留守にしている。大家さんはおられたが、あのかたは除外してもいいだろう。自分の家で盗みを働くとは考えにくいからね」

「それはそうですが……ぼくたちだって自分たちが描いたものを盗む理由がないでしょう」

「丸谷さんになにか個人的な恨みがあって、みんなの手前、描くのを手伝いはしたが、ひとりになったとき、ちょっと困らせてやろうと思ったのかもしれない」

するとと石森章太郎が、

「原稿盗難事件か。ちょっといいな。これはミステリー漫画のネタになるかもしれんぞ」

シャーロック・ホームズを下敷きにした漫画を発表しており、ミステリー小説も多読している石森がそう言うと、寺田が眉根を寄せて、

「これは現実の犯罪なんだ。不謹慎なことを言うな」

釘を刺してから彼は丸谷に向き直ると、

「とにかく我々の仲間のなかで、原稿を盗むなんていう不心得者《ふこころえもの》はひとりもいない。天地神明に誓ってそれだけは断言できる。なんなら、全部の部屋を家捜《やさが》ししてもらってもいい」

「そこまでことを荒立てなくても……」

藤本が言うと、

「いや、まずは我々の潔白を証明しないと、話は先に進まないぞ」

丸谷が、

「ぼくもきみたちがやったなんて露《つゆ》ほども思ってはいない。きみたちは手塚先生に恩義もあるだろうし、アシスタントも務めたことがあるほど親しい間柄だ。それに、自分で言うのもなんだけど、ぼくもきみたちにこれまでいろいろ仕事を世話させてもらった。だからきみたちが原稿を盗んで先生やぼくに迷惑をかける道理がないから、家捜しはしないよ」

皆がうなずいた。いつのまにか石森章太郎を中心に全員が藤本の部屋で円座になっていた。

石森はすっかり名探偵気取りで、

「だれが原稿を盗んだのかについて、可能性を挙げていこうと思う。まず、内部のものの犯行だとして、盗難があった時刻のみんなのアリバイはどうかな」

「マルさんはトイレに行っていたのだから、盗もうと思えばだれでも盗めたことになる。全員、アリバイはなしだ」

藤本が言うと、石森はかぶりを振り、

「俺と赤塚、それに里山さんは同じ部屋にいた。たがいを監視し合っていたことになるからアリバイ成立だろ」

「そうとはかぎらない。三人が共謀すればできるよ」

「あっ、そうか。そりゃそうだよな」

石森はあっさりうなずいたが、

「だったら、藤本氏と安孫子氏も同じだ。ふたりが共謀しているとすればアリバイは成立しない。なにしろ藤子不二雄はふたりでひとりだからな」

赤塚が尻馬に乗って、

「そうだな。ふたりとも悪戯好きだから、ようやく原稿が取れてほっとしているマルさんから、ちょっとした悪戯心で原稿を隠した……ということもあるんじゃないか?」

寺田ヒロオが、

「ありうる話だ。――ふたりとも、今なら冗談で済ませる。正直に言いたまえ」

安孫子はあわてて、

「そんな……ぼくたちがやるのは笑える悪戯だけだ。赤塚氏、きみはぼくたちのことをそんな風に思っていたのか」

「い、いや、冗談だよ。すまんすまん。俺も、二階のだれかがやったなんて本気で思っちゃいないさ」

赤塚は頭を掻いた。

「二階のだれかではない……ということは外部の人間の犯行かもしれない」

石森が、思慮深げに言った。こいつ、まだ探偵ごっこを続けてるな、と思いながら藤本が、

「外部の人間が漫画の生原稿になんの用があるんだ」

「俺たちが描いたものと思わず、手塚先生の生原稿だと勘違いした可能性がある。漫画好き少年・少女のあいだで手塚先生の人気は絶大だ。古本屋に売りに行くつもりかもしれない」

「馬鹿馬鹿しい。掲載前の生原稿なんて持ち込んだら、すぐ足がついてしまうだろう」

「マニアなら買うかもしれないぜ」

「逆に言うと、マニア以外は買わない。バレたら窃盗罪で一生を棒に振るんだ。それに、手塚先生の主な読者はこどもたちだろう。ありえないよ」

藤本に一蹴《いっしゅう》され、さすがにそのとおりだと思ったのか、石森は矛先《ほこさき》を変えた。

「その原稿を一番欲しがっているのはだれか。それは……ライバル社だ」

そう言って石森は里山を見た。里山は呆れたように、

「私はずっと石森さんと一緒にいたでしょう」

「里山さんが盗まなくても、だれかが盗んで貴社に売りつけようとした……」

「よその雑誌の原稿をうちに持ち込まれてもなんの値打ちもありませんよ。うちが欲しいのは、うちの連載の次回分なんです」

「だよね。俺もそう思ってたんだ」

なら言うなよ、という言葉を藤本は飲み込んだ。里山は仏頂面で続けた。

「うちの原稿は今、手塚先生が必死に取りかかってくださってると信じています。私は、手塚先生が雲隠れしているという話をうちの手塚番からは聞いてませんが、たとえそうであっても、先生のことだから、カンヅメになってる場所から郵送で送ってくださるはずです。これまでにもそういうことが何度かありましたし、私はそう信じています」

丸谷が、

「あんたのところはまだ余裕があるだろうけど、うちはもうあと一時間で落ちるんだよ」

「そんなこと知らないよ。だいたい、私はその原稿をここにいるみんなで描いたことを知ってるんだぜ。そんなもの盗んでなんになる」

寺田ヒロオが、

「いや、案外ありうる話かもしれないぞ。犯人は、他社の手塚番のだれかで、先月か先々月、『少女マガジン』の原稿が遅れたせいで、自分のところがずれこんでしまい、とうとう休載に

なった。そのことで会社をクビになり、それを恨んで、はらいせに『少女マガジン』の手塚先生の原稿を盗んだ……。どうだね、この推理」

固いことを言ってるようで、じつはテラさんもノリノリだな、と藤本は思ったが、もちろんこれも口には出さない。

「はははは……それはない」

丸谷自身が否定した。

「我々手塚番は、毎月先生と、そして他社の手塚番と戦争をしてるようなもんだ。そのことは会社もよくわかっていて、そんなことでクビや減給にはならない。ただし、こっぴどく叱られるけどね。それに、一度や二度、原稿が取れなかったからっていって、いちいちよそを恨んでたら身が持たない。手塚番はおたがいさまだから」

藤本が思い出したように、

「そういえば、さっき加藤さんが来たよ」

「加藤さんって……元学童社の加藤さんかい?」

石森が言った。

「うん。でも、事情を話したらすぐに帰った。あのひとは犯人ではないよ。彼が帰ったときは、まだ原稿が仕上がってもいなかったんだから」

「加藤さんの用事はなんだったんだ?」

「とくに用事はなかったみたいだ。たぶんご機嫌伺《うかが》いに寄っただけだと思う」

すると赤塚が、

「俺、ちょっと面白いこと思いついた。もしかするとその原稿には雑誌に載るとだれかが困るようなことが描かれていた……っていうのはどうだ？」

「誰かが困るようなことって？」

藤本がきくと、

「たとえば……殺人事件の真犯人の名前とか、政界の秘密の暴露とか、金塊の隠し場所とか、世界を操る秘密結社の合言葉とか……俺たちのだれかがこっそりそういうものを絵のなかに忍び込ませた……」

「どうして俺たちがそんなことを知ってるんだよ」

「そりゃまあ……そうか……」

赤塚が引き下がろうとしたとき、石森が喜んで、

「いや、可能性はある。俺たちのうちのだれかが徹夜で原稿を描きながら二階の窓から表を見ていると、ある男が電柱の陰でだれかを刺し殺すのを目撃した。つぎの瞬間、殺人犯の目が彼の目と合った。彼はなんとかしてその犯人のことを世間に伝えたい。そこで今回の原稿にその男の顔を描き入れた。そのことに気づいた犯人は、隙をみて原稿を奪い去ったのだ！」

「漫画のなかに描くより、警察に行って目撃したことを話すはずだろ。それにその犯人は、自分のことが漫画に描かれたってわかるはずがないだろう」

藤本が言うと、石森は平然として、

「俺もそう思う」

安孫子が、

「外部の人間の犯行かどうかは、下へ行って、大家さんにきけばわかるかもしれない。あのひと、暇だからずっと一階の玄関のあたりに座ってる。知らないひとが来たらすぐ気づくはずだよ」

丸谷が、

「わかった。ぼくがきいてくる」

そう言って降りていったが、すぐに上がってきて、

「だめだ。今日はぼくと里山さん、それに加藤さんのほかはだれも来てないってさ」

「大家さんが部屋のなかにいるときに、こっそり忍び込んだのかもしれない。階段は玄関を入ってすぐのところにあるから」

安孫子が言うと、

「いや、今日は一日中玄関の靴箱の修繕をしていたから間違いないそうだ」

石森が愉快そうに、

「なるほど。原稿を盗んだ犯人は一階の人間でも、外部の人間でもない。ということは二階にいる俺たちのなかのだれか、ということになるが、俺たちはその原稿を描いた人間だ。盗むはずがない……。これはなかなかの謎だぞ」

寺田が眉間《みけん》に皺《しわ》を寄せて、

「面白がるのはやめろ。不謹慎だと言っただろう。――丸谷さん、月並みな意見だけど、警察に盗難届を出したらどうですか。もしかしたら見つかるかもしれない」

丸谷は力なくかぶりを振り、

「明日になって見つかってもなんにもならない。それにね……」

丸谷は集まっている漫画家たちを見回して、

「ことを大げさにしたくないんだ。そんなことはないと信じているけど、もしぼくが警察に届けを出したら、ひょっとしてきみたちやきみたちの知り合いのなかに原稿を盗《と》ったものがいた場合、そのひとは逮捕されてしまう。それだけはさけたい。きみたちはたいへんな才能を持っているとぼくは信じている。漫画界の将来を背負って立つような人間を縄付きにするわけにはいかないよ」

「だとしたらなおさらです。丸谷さん、こうなったら我々の部屋をやはり全部調べてもらう必要がある。やってください」

「いや……それは……」

「ぼくたちは漫画家だ。それが漫画の原稿を盗んだと言われては立つ瀬がない」

寺田があくまで言い張ったので、

「わかった……わかりました。では、あくまで形式としてやらせてもらいます」

丸谷は、藤本、安孫子、石森、赤塚、寺田の部屋を順に調べていったが、原稿も茶封筒も出てこなかった。「冒険画報」の里山も自分の鞄を開けて丸谷に見せたが、無論、そこにも原稿はなかった。丸谷はため息をついた。

それからのちも、皆が原稿盗難を肴《さかな》にさんざん言いたい放題を連発したが、有益な意見は出なかった。そして、総括するように石森が言った。

「どうやら事件は迷宮入りのようだな。犯人はわからないよ。残念だったね、ワトスンくん」

それを聞いて、丸谷が言った。

「原稿を盗んだ犯人なんてどうでもいいんだよ」

一同は「え？　そうなの？」という顔をした。

「一時間以内に原稿を印刷所に入れないと、落ちるんだ。代原もない。ぼくはどうすればいいんだろう」

両手に顔をうずめる丸谷に、寺田ヒロオが言った。

「こうなったら、手塚先生の旧作を穴埋めとして掲載し、読者へのお詫《わ》びを併記するしかないでしょう」

「そうだな……そうだ……読者に対して申し訳ないよ。その気持ちでいっぱいだ。みんなにも手伝ってもらったのに……残念だ。じゃあ、これで失敬する。今から、手塚先生のどの作品を掲載するかを社に帰って選ぶことにするよ」

力なく立ち上がった丸谷に、階段のところから声がかかった。

「その必要はないぞ、丸谷」

丸谷は、ぎくっとした顔つきでそちらを見た。階段を上ってきたのは丸谷の上司、「少女マ

ガジン」編集長の定岡隆一《りゅういち》だ。彼は、茶封筒を丸谷に突きつけると、

「これが手塚先生の今月分の原稿だ」

寺田が、

「えっ？　手塚先生、原稿上がったんですね！　雲隠れ先から送ってこられたんですか？　よかったですねえ、マルさん」

そのとき、定岡の背後からべつの声がした。

「ぼくは雲隠れなんかしていないよ。さっきまでアパートで原稿を描いていた。その原稿はぼくが今朝描き上げて、丸谷さんに渡したものだ。ひどいじゃないか、たしかにぼくはオソ虫とかウソ虫とか呼ばれてるけど、今回はちゃんと上げたよね。先月は休載したからあまり大きなことは言えないけどさ」

全員の目が丸谷に注がれた。

「どういうことです、マルさん」

「いや……それが……」

定岡は丸谷をじっと見つめ、

「今しがた、あるひとが会社に届けてくれてね。公園のゴミ箱で見つけたそうだ」

丸谷の大きな身体がぶるぶる震えている。

「それで、こっちが……」

定岡はもう一通の封筒を差し出し、

「ここにいるみんなが描いてくれた原稿だ」

石森が大声で、

「えっ？　じゃあ盗んだのは定岡さんですか」

「ははは……盗んだとは人聞きが悪いな」

定岡は丸谷に向き直り、

「原稿が見つかったことをおまえに伝えようと手塚先生のところに行ったがいない。あちこち探し歩いてるんじゃないかと思って、半日ほど余裕ができた先生と一緒にまずはここに来てみたら、おまえの鞄が放り出してあったからなかを見たら、どうやらみんなを総動員して描かせたらしい原稿がある。これが載ってしまったらたいへんだから、私が預かったんだ」

手塚治虫も横合いから、

「ぼくも見たけど、よくできてるね。主人公の顔がページ毎《ごと》に変わるのもなかなか面白かったよ」

一同は頭を掻いた。寺田が、

「おふたりは今までどこにおられたんですか」

定岡は、

「大家さんの部屋だよ」

丸谷が目を丸くして、

「ぼくがさっき下に降りて、大家さんにたずねたら、今日はだれも来ていないと……」

「あのときも部屋の奥にいたのさ。大家さんには、そう答えてくれとお願いしたんだ。──おい、丸谷」

定岡は厳しい声になり、

「きちんと事情を説明しなさい。私にも手塚先生にも、そして、みんなにも」

「は、はい……」

丸谷はその場に正座して手を突き、

「申し訳ない。手塚先生の原稿は朝に上がったんだ。ぼくはそれを持って都電に乗った。でも、ここのところずっと徹夜で先生に貼りついて、急き立てたり、おだてたりすかしたりしっぱなしだったもんで、うっかり眠ってしまった。駅に着いたときに目が覚め、あわてて飛び降りたんだが……原稿を電車のなかに置き忘れてしまった。鞄に入れず、膝のうえに置いていたのが悪かったんだ。あわてて駅員に事情を話して、つぎの駅で探してもらったんだが、それらしいものはないって言うんだ。そんなはずはない、もう一度よく探してくれと言って、ぼくもタクシーに乗ってその都電を追いかけた……」

やっと追いついて、その電車に乗り込んでみたが、やはり原稿はない。乗客や車掌《しゃしょう》に話を聞いても、だれも知らないと言う。盗った人間が途中の駅で降りたのかもしれない……と思ったが、どうにもならない。駅員にきいてみると、そういう場合、まず出てくることはない、と言う。盗んだやつが、なんだ、金目のものじゃないのか、とそのあたりのゴミ箱に捨ててしまう可能性が大きい。かと言って、今から手塚のアパートに戻って事情を話し、もう一度描いてくれと言うわけにもいかない……。

「そうしたいのはやまやまだけど、他社がずっと順番を待って並んでいるんだ。それでなくても、うちの原稿は予定よりも一日ずれた。そのことで『冒険画報』の手塚番と大喧嘩になっていたんだ。今更、原稿がなくなりましたからもう一度お願いします……なんて言えるものか」

今まで黙って聞いていた里山が、

「当然です。つぎはうちの番なんですから。原稿を失《な》くしたのは、言っちゃ悪いけど丸谷さんの責任です」

「わかってるよ。立場が逆だったら、ぼくも同じことを言っただろう。——ぼくは焦った。なにしろリミットは今日の夕方だ。切羽《せっぱ》詰まったぼくは、ふとトキワ荘のことを思い出した。今月号には、たとえ手塚先生のものでなくても、とにかく『不死鳥』の続きが載っている必要がある。トキワ荘のみんななならなんとかしてくれるんじゃないか、と思ったんだ……」

「道理で、やけに細かくストーリーからネームからコマ割りまで指示してくるなあ、と思ってたんだ。しかも、それが見事に的確なんだ。一度、先生のを見てるんだから当たり前だよな」

と石森が言った。

「でも、掲載誌を手塚先生が見たら、自分の描いたやつじゃないことに気づくでしょう。どうするつもりだったんですか」

藤本がきくと、

「正直、そこまで考えなかった。とにかく目先のことで頭がいっぱいで……でも、今考えてみたら、そのときは会社を辞めるしかなかっただろうな」

定岡編集長が鬼瓦《おにがわら》のような形相で、

「そうでなくても、辞めるしかないぞ、丸谷」

丸谷はうなだれて、

「わかっています。大事な原稿を失くしたうえに、若い漫画家たちに嘘をついて原稿を描かせたことは許されることじゃないと思っています」

「おまえがしたことは、手塚先生もわが社もトキワ荘の漫画家たちも裏切ったんだ。――いや、それだけじゃない。おまえ、原稿がどこから出てきたかわかるか」

「いえ……まったく見当も付きません」

「おまえが降りたあと、客のだれかが置き忘れていた封筒を出来心で盗ったんだろうな。つぎの駅で降りて、公園のベンチに座ってなかを開けてみると、漫画だ。がっかりして、公園のゴミ箱に捨てた。それを、紙くず拾いの少年が拾ったんだが、彼は手塚治虫のファンだった。少年は、それが『不死鳥』の生原稿で、しかもまだ読んだことのないものだと知って驚き、わざわざ社まで届けてくれたんだ。おまえはそういうファンも裏切ったんだ」

「はい……今日かぎりで退職させていただきます」

手塚治虫が、

「ちょ、ちょっと待ってくれ。原稿を電車に忘れたのは丸谷くんが悪いけど、もともとはぼくの原稿がなかなか上がらなくて不眠気味だったことや、印刷所に入れるぎりぎりのタイミングになってしまったことが原因だろう。つまり、悪いのはぼくということになる。お願いだから丸谷くんを辞めさせないでくれ」

寺田ヒロオも、

「ぼくたちの原稿は無駄になってしまいましたが、久しぶりにみんなでひとつのことをする楽しさが味わえました。その時間は無駄じゃありません。――なあ、みんな」

一同はうなずいた。定岡が、

「丸谷……おまえがやったことは編集者として許されることではないが、同時におまえが編集者としてみんなに愛されていることはよくわかった。トキワ荘のみんなも、本当はお互いがライバルなのに、おまえのために一致団結してがんばってくれたんだ」

「はい……はい」

定岡は、茶封筒を丸谷に手渡し、

「みんなに描いてもらったこっちの原稿は、おまえが持ってろ。今後、編集者として道を外れかけたとき、迷ったとき、悩んだとき、へこたれたときにこれを見て、自分に活を入れるんだ。――いいな」

丸谷は啜《すす》り泣いていた。手塚治虫が、

「じゃあ、せっかくだからみんなで池袋に夕飯でも行こうか。ぼくが落とした原稿を描いてくれたお礼だよ」

全員がバンザイをした。丸谷もバンザイをしているので定岡が呆れたように、

「なに考えてるんだ。おまえはすぐに印刷所に行け！」

「あ、そうでした」

大笑いになった。

◇

手塚治虫のおごりで食事をしたあと、トキワ荘の漫画家たちはそれぞれの仕事に戻った。夜十一時頃、「ぼくら」の原稿をようやく終えた藤本は、熱い茶を啜りながら、今日一日の出来事を反芻《はんすう》していた。

（昨日も徹夜だったし、まだ早いけど、そろそろ寝るか……）

欠伸《あくび》をしながら、ふと部屋の入り口を見ると、引き戸のすぐ外側になにか本が落ちている。拾い上げてみたが、自分のものではない。題名も、記憶にない。

「『イナゴ身重く横たわる』……か」

ぱらぱらと中身を見る。小説のようだ。作者名も出版社名も書かれていない。

「うーん、これは……」

藤本は腰を据えて読みはじめた。読んでいるうちに眠気はどこかに飛んでいってしまった。その小説に描かれていたのは、日本の漫画というものの将来だった。藤本にとって夢のような内容だった。読み終えた藤本は、ため息とともに本を閉じ、外に出て、公衆電話からあるところに電話をかけた。夜中でも、あそこなら夜通しだれかが起きているはずだ。案の定、知り合いの編集者が仕事をしていた。しばらく会話したあと、藤本が電話を切り、自分の部屋に戻ったとき、部屋のなかにだれかがいた。それは元学童社の編集者、加藤だった。

「その本……」

加藤は床に置かれた『イナゴ身重く横たわる』を指差すと、

「読んだんだね」

「ええ。――やっぱり加藤さんが忘れていったんですね」

「どこにもなくてね、今日寄ったのはここしかないから来てみたら、案の定だった。面白かっただろう？」

「はい。SFですね。もうひとつの未来、ありえたかもしれない未来を描いた作品でした。多元宇宙ものっていうのかな……まえに読んだフレデリック・ブラウンの『発狂した宇宙』を連想しました」

「…………」

「加藤さん」

「――ん？」

「あなたはいったいなにものなんです」

「なんの話だい」

「この本に書かれているのは、漫画の将来でもあり、ぼくたちの将来でもあります。手塚先生や、ぼく、安孫子、石森、赤塚、テラさん……ほかにも数多くの漫画家が実名で登場します。この先、漫画はどんどんブームになっていき、トキワ荘の仲間たちはそれぞれに活躍する。アニメーションが作られ、日本の漫画が世界を席巻《せっけん》する。そして、トキワ荘は漫画家を目指すものたちにとっての聖地となる……と書かれています」

「SFっていうのはそういうものだろう」

「奥付を見ると、二〇一六年九月刊となっています。今から六十年も先です。これは冗談で刷られた悪戯本なのですか。それとも……」

加藤は、『イナゴ身重く横たわる』をひったくった。藤本は続けた。

「ぼくはさっき、以前学童社の編集部にいた知り合いに電話をかけました。すると、初代社長加藤謙一の次男の宏泰《ひろやす》なら編集者として在籍していたが、加藤康一という編集者はいなかった、という返事でした。手塚先生やテラさんにこの下宿を紹介したあなたはいったいだれなんです？」

加藤はしばらく本の表紙を撫でていたが、

「ぼくは……未来から来たんだ。タイムマシンでね」

「ははは……タイムマシンなんてあるわけないでしょう」

「そう思うならそれでもいいけど、現にぼくはここにいる」

「………」

「ぼくのいる未来の日本には、漫画というものは存在しない。かつて『のらくろ』とか『冒険ダン吉』『タンクタンクロー』……といった古い漫画はあったけど、戦後、新しい漫画を手塚先生が『新宝島』などによって切り開いたものの、一過性のブームで終わり、それに続く若手も育たず、手塚治虫が孤軍奮闘するだけで、結局、いつまでたっても日本には『のらくろ』的な漫画しか生まれない。手塚治虫の影響のもとに、石森章太郎、藤子不二雄、寺田ヒロオ、赤塚不二夫……そういった才能が新しい表現を試みたが、すぐに挫折して消えていった。きみたちのがんばりは、単発的な試みとして終わってしまったんだ」

「まさか……」

「そののちの悪書追放の動きや、映画やテレビ、ゲーム……いろいろな娯楽の台頭によって、漫画は新聞のヒトコマ風刺漫画や四コマ漫画ぐらいしか残らなくなった。あとはアメコミと呼ばれる米国の漫画の輸入品、それを模倣《もほう》した国産ものが少しあるぐらいだろうか。でも、ぼくは手塚先生やきみたちが一九五〇年代後半に試みていた漫画を読んで、そのすばらしさに驚き、なぜこのすばらしい娯楽であり芸術である漫画が日本文化の主流として根付かなかったのかと思った。その答は、各々は良い作品を描いていたのだが、それがひとつの大きく太い流れとしてまとまっていかず、先細りになってしまったからだ。なんとも口惜しい。うまくすれば、漫画の新しい波は膨大なエネルギーを持ったうねりへと変貌し、その先にとてつもない未来があったかもしれないのに……。ぼくは歴史を研究し、日本の漫画文化の凋落《ちょうらく》の原因が手塚治虫の上京から数年間にある、ということをつきとめたんだ。そこに大いなる分岐があった」

「大いなる分岐……」

「そんなときに、ぼくはこの本……『イナゴ身重く横たわる』に出合った。ここに描かれているのは、『発狂した宇宙』にも出てくるパラレルワールドというのかな……日本がたどったもうひとつの未来だ。一読して、ぼくは驚喜した。こうあるべきだ、と思ったんだ。ぼくは発明されたばかりのタイムマシンを使って、この時代にやってきた。まずは偽名を使って手塚先生に接触し、このトキワ荘に住んでもらった。そのあと、寺田ヒロオを入居させた。皆のまとめ役としてね。そして、きみたちや石森、赤塚……多くの有望な若い漫画家がここに住むことになった。それというのも最初に手塚先生が住んでいたからだよね。ぼくは、将来性のある漫画家たちを一カ所に集めて切磋琢磨《せっさたくま》させることによって、化学反応のようなものが起こり、大きな爆発を生むことを期待したんだ。それはおそらく成功している。今日の出来事を見ていても明らかだ。ここに住むみんなは互いに刺激しあい、助け合いながら凄まじい勢いでどんどん成長している。ここに住んでいなくても、皆と語らいたいがために外部の漫画家もやってくる。各誌の編集者たちも来る。このパワーが巨大な大河となって日本の漫画を変えていくにちがいない」

熱意を込めて語る加藤を見つめていた藤本は、やがてぷーっと噴き出し、

「はははは……真面目な顔で言うから本気にしそうになりましたよ。手の込んだ冗談ですね。ぼくも悪戯は好きだけど、ここまでやるとは……」

加藤も笑い出した。

「そうそう、見事にひっかかったね」

「加藤さんは出版社のひとだから、こんなもの作るのはお手のものですよね。危うくだまされるところでした」

加藤は笑顔で立ち上がり、

「お邪魔さま。仕事がんばってね」

そう言うと部屋を出ようとしたが、すぐに振り向くと、

「トキワ荘のトキワって、常盤、つまり、永久に不変なもののことなんだよね。漫画もそうあってほしい。でも、今のきみたちがこのまま努力していけばきっとそうなる。この本に書かれているような漫画の未来が実現する。ぼくはそう思うよ」

「…………」

「それと、トキワっていうのは……『時の輪』のことでもあるんだ。——じゃあ、安孫子くんにもよろしく」

加藤は去っていった。それが、藤本が加藤を見た最後だった。

「加藤？　宏泰氏じゃないの？　康一なんて知らないよ」

翌日、安孫子は藤本にそう言った。安孫子だけではない。だれも、加藤康一という元学童社の編集者のことは知らないと言うのだ。それ以降、藤本は前夜の出来事や『イナゴ身重く横たわる』についてひとにしゃべることはなかった。

後年、藤本は机の引き出しを開けるとそこにタイムマシンがある、という漫画を描くことになるが、それはまだ十年以上も先のことであった。

ふたりの明智

気が付いたとき、明智小五郎《あけちこごろう》は白い靄《もや》のなかに横たわっていた。寝たまま自分の身体を見る。黒い背広を着て、白いシャツに赤いネクタイを締め、革靴を履いている。

上体を起こし、あたりを見回したが、視界は真っ白でなにも見えない。立ち上がろうとしたが、足が踏ん張れず、よろけて膝をついた。地面も白い煙のようなもので覆われていて、足もとがどうなっているのかわからない。ふにゃふにゃとした妙な感触で、立っていても身体が斜めになっているような気がしてどうにも落ち着かない。

靄というより白い綿のようにもこもことしたものが、周囲をゆるく包んでいる。触ろうとしてもなんの手応えもない。指のあいだで文字通り霧散してしまう。

小五郎は、少し歩いてみることにした。まっすぐに歩いているつもりだが、途中からだんだん平衡《へいこう》感覚がおかしくなってくる。しかし、いくら歩いても目に見える景色は少しも変わらない。四方のどこに顔を向けてもただただ真っ白なので、どれぐらい歩いたのか、どちらに向かっていたのかもわからなくなり、そのうちへとへとになって立ち止まってしまう。しばらく休んでまた歩き出す。だが、ひたすら靄を掻き分けるだけだ。身体の向きも、ある方向に向いていたつもりなのに、いつのまにか反対を向いている……ような気がする。それも確かめるすべはないのだ。

（おかしい。これだけ進んでいるのだからどこかに着くはずだが……）

もしかすると、狐に化かされたように同じところをぐるぐる回っているだけではないのか。合理的思考の持ち主である小五郎でも、さすがにそんな考えが念頭に浮かんだとき、ふと気づいた。黒い物体が白い煙にまぶれるようにして目のまえに落ちている。拾い上げると、それは彼が愛用している黒のソフト帽だった。小五郎はふと思いついて、それをかぶることなく足もとに置き、ふたたび歩き出した。一分も経たないうちに、そのソフト帽が前方に見えてきた。

（やはり、そうか……）

念のために、くるりと逆を向いて歩いてみる。すぐにソフト帽が出現した。振り返ると、少し離れたところにソフト帽がある。どうやら、ごく狭い空間に彼は閉じ込められていて、どの方向に進んでもそこに戻ってくるらしい。小五郎は帽子を拾うと頭にかぶった。

（ここに来るまえ、ぼくはどこでなにをしていたのだろう……）

彼は記憶をたどった。

（たしか……田淵侯爵《たぶちこうしやく》の屋敷にいたはずだ。そう……小林《こばやし》くんや中村《なかむら》警部、それに湯澄《ゆずみ》組の若《わか》頭《がしら》なんかと一緒だった……。それがどうしてこんな……）

小五郎はもう一度あたりをぐるりと見渡して、

（真っ白な世界にいるんだ。まるで夢のなかみたいな……）

小五郎はうなずいた。この状況を説明できる合理的な結論はひとつしかない。

（そうか。ぼくは今、夢を見ているんだ。そうに違いない。でも、田淵侯爵の屋敷の居間で、皆を集めてしゃべっていたはずなのに、なぜぼくは眠ってしまったんだ。――もしかすると……）

小五郎は腕を組み、

「二十面相のやつが、ぼくに睡眠薬を飲ませたのかもしれないな。きっとそうだ」

声に出してそう言ったとき、

「違うね」

急に背後からそんな声がかかったので、小五郎は驚いて振り向いた。いつのまに来ていたのだろう、五十歳ぐらいの男性が、床几《しょうぎ》というのか小さな腰掛に座り、こちらを見ている。精悍《せいかん》な顔つきで口ひげを生やしているが、頭にはなにかかぶっていて、それが帽子のようにも頭巾《ずきん》のようにも見える。服装もどうも判然としない。裸体のようにも、和服を着ているようにも、また、剣道で使う胴をつけているようにも見える。角度によって見えるものが違うのだ。

「どう違うのです」

小五郎が言うと、

「おまえは今、夢を見ているのではない。おまえは死んだのだ」

「死んだ？　ぼくがですか」

「そうだ」

小五郎は両手を広げて、

「ははは……そんな覚えはありませんけどね」

「突然命を絶たれたのだから当然だ」

「つまり……殺されたと？」

「そのとおり」

小五郎は記憶を探り、ここに来るまでのことを思い出そうとした。田淵侯爵の居間……皆をそこに集め、事件について自分の推理を話している。なんの事件だったのか……それは……。

「だれが殺したのです？」

「殺されたおまえにもわからぬことが、わしにわかろうはずがない」

「どのようにして殺されたのです？」

「それならわかるぞ。おまえの背中に刃物が突き刺さっている。心の臓のすぐ裏側だ。それがおまえの命を奪ったのだ」

小五郎は右腕を伸ばして背中を探り……びくっとして手を引っ込めた。ナイフの柄《え》とおぼしきものが指先に触れたからだ。もう一度ゆっくりと探ってみる。男の言うとおり、彼の背中から角《つの》のようにナイフの柄が生えていた。刀身はほぼ全部、小五郎の体内に差し込まれているようだ。なぜ、今まで気が付かなかったのだろう。痛みも違和感もなにもない。

「では、ぼくが死んだ……殺されたことは認めることにしましょう」

「納得がいったかね」

「はい。で、つぎの疑問ですが……ここはどこなんです。あの世ですか」

「正解」

「つまり、天国?」

「それはちがう」

「では、地獄?」

「ここは、ひとが死んだとき、真っ先に来る場所だ。どんな死者もしばらくのあいだはここにいて、それから天国やら地獄やらそれぞれの行き先へと向かう」

「ぼくはどちらへ行くのでしょう」

「まだわからん。おまえがだれに、どういう理由で殺されたのかがわからぬうちは、その判断はできんのだ」

「だれが判断するのです」

「わしだ」

「あなたは閻魔大王《えんま》ですか」

「うはははは……わしがそのような怖い顔に見えるか」

「見えませんが、優しそうでもありませんね。――あなたはどなたですか」

「わしは明智だ」

「明智はぼくです」

「おまえは明智小五郎だろう。名探偵の」

「『名』はよけいです。ただの探偵ですが……」

「わしは、明智日向守《ひゅうがのかみ》と申す。おまえの遠祖だ」

「日向守……まさか……」

小五郎はもう一度その人物を凝視した。今度は、ありありと男が着ているものが浮かんできた。彼は、甲冑《かっちゅう》を身につけ、手甲《てっこう》に具足《ぐそく》、腰には朱鞘《しゅざや》の大刀を差し、右手には軍配を持っていた。

「さよう。わしは明智十兵衛《じゅうべえ》光秀《みつひで》である」

小五郎はしげしげとその武将を見つめ、

「まあ、にわかには信じられない話ですね」

「信じようと信じまいとおまえの勝手だ」

「あなたが光秀だという証拠がないうちは、あらゆる可能性を考慮しておく必要がありますから」

「念の入ったことだ。——わしは、この空間にだれよりも長く逗留《とうりゅう》しておるので、ここの支配者から務めの一部を分担させられておる。毎日毎日、十万人を超える亡者《もうじゃ》がやってくるゆえ、とてもひとりでは捌《さば》ききれぬからな」

「ここの支配者？」

「閻魔大王、天帝……なんとでも呼ぶがよい。そういうわけで、わしはおまえたち亡者を極楽へ送るか地獄へ落とすかの判断を下す役目を負っているのだ」

「だったら早いところ、極楽へでも地獄へでも送ってください。こんな不自由な場所はまっぴらだ」

「そうはいかん。現世に謎を残したものは、それが解けるまでここにとどまらねばならぬ決まりなのだ。そのためにわしは、おまえを殺したのがだれか、なぜ殺されたのかを知らねばならぬ」

「ぼくも知りたいです。というか、ぼくこそ一番知りたい人間ですね」

「思い出してみよ。おまえを殺したのはだれか……」

小五郎は首をひねった。彼は、田淵侯爵と向き合っていた。小五郎の背後には中村警部、小林くん、湯澄組のヤクザ、あとはだれがいたっけ……。

「わかりません」

小五郎はかぶりを振った。

「後ろから刺されたので、だれがやったかはわからない」

「おまえを殺しそうなやつの心当たりはないのか」

「動機ということですね」

中村警部や小林少年を除外すると、やはり一番怪しいのはあのヤクザものということになるが……そうだ、あとは二十面相が……。

「この場所から、現世の様子を見ることはできないのですか。ぼくが殺されたあと、おそらく中村警部か小林くんが犯人を逮捕したと思うのですが……」

「それができれば苦労はない。この空間は、向こうから来るものを受け入れるだけだ。こちらから向こうの情報を知るには、おまえのあとで死んだものから聞くしかない。つぎの亡者が来るのを待つのだ」

「ふーむ……」

「時間だけはいくらでもある。ゆっくり考えることだな」

そう言われて、小五郎は自分が死ぬ直前までのことを思い返した。

◇

ことのおこりはひと月ほどまえだった。

日本が米英を相手に行っている戦争も、レイテ沖海戦での大敗北によって転換期を迎え、軍部の厳しい統制や度重なる空襲警報が国民生活にも暗い影を落としていた。大本営はまだ景気の良い発表を繰り返していたが、勢いに乗る米軍がつぎに目標とするのは硫黄島《いおうとう》ではないか、とか、東京をはじめとする大都市にこれまでにない規模の空襲が行われるのではないかといった噂が広まりつつあった。

麻布《あざぶ》の屋敷町に華族田淵太郎七《たろうしち》侯爵の豪邸がある。一月二十七日の空襲によって、高級住宅地であるここ麻布区にも被害が出ていたが、侯爵の屋敷の一帯は無事であった。周囲を高いコンクリート塀で囲まれ、鋼鉄製の表門を入ると広い庭園があり、その奥にまるで美術館のようなモダンな造りの洋館がそびえている。田淵侯爵は夫人を三年まえに亡くし、ふたりの息子もとうに成人してそれぞれ家庭を持っているため、土方《ひじかた》という老執事とコック、それに数名の召使と暮らしていた。それだけの人数には広すぎる大邸宅だが、田淵侯爵の趣味は美術品の蒐《しゅう》集《しゅう》であり、先祖から引き継いだものに自分が金に糸目を付けずに集めたものも合わせると、膨大な数のコレクションを所持していた。それらを保管しておくためにはかなりの場所を必要とするらしいのだ。美術品の管理は、執事である土方が長年にわたって担当している。

そんな田淵侯爵のところに、あの怪人二十面相から予告状が舞い込んだのである。


余のことは新聞などにおいてご存知のことと思う。

貴下は、名代《なだい》の美術品蒐集家だと聞き及んでいるが、余も美術品にはいささか趣味がある。

そこでこのたび、貴下の所蔵される明智光秀伝来の茶碗をちょうだいすることにした。

茶器は田淵家の家宝と聞く。貴下としては家宝を他人に渡すのはさぞかし嫌なことだろう。

しかし、貴下がお断りになろうと、当方の都合により、勝手に譲り受けることになるのでその旨《むね》お含みいただくようお願い申し上げる。

日時は二月の十五日、二十四時ちょうど。

警察に報《しら》せて、警備を厳重にすることをおすすめする。もちろん無駄になるわけだが。

怪人二十面相

田淵侯爵は震え上がった。怪人二十面相といえば、帝都を騒がす大盗賊である。変装の名人で、老若男女、外国人にさえも化けることができ、その見事さは家族や親友をもあざむくほどだ。職業はおろか、声や背の高さなども意のままに変えられるというその変装技術とオリンピック選手並の身体能力、そして天才的な発想と大胆不敵な行動力で美術館や宝石商、富豪の屋敷などから高価なものや値段のつけられない貴重なものなどを盗み出す。貧乏人からは一銭も取らず、金持ちばかりを狙う。警察をまんまと出し抜くその手口の鮮やかさには、ひそかに喝采を送る庶民も多かった。

侯爵が警視庁に届け出ると、すぐに中村という警部がやってきた。なんでも、二十面相とは何度も対峙《たいじ》したことのあるベテランだという。

「二十面相はたしかに手ごわいが、怪人といってもただの人間です。かならず逮捕してみせましょう」

警部は自信ありげに言ったが、田淵侯爵は疑わしそうに、

「わしはその賊を逮捕してほしい、などとは一言も言うておらん。明智の茶碗を守ってくれればそれでいいのだ」

「無論、茶碗を盗《と》られぬよう、できるかぎりの努力はいたします」

「努力では困るのだ。その怪人の魔手から守ってもらえぬならば、わざわざ警察に報せてやった意味がない」

「どういうことです。本当は警察に言いたくなかったとでも?」

「当たり前だ。わしは侯爵だぞ。きみたち警察官の泥足に屋敷の床を踏み荒らされたくはない。だが、相手が稀代《きたい》の大盗ならば仕方がない。命に代えても家宝の茶碗を守備してくれたまえ」

中村警部もムッとして、

「そうしたいのはやまやまですが、我々の目的の第一は二十面相の逮捕です。茶碗の警備は重要度としては二番目ですな」

「なんだと？　それは困る。きみたち警察官は、わしら華族の財産を守る義務がある。盗賊なんぞにかまけて、肝心の茶碗を盗られてはなんにもならん。そこを間違えるなよ」

「そうは参りません。警察としては、望まぬことではありますが、たとえ茶碗が破壊されても盗賊の捕縛《ほばく》を優先し、市民の安全を守るつもりです」

田淵侯爵と中村警部のあいだには一触即発の空気が流れた。中村の部下と執事の土方が同時に咳払いをして、ふたりに自制をうながした。中村は冷静さを取り戻して、

「この屋敷にはほかにも財宝や美術品がたくさんあると聞いておりますが……」

「そのとおりだ。大金を投じても購《あがな》えぬ貴重品が山のようにある」

「明智光秀の茶碗というのは値段はどのぐらいするものですか」

侯爵は肩をすくめて、

「庶民というのはこれだから困る。俗気丸出しで美術品の価格を知りたがるなど、失礼千万だ。あれは当家の家宝ゆえ、金銭には替えがたいものなのだ」

「でもありましょうが、ほかにも高価なものがあるならば、二十面相がなぜその茶碗だけを狙っているのかと思いまして……」

侯爵は少し動揺したようだった。すかさず執事の土方が、

「わが屋敷には、そのへんの美術館を上回るほど多くの蒐集品が収められておりますが、あの茶器はなかでもかなり値打ちがあるほうでございます。いくら怪盗でも一度に幾品も盗むことはむずかしゅうございますゆえ、とりあえず今回は茶碗に絞ったのではございますまいか」

「そうかもしれません。——侯爵、この二十面相からの予告状が来たのはいつですか」

「えーと、いつだったかな。土方……」

侯爵は執事に顔を向けると、

「ちょうど十日まえでございます。わたくしが早朝、郵便物を受け取るために門のところに参りますと、いちばん下に入れられておりました」

中村警部は予告状の入っている封筒をしげしげと見て、

「切手が貼られていない。おそらく夜のうちに手下にでもこっそり郵便受けに入れさせたのだろう。——十日もまえに来ていたのに、なぜ警視庁への届け出が今日になったのですか、侯爵」

田淵侯爵は顔をしかめると、

「べつにかまうまい。予告されている日付はまだ先だ」

「我々にも準備というものが必要です。早めに報告していただくにこしたことはありません。それに、世間を騒がしている悪党から予告が来たのですから、ただちに届けるのが当然の義務でしょう」

「邏卒《らそつ》風情がわしに意見をするつもりかね」

「二十面相を甘く見てはいけません。周到に準備をし、警戒のうえに警戒を重ねるべきなのです。私はこれでも、二十面相の専門家をもって任じております。今まで幾たびもこの怪盗と対峙いたしました」

「幾たびも対峙した、ということはそのたびに逃がしているということでもあるな」

中村警部は苦虫を嚙み潰したような顔になった。二十面相に煮え湯を飲まされた経験を思い出したのだろう。

「たしかにやつを捕まえるのは容易ではありません。それは認めます。ですから、よけいに早く知らせてほしかったのです。──その茶碗を見せていただけますか」

「きみたちが見ても、値打ちはわかるまい」

蔑《さげす》んだ物言いに、

「お言葉ですが、私も警視庁に奉職して以来、さまざまな美術品に接する機会を持ち、それなりに目も肥《こ》えております。それに、狙われている品物がどのようなものかわからぬでは、守りようがありません」

侯爵は鼻を鳴らし、建物の地下に中村を案内した。廊下の片側に八つの部屋が並んでいる。扉は鋼鉄製で、頑丈そうな錠がおりていた。まるで刑務所のようだ、と中村は思った。「2」と番号の書かれた部屋の錠を、土方が腰に下げた鍵で開けた。なかは細長く、かなりの奥行きがあった。左右の壁は三段の棚になっているが、蒐集品らしきものはなにもない。ただ、右の棚の中央付近に、紫の袱紗《ふくさ》に包まれたものがちょこんと置かれていた。執事はうやうやしく両の手でそれを捧げ持つと、小さなテーブルのうえで包みを解いた。ほぼ立方体の木箱が現れた。

紐をほどき、蓋を取ると、なかには黒っぽい色の茶碗が入っていた。

「これが、田淵家門外不出の家宝、明智光秀秘蔵の雨漏《あまもり》茶碗でございます」

土方はいかにもありがたそうにそう言ったが、中村にはただのつまらない茶碗にしか見えなかった。さっきは売り言葉に買い言葉でえらそうなことを言ったが、この茶碗だの壺だのというのだけはいまだに値打ちがわからない。土をこねて焼いただけのものに、ピンからキリまで差が出るというのが不思議だ。茶を入れて漏らなければそれでいいではないか……。

「どうだね」

侯爵の言葉に、

「あ、いや、なかなかの名品かと……」

侯爵はうなずいた。

蓋の裏には箱書きがあり、

明智雨漏手「焼残」由来
元来惟任日向守光秀公ノ御物ナレド
光秀公御逝去ノ後、明智秀満坂本城ニ火ヲ放チ
什器珍宝悉ク焼ケタリシガ
此茶碗焼失ヲ免レタル故「焼残」ト名付ク
一期一会ノ品也

其ノ家ノ火災ヲ避クルノ功有ト云フ
故有テ田淵家ニ伝フ、子孫永宝ナスベキ也

と書かれていた。

「明智光秀は、織田信長《おだのぶなが》から八角釜《はっかくがま》を拝領したり、茶会を催す許しを受けたほどの茶の湯好きだったが、彼がことに愛していたのがこの雨漏茶碗だ。本能寺《ほんのうじ》の変のあと、光秀は山崎《やまざき》の合戦で秀吉《ひでよし》に敗れ、捲土重来《けんどちょうらい》を期して落ち延びようとしたが、小栗栖《おぐるす》村というところで落ち武者狩りの百姓の槍に深手を負い、もうこれまでと自害した。光秀から留守を預かっていた明智秀満《ひでみつ》は、光秀逝去の報を聞き、坂本《さかもと》城に火を放った。この茶碗もそのときに焼けたと思われていたが、なぜか焼失を免《まぬが》れたということで『焼残《しょうざん》』という銘がついている。この茶碗を持っていると火事の難を避けられるという言い伝えもある」

「それは便利ですな」

「本能寺の変のあとに、お気に入りの家臣に与えたのではないか、と言われている。それが、どうめぐってわが先祖田淵光輔《こうすけ》の手に落ちたのかはわからないが、そういう逸話も手伝って、この茶碗には計り知れない値打ちがあるのだ」

「ほほう……」

中村が茶碗を持ち上げようとすると、

「触るんじゃない！」

侯爵が言った。

「きみのためを思ってのことだ。もしきみがこの茶碗に傷でもつけようものなら、家屋敷を売り払っても償いには足らんだろうからね」

中村は思わず手を引っ込めた。彼は借家住まいなのだ。

土方は蓋を戻し、紐をかけ、袱紗で包むと、箱を棚に戻した。中村は侯爵に、

「この部屋には、この茶碗しか置いていないのですか」

「そうだ。家宝だからな。ほかのものがあるとたびたび出入りをすることになり、用心が悪い。だから、2号室は茶碗専用にしておるのだ」

三人は部屋を出た。執事は鍵をかけた。ガチ……という金属音が地下通路に響き渡った。

「こうしておけば、まずは安心だろう。鍵はつねに土方が肌身離さず持っておる」

田淵侯爵はそう言ったが、中村はなにも応えなかった。二十面相にとって、鍵だの鋼鉄の扉だのがなんの意味も持っていないことを彼は知っているのだ。

屋敷を出るとき、門のところまで送りにきた執事の土方が、

「主《あるじ》とわたくしは、できれば警察の皆さまの手をわずらわせることなく、うちうちで対応できぬかと検討しておりました。ですが、相手が怖ろしい天才盗賊であることを考え、熟慮のうえ、お届けすることにしたのです」

言い訳するようにそう言った。

「なぜ、うちうちで対応したかったのです」

「華族というものは、暮らしぶりを他人に見せるのを嫌がるのです。それに、うちにそのような財宝があると世間に喧伝《けんでん》することになり、新たな盗賊を呼び寄せかねません」

土方は頭を下げた。

警視庁に戻った中村警部は、さっそく二十面相対策を開始した。警視総監の許可を受け、手練《てだ》れの警察官十名を選んで田淵邸の警備に専念させることにしたのだ。彼らに変装の見破り方について伝授し、屋敷に出入りするものは、たとえ見知った顔であってもいちいち呼び止めて所持品検査をしたうえ、変装していないかどうかチェックするよう指示した。また、田淵侯爵には、二十面相の予告した日には一切の来客を断るように申し入れた。

そして、ついにその日が来た。中村警部は部下とともに昼過ぎには屋敷に赴《おもむ》き、門のまえにふたり、玄関にふたり、裏門にふたり、計六人の警官を配備した。地下の収納部屋の扉のまえにも二名の警官を立たせ、みずからは部屋のなかに陣取り、外から鍵をかけさせた。田淵侯爵と執事には居間から出ぬようにと言いつけ、念のために警官をふたり待機させた。侯爵や執事に自由にうろつかれると、二十面相の変装の恰好の餌食《えじき》になってしまうからだ。

「さあ、来るなら来い」

午後二時頃にはすっかり支度が調った。予告時間は夜中の零時だが、準備は早いに越したことはない。中村警部は袱紗に包まれた木箱のまえで折り畳み椅子に座り、腕組みをした。目はじっと、その箱に注いでいる。もちろんなにごともない。予告時間まではまだ十時間もあるのだ。はじめのうちは気合いの入っていた中村だったが、次第に退屈になってきた。喉も渇いてくる。

（やはり、茶か水を持ってくればよかった……）

執事の土方にそう頼んだのだが、家宝を仕舞ってある部屋で飲み食いなどもってのほか、と一蹴《いっしゅう》されてしまったのだ。それに、密室で水分を摂ると尿意を催す、と中村も思った。だが、喉の渇きというのは、一旦気になりはじめると耐え難くなってくる。

（少し早く来すぎたかもしれん。ああ……喉がひりつくようだ。息も苦しくなってきた。ここに茶碗があるというのに、茶がないとは馬鹿馬鹿しい話だ。茶碗というのは、茶を入れてこそ役立つというのに……。この茶碗で茶が飲みたい）

鍵のかかった密室に閉じ込められているという気持ちも手伝って、中村警部の神経が限界に達しかけたとき、

「警部殿……警部殿」

扉を叩く音とともに、部屋の外にいる岸里《きしざと》という警官の声がした。

「な、なんだ」

ホッとしたのを悟られぬように、中村が平静を装った返事をすると、

「今、執事の土方氏が来られまして、夕食の支度が調ったので警部殿にもご一緒願いたいと申しておられましたが、いかがなさいますか」

中村はわざと大きな舌打ちをして、

「居間から出るな、とあれほど釘を刺しておいたのに、言うことをきかんやつだ。——本物の

執事だっただろうな」

「はい。警部殿に教わったとおり確認しましたが、メーキャップではありませんでした」

「ならばよい。――せっかくの申し出だが、私はここを離れるわけにはいかんからな」

「それでしたら、我々二名のうち一名が、なかに入って警部殿の代わりを務めますが。夕食のあいだだけでしたら、それほど時間もかからないと思いますし、二十面相の予告時間まではまだ六時間もあります。これまで彼奴《きやつ》は、犯行時間をたがえたことはありません」

「それもそうだな。せっかくの心づくしを無にするのも失礼だ。すぐに戻ってくるから、きみ、しばらく代わってくれるかね」

「心得ました。土方氏を呼んでまいります」

執事の手で鍵が開けられ、中村は2号室を出た。外の空気は甘く、彼はそれを肺いっぱいに吸い込んだが、部下ふたりと執事の目が自分に集中していることに気づき、なんでもないふりをした。

「山岡《やまおか》くん、なかに入ってくれたまえ」

山岡という警官と交替すると、中村は執事とともに田淵侯爵の居間に向かった。

「ご苦労だな」

自分の財産を守ってくれているという思いからか、侯爵は労をねぎらうように言った。

「いえ、職務ですから」

「うちのコックが作った夕食だ。英気を養うためにも腹いっぱい食べてくれたまえ」

テーブルのうえにはビフテキやシチュー、海老フライ、貝のコキールといった美味《うま》そうな洋食が湯気を上げている。思わず喉がごくりと鳴り、中村はその音を聞かれてはいないかと侯爵をちらと見た。侯爵は気にもとめていない様子で、

「葡萄酒《ぶどう》はなにかお好みがあるかね」

「仕事中ですから酒は……」

「そうだったね。悪いがわしは飲ませてもらうよ」

それからふたりだけの夕餉《ゆうげ》がはじまった。土方ともうひとり三船《みふね》という使用人が給仕役を務めた。侯爵は優雅に葡萄酒と料理を楽しんでいる風だった。中村もそう振舞いたかったが、ごちそうのあまりの美味さに舞い上がってしまい、気が付いたらがつがつといつもの調子で食べていた。すっかり平らげると、コーヒーとお菓子が出た。侯爵が、

「料理は口に合ったかね」

「はい。こんな美味い洋食は、生まれてはじめて食べました」

「ははははは。正直だな」

ふと壁掛け時計を見ると、もう一時間以上が経過していた。ほんの十五分ほどで交替するつもりだったのだ。中村はあわてて立ち上がると、

「ごちそうさまでした。見張りに戻ります」

「よろしく頼む」

葡萄酒をたっぷり飲んだ侯爵の顔は赤くなっていた。

土方とともに地下に降り、2号室のまえに立っている岸里という警官に、

「なにごともなかったか」

「はい。だれも出入りしておりません」

「よし」

執事が鍵を開け、扉を開けると、

「警部殿、待ちくたびれました」

中村の代わりになかに入っていた山岡は、おそらくずっと箱を凝視していたのだろう、目が充血していた。

「すまんすまん。思ってもいなかった豪華な料理が出たもんで、つい長居をしてしまった」

「我々も空腹であります」

「我慢しろ、勤務中だ」

自分はごちそうを食べておきながら部下にはなにも食べさせないというのはどう考えても矛盾していると思ったが、仕方がない。執事がすまなそうに、

「あとで出前など取って、お届けしますのでご辛抱ください」

中村はふたたび2号室に入った。鉄の扉が閉められ、鍵がかけられる音がした。腕時計を見る。犯行予告時間まであと四時間半ほどだ。中村は気合いを入れ直して折り畳み椅子に座った。しかし、なにしろ腹が一杯だ。すぐに眠気が襲ってきた。

(いかん、いかん。こんなところで寝てしまったらたいへんだ)

時間に余裕はあるから、三十分ほど仮眠しても問題はないかもしれないが、中村は自分のいびきが人一倍大きいことを知っていた。もし、それが表に立っている部下に聞こえたりしたら大恥をかくことになる。それが怖かった。

(あんなに食べるんじゃなかった。でも……美味かったなあ。とくにあのビフテキ。あんなに分厚いのは見たことがない。焼き加減も頃合いで、かかっているソースがまた……)

反芻《はんすう》しているうちに、また眠たくなってきた。頰をぴしゃりと叩いて目を覚ます。しかし、何度も叩いているうちにそれぐらいでは効かなくなってきた。手の甲をつねってみる。ペンで太股を刺してみる。鼻をつまんでみる。どれも、しばらくは効果があるのだが、すぐに慣れてしまう。

…………。

口からよだれが垂れている。あわてて手で拭き取る。そこで気づいた。

(しまった。寝ていた!)

時計を見る。なんと午後八時半を回っている。箱は……。

(よかった。あった)

箱は無事であった。外にいる部下たちにいびきを聞かれていないか心配だったが、こちらからたずねるわけにもいかない。立ち上がって扉のところまで行き、耳を澄ますが、なんの話し声も聞こえてこない。やれやれとかぶりを振りながら折り畳み椅子に座り直す。

しばらくすると、下腹がしくしくと痛くなってきた。慣れないものを食べたせいだろうか。だが、この部屋を出るわけにもいかない。我慢だ。我慢……。

（う……痛《い》たたた……）

腹痛は治まるどころか次第に強くなってくる。元来、中村は胃腸が丈夫なほうで、腹痛はおろか下痢や便秘もほとんど経験したことがない。

（どうして……こんな大事な日にかぎって……）

立ち上がったり、座ったり、歩いたりしてみたがどうにもならない。下腹部がごろごろ音を立てはじめた。腹下しのようだ。中村は椅子に座ったまま背筋を伸ばし、腹式呼吸で息を吸い、吐いてみた。たいがいの腹痛はこれで治まると聞いたことがあったからだ。四、五回繰り返すと、ようやく痛みが薄らいでいった。

（よかった……）

気持ちを箱のほうに切り替える。あと三時間ほど。集中が足らんのだ。だから腹が痛くなったりするのだ。中村は、気合いで乗り切ることにした。だが、十分ばかりしたころ、額に脂汗《あぶらあせ》が滲《にじ》んでいることに気づいた。じつはさっきからまた痛みがぶりかえしていたのだが、それに気づかぬふりをしていたのだ。今度はさっきよりも強い痛みだ。もう一度呼吸法を行ったが、まるで効き目がない。

（扉を叩いて、便所に行きたいから開けてくれ、と言うしかないか……）

責任者としてそんなかっこ悪いことはしたくなかったが、どうにもならない。もし、判断を誤ったらここで漏らしてしまうことになる。家宝の置いてある部屋でそれは、さすがに許してはもらえまい。意を決して、中村は扉を叩いた。

「おい、ちょっと開けてくれ」

しかし、返事がない。

「どうしたんだ。おい、私だ。鍵を開けてくれ」

やはり反応はない。急に、自分が閉所に閉じ込められていることを思い出し、中村は恐怖を感じた。大声を上げ、力を込めて扉を叩き、揺さぶった。もう、なりふりかまっている場合ではない。出られないとわかると、急に腹の痛みが増した。もう一刻の猶予《ゆうよ》もならない。

「おい！　返事をしてくれ！　開けろ、開けろ開けろ開けろ！」

十五分ほど叫んでいると、

「警部殿、なにかありましたか」

間抜けそうな声がした。安堵した反面、怒りが込み上げてきた。

「なにをしていたんだ！」

「す、すいません。じつは……」

「あとで聞く。いいから開けろ！」

「はいっ。すぐに土方氏を呼んでまいりますので、しばらくお待ちを」

そうだった。いちいち土方を呼んでこなければならないのだ。中村は待った。脂汗がいくらでも出てくる。執事が来るまでの時間がものすごく長く感じられた。そして、鍵を開ける音が

して、扉が開いた。入ってきた空気は甘かった。山岡が、

「申し訳ありません。じつは腹を下しまして、便所に行っていたのです。便所は一階にしかなくて、その……」

「岸里はどうしたのだ」

「ふたりとも腹を下したのです。あいつはまだ便所におります」

「馬鹿もの！　ふたり同時に持ち場を離れるとは……」

怒鳴ると腹が錐《きり》を刺したように痛んだ。

「どうもおかしいのです。ふたり同時に腹を下すというのは……」

「出前はだれが頼んだのだ」

「自分であります。この近くになじみの蕎麦《そば》屋があったので、警官の人数分親子丼《どん》を注文しました。自分はもともと胃腸は頑強で、こどものころから……」

「どけ！」

中村は山岡を押しのけると、早足で階段へと向かった。

「どちらへ行かれるのです」

質問にも答えず、必死に先を急ぐ。

「茶碗は自分が見ていましょうか。それとも外に立っていたほうがいいでしょうか」

「なかに入ってろ。鍵をかけてもらえ」

なんとかそれだけ言い残すと、中村は階段を駆け上がった。付いていこうとしていた土方は

あわてて地下へと戻っていった。

　ようやく便所を見つけ、戸を開けようとしたが、

「入ってます」

　それは、岸里の声だった。

「いつまで入っているんだ！　出ろ！」

「まだ途中です」

「うるさい。早くしないか。こっちはもう限界なんだ！」

　激しく戸を叩く。やっと出てきた岸里を突き飛ばすようにしてなかに入る。そして……。

（間に合った……）

　なんとかぎりぎりセーフの中村だったが、今度は便所から出られなくなった。ひっきりなしに便意が襲ってくるのだ。なかなか痛みも治まらない。出ようとするとまた催してくる。中村は気が気ではなかった。何度も腕時計を見る。ようよう便所から這い出たのは、予告時間まであと二時間というときだった。

　何気ない顔で2号室に戻る。扉のまえに立っている岸里が、

「警部殿も下痢ですか」

　ぶすっとしてそれには応えず、

「早く執事を呼んでこい」

　岸里はにやにやしながら階段を上がっていった。まもなく土方が鍵を持って降りてきた。扉

を開錠する。山岡が折り畳み椅子に座っている。

「なにごともなかったか」

「はい、このとおりです」

山岡は棚に置かれた箱を指差した。中村はうなずくと、彼と交替して椅子に座った。まだ、腹具合が本調子ではなかったが、やむをえない。今からが今夜の山なのだ。山岡は部屋を出ていき、外から鍵がかけられる音が聞こえた。

(またひとりになってしまったな……)

時計を見る。あと一時間半ほどだ。中村は、食い入るように袱紗に包まれた木箱を見つめた。一時間……五十分……四十五分……四十分……三十五分……三十分……二十五分……十五分……。今回こそ二十面相に吠《ほ》え面《づら》をかかせてやれたのではないか。あの明智小五郎の手を借りることなく、宝を守り切ったのだ。警視庁の大勝利だ。

あと十分というところで、またしても下腹がぐるぐる言い始めた。中村はハンカチで脂汗を拭く。今、ここを離れるわけにはいかぬ。もう少しの辛抱だ。十分間我慢すれば解放される。二十面相が予告したのは午前零時だ。それを過ぎてしまえば、警察の勝ちなのだ。そのあと、たとえば十二時半に盗まれたとしても、それでは犯行時間が予告時間と異なるから、向こうの負けとなる。これは天才的犯罪者と警察のあいだのゲームなのだ。値打ちのあるものを盗めばいい、というならただの窃盗にすぎない。これはゲームだから、時間をたがえた、というだけで勝敗が決まるのだ。

呼吸法で腹具合を鎮《しず》める。ふーっ、はーっ、ふーっ、はーっ……少し治まってきた。中村は立ち上がり、木箱に近づいた。もう少しだ。もう少しでこれを守りきったことに……。

電気が消えた。周囲は真っ暗になった。中村は前進して、木箱に覆いかぶさった。ぜったい離すものか。廊下から、どたばたと走り回る音が聞こえてくる。ということは、電気が消えたのはこの部屋だけでなく、屋敷全体がそうなっているのだろう。

(二十面相のしわざだ。だが、こうやって木箱を抱きしめていれば盗まれずにすむ)

中村は、木箱を抱えた手は死んでも離すまい……そう誓った。

「警部殿！　警部殿！　大丈夫でありますか！」

扉の外から岸里の声がした。

「周辺の家は問題なく、停電はこの家だけのようです。今、土方氏に電源を確認してもらっております。——我々もなかに入りましょうか」

これだ。この手に乗ってはいかんのだ。泡を食って鍵を開けると、部下に変装した二十面相が入ってきて……というパターンだ。これまで何度これでやられたことか……。

「私なら心配いらん。持ち場を離れるな」

「茶碗は大丈夫ですか」

「ああ、ここにある。大丈夫だ」

中村は、自分の言葉を確かめるかのように木箱をギュッと抱きしめた。そのまま五分……十分……。便意は消えていないが、ここが辛抱のしどころだ。

電気が点いた。目がちかちかする。腕時計を見る。午前零時十二分だ。手のなかには木箱がある。

（やった……やったぞ）

中村は小躍りしたいような気持ちだった。明智小五郎の手を借りずに、はじめて警視庁が二十面相に勝ったのだ。

「警部殿！　屋敷全体の明かりが点きました。やはり、配電盤を壊されておりましたが、修理が完了しました。そちらの部屋はどうですか」

「うむ、ここも電気が点いた。茶碗も無事だ」

そう言って中村は立ち上がると、土方を呼んでもらい扉を開けた。岸里と執事が入ってきた。

「見ろ。このとおり……」

中村は木箱を持ち上げて、彼に示そうとした。そのとき、

（おや……？）

木箱がやけに軽い気がしたのだ。そんな馬鹿な……。中村は蒼白になって、テーブルに木箱を置き、袱紗を解いて、紐をほどいた。岸里も、中村の様子がおかしいのがわかったらしく、彼の手もとをのぞき込んでいる。蓋を開ける。

「まさか……！」

そこにはなにも入っていなかった。中村は腰を抜かしそうになった。

「ど、どういうことだ……」

蓋の裏には箱書きがある。箱ごとすり替えられたわけでもなさそうだ。狼狽《ろうばい》した中村は部屋のあちこちを探してみたが、もちろん茶碗はどこにもない。そして、突然、強烈な便意が逆襲してきた。中村は岸里や執事を押しのけると、廊下に飛び出し、階段を駆け上がった。途中で、ちょうど降りてこようとする田淵侯爵にぶつかりそうになった。侯爵は、

「警部さん、茶碗は……」

どうなったかね、と言おうとしたらしいが、中村は応えず、便所に駆け込んだ。

（おかしい……）

中村は便所でしゃがんだまま考えた。

（この腹具合は変だ。私だけでなく、2号室の警備に当たっているふたりの部下までも下痢をするというのは……）

ようやく出すものを出し終え、中村は外に出た。

彼は居間に、侯爵、執事、警官、それに召使たち全員を集合させた。

「茶碗がなくなった……とはどういうことかね」

侯爵の顔には血の気がなかった。テーブルのうえには、なかが空っぽの木箱だけが置かれていた。

「申し訳ありません。このとおり、箱は守り抜いたのですが中身の茶碗だけが消えていたのです」

「それではなににもならんだろう！　警察官が十一人もいてこのざまとは……情けないにもほ

官に、

「まことになんと申し上げていいやら……」

中村は何度も頭を下げてから、部下たちに向き直った。門、玄関、裏門に配置していた警

どがある」

「今日、屋敷を出入りしたものはいないか」

皆は顔を見合わせた。正門を担当していたひとりが、

「蕎麦屋の出前持ちが二度、まいりましたが……」

「二度？」

中村が不審そうにききかえすと、

「ええ。出前ですから、持ってきたときと食器を取りにきたときの二度です」

「わかっている！」

中村が不機嫌そうに言いかけて、ふと気づいた。

「おい、山岡はどうした」

山岡というのは、2号室のまえで警備をしていた部下の片方だが、彼だけその姿がない。岸里が首をかしげ、

「さあ……さっきまではいたのですが……」

中村は部下たちに言った。

「探して、ここに連れてくるのだ。屋敷の外も徹底的に探せ」

警官たちはうなずき、居間から出ていこうとした。中村はふと思いついて、

「便所かもしれないぞ」

そう言って、侯爵に向き直り、

「なにものかが夕食に下剤を入れたのだと思います」

「わしも、きみと同じ食事を摂ったが、腹など下さなかったぞ」

「相手を選んで投入したのでしょう」

「なんのためにだね」

「さあ……それは……」

「下剤のことなど知らん。わしは一刻も早く茶碗を取り返してほしいだけだ」

侯爵はそう言ったが、その声は中村が思っていたほどとげとげしくはなかった。取り乱して胸倉をつかまれるぐらいのことはあるか、と覚悟していた中村はホッとしてハンカチで汗を拭いた。

「警部殿！」

警官がひとり走り込んできた。

「どうした？　山岡が見つかったのか」

「そうではありません。門のすぐ外にこれが……」

彼が手にしているのは、明智雨漏手の茶碗だった。

「おおっ！」

侯爵は身を乗り出し、それをひったくると、目を押し付けるようにして裏表をくまなく見た。

「間違いなく本物だ。傷もない」

彼は押しいただくようにして茶碗を木箱に仕舞った。

中村は警官に、

「どういうことだ」

「この屋敷を出て、道を左に曲がったところに自転車が倒れておりまして、岡持ちがひとつ放り出してありました。そのなかに、空《から》の丼《どんぶり》鉢《ばち》と重ねて茶碗が……」

「なに……？」

これで、蕎麦屋の出前持ちが事件に関与していたことは確実となった。二十面相本人か、もしくはその手下だろう。

「だが、どうしてせっかく盗んだものを置いていったのだろう……」

中村が言うと、侯爵は笑いながら、

「そんなことはどうでもいいのだ。こうして茶碗が戻ったのだからな」

「なにか理由があるはずです。もしかしたら……この茶碗はじつは価値のない偽物かもしれない。二十面相はそれに気づいて……」

「馬鹿げたことを……。言っただろう、間違いなく本物だとね。わしの目に狂いはない」

「いいえ、侯爵が先代から譲り受けられるより以前から偽物だったのかも……」

侯爵は鼻を鳴らし、

「くだらんね。わしはただの蒐集家ではない。古物の目利きだ。疑うなら、どこへでもいいから鑑定に出してみたまえ。この茶碗の値打ちがはっきりするはずだ」

そこへ、岸里に連れられて山岡がやってきた。顔が青白く、足もとがふらついている。

「どこでなにをしていたのだ」

岸里が言った。

「手足を縛られ、猿ぐつわをされて、庭の植え込みに押し込められておりました」

山岡は咳き込みながら、

「この屋敷に着いてすぐに便所に立ったのですが、そのとき、後ろから羽交い絞めにされ、口になにかを押し付けられて、意識が遠くなりました。気が付いたら、岸里に介抱されておりまして……」

「ということは……私がずっと話をしていたのは、あれは二十面相の変装だったのか。腹を壊したと言っていたのも演技だったのか。――こ、この馬鹿もの！　あれほど気を付けろと言ったのに……馬鹿め！　大馬鹿ものめ！」

「申し訳ありません」

「申し訳ないですむか！　私は腹を壊して、おまえに変装した二十面相と交替した。盗賊を、目当てのものが置いてある部屋に入れてしまったのだ。いくらでも盗み放題だ。そのあと、私が戻ってきて再度交替したとき、やつは箱をそのままに、茶碗だけを服の下にでも隠し、持ち出したのだ。茶碗だけ盗んだのは、木箱ごとだと目について持ち出せないからだ。それに、出前の丼にまぎれこませるためでもある。くそっ……そんな単純なやり口にしてやられたとは……ううう……とんだ赤っ恥だ！」

激昂《げっこう》する中村に、田淵侯爵が言った。

「まあまあ、そんなに彼を責めるのはかわいそうじゃないかね。もとはといえば、きみが不用意に口にした食事に下剤が入っていることに気づかず、持ち場を離れて便所に行ったことが原因だろう。まんまと二十面相にしてやられたというわけだ」

中村は返す言葉がなく、真っ赤になってうなだれるだけだった。

そのとき、山岡を探しに行っていた警官のひとりが戻ってきた。

「警部殿、玄関にこんなものが……」

そう言って一枚の紙を示した。中村は受け取ると文面を読み、田淵侯爵に手渡した。そこには、こう書かれていた。

本日、明智光秀伝来の家宝、ちょうだいにあがったところ、当方にいささかのしくじりがあり、よんどころなく茶碗を一旦そちらにお返しすることにした。

そこで、一週間後の二月の二十二日、夜十時に、再度、いただきに参上する。先日も申し上げたとおり、貴下がお断りになろうと、当方の都合により、勝手に譲り受けることになる。

警察では余の侵入を防げぬことは今回のことでよくおわかりと思うが、できうるかぎりの警備をなさることを強くおすすめする。

侯爵はわなわなと震え出した。

「まだ、あきらめないのか」

中村警部は、

「ご心配なく。つぎは今日に倍する人員を投入して警備に当たります」

「は？　よくそんなことを言えるものだな。部下に化けているのにも気づかず、下剤をかけられて便所から出てこないような警部さんの言葉をだれが信用するかね」

「今日は油断がありました。次回は身命《しんめい》を賭《と》して家宝をお守りする所存です」

「もういい。警察にはもう頼まん」

「そうはまいりません。これは犯罪行為の予告です。犯罪の防止は我々の職務ですから、あなたが頼もうが頼むまいが警備はさせていただきます」

「その警備が邪魔になるのだ。今回も、きみやきみの部下がいなかったら二十面相は収納部屋に入れていないはずだろう」

中村警部は赤面した。

そして、ようやく明智小五郎の登場となったのである。

警察に失望した田淵侯爵は、二十面相の好敵手として世に名高い明智小五郎の探偵事務所に事情を話し、出馬を要請した。もちろん小五郎は依頼を引き受け、助手の小林少年を伴うと二月二十二日の昼過ぎに田淵邸へと赴いた。小林は、「少年」とはいえ、国民学校高等科を二年まえに卒業し、現在十七歳である。探偵見習いとして明智事務所に勤務していた。

日々、東京への空襲が激化しており、三日前には米軍海兵隊が硫黄島への侵攻を開始したという記事が新聞を賑わわせていた。十六日、十七日、十九日と連続で空襲があり、大勢が犠牲になっていたが、ここ麻布区は被害を免れていた。

黒い背広に白いシャツ、赤いネクタイ、黒いソフト帽といういでたちの小五郎は、颯爽《さっそう》と道を進んだ。小林少年はそんな小五郎を誇らしげに見上げながら隣を歩いている。まもなく屋敷が見えてくるというあたりで小林が言った。

「先生、二十面相が狙っている明智光秀の茶碗というのは、どういう謂《いわ》れがあるのですか」

「もとは織田信長が光秀に与えた名器だそうだ。光秀が本能寺の変で君主信長を殺したあと、信長の本拠だった安土《あづち》城に入城し、金銀財宝や美術品を奪った。それを家臣たちに気前よく分け与え、朝廷や貴族たちにも金銀を送っている。そのときに光秀の茶碗も誰かの手に渡り、安土城焼失にも巻き込まれなかったようだ。それが回り回って田淵家の先祖の所有となったのだろう」

「先生も明智ですが、明智光秀とは関係があるのですか」

「はっはっはっ……遠い先祖らしいが、確かめたことはないね」

「主君を殺した裏切り者なんでしょう? そんな悪人が先生の先祖だなんて……」

「聞いた話では、光秀は悪人どころか、家臣には優しい殿さまで、戦で家臣が死ぬとみずから寺に寄進して、供養を頼んだそうだ。和歌や茶の湯をたしなむ教養人で、愛妻家だったともいうし、領民をいつくしんだので領地内では慕われていたそうだ」

「へえー、ぼくが知ってる話と違いますね」

「吉良上野介《きらこうずけのすけ》も領地ではたいへんな名君だったそうだし、歴史なんてよく調べてみないと本当のところはわからないよ。光秀は『護法救民《ごほうきゅうみん》』といってね、仏法を護《まも》り、民を救済するというのを信条としていたらしい。自分の領地はその考えで治めていただろうけど、天下の政《まつりごと》もそういう気持ちで行うべきだ、と思っていたかもしれないね」

「だとしたら、明智先生の先祖というのもわかる気がします」

「もうひとつ、光秀には面白い話があるんだ。――彼が、じつは天海《てんかい》僧正だったというのを知ってるかい」

「天海僧正？」

小林少年は小首をかしげた。天海僧正といえば、徳川家康《とくがわいえやす》の片腕として徳川幕府創成期に活躍した天台宗の僧侶で、家康を東照大権現《とうしょうだいごんげん》として日光《にっこう》東照宮に祀《まつ》ることにおいても、かなりの功績があったということを講談本で読んだことがあるが、明智光秀が天海僧正と同一人物というのは時代が離れすぎていないだろうか……。

「天海は亡くなったとき百歳を超えていたらしい。そんな長命な人間はあの時代珍しかったからそんな説が生まれたんだろうね」

「ただの俗説でしょう？」

「証拠と言われているものもあるんだ。日光東照宮には光秀の紋所である桔梗紋《ききょう》があちこちに取り付けられているし、日光にある明智平という場所は天海僧正が命名したのだそうだ。それに、春日局《かすがのつぼね》は光秀の家老だった斎藤利三《さいとうとしみつ》の娘だが、天海とはじめて会ったとき、『お久しぶりです』と声をかけたそうだよ。徳川家康も、天海と初対面のとき、家来を遠ざけて、ふたりだけで昔からの知り合いのように語り合ったらしい」

「ふええ……それはもっともらしいですね」

「あと、天海の諡号《しごう》は慈眼《じげん》大師だが、明智光秀の位牌《いはい》と木像がある寺は慈眼寺というんだよ」

「じゃあ、本当に光秀は、生き延びて天海僧正になったんですね！　知らなかったなあ」

明智はプッと噴き出した。

「なにがおかしいんです」

「きみのような純真な連中がたくさんいるから、こういう説がまことしやかに広まるんだろうね」

「え？　じゃあでたらめなんですか」

「決まってるだろう。戦国時代の英雄のほとんどは生存説がある。織田信長しかり、豊臣秀頼《とよとみひでより》しかり、石田三成《いしだみつなり》しかり、真田幸村《さなだゆきむら》しかりだ。当時は戦乱のなかで焼け死んだり、多くの死体にまぎれたりして死体が見つからない場合が多い。となると、すぐに『実は生きている』という説を唱えるものが出る。死体が見つかっていてさえ、『実は替え玉』とか言い出す。みんな、英雄豪傑には死んでほしくないんだよね。明智光秀もそのうちのひとりというだけさ。墓と言われているものもあちこちにあるんだよ」

　小林少年はふくれっ面になり、

「なんだ、そうだったんですか」

「有名な戦国武将のほとんどに埋蔵金伝説があるのと同じかな。一番有名なのは兵庫県の多田《ただ》銀山にあると言われている豊臣秀吉の埋蔵金だけど、武田信玄《たけだしんげん》、小早川秀秋《こばやかわひであき》、佐々成政《さっさなりまさ》、結城《ゆうき》秀康《ひでやす》、真田幸村、天草四郎《あまくさしろう》……みんな軍用金を埋めたという言い伝えがあるんだ。もちろん明智光秀にもあってね、安土城を襲ったときに信長が貯め込んでいた財産を奪い、それを琵琶湖《びわこ》に沈めたとか言われているそうだが、実際には家来や朝廷、貴族たちに分配したんだ」

　そのときふたりはようやく田淵家の表門のところまで来た。門前には四人の警官が警備に当たっていた。

「失礼ですがどちらさまですか」

　ひとりが小五郎たちを止めた。

「私立探偵の明智小五郎と助手の小林です。田淵侯爵からお招きを受けてやってきました」

「それは聞いておりますが、門から入ろうとするものは全員、身許と変装していないかどうかを確認するよう中村から指示されておりますので、ご免を被《こうむ》って……」

　その警官は明智の頬をいきなり手で引っ張った。

「痛たたた……」

「どうやら本物のようですね。では、申し訳ないがきみも……」

彼は小林少年の頬も引っ張ろうとしたので、

「きみ、こどもはいいだろう。背の高さを縮めるわけにはいかないからね」

「そうは参りません。例外は認めるな、と中村から厳命されておりますので」

「杓子定規《しゃくしじょうぎ》すぎるだろう。こどもの頬っぺたを引っ張るなんて、かわいそうだとは思わないのか」

するとと小林が進み出て、

「先生、ぼくは痛いぐらい我慢できます。――さあ、引っ張ってください」

警官も申し訳なさそうに、

「じゃあ、引っ張るよ」

頬を引っ張られながら小林はじっと警官の目を見つめている。警官が手を離すと頬が指の形に赤くなっていた。

「大丈夫か、小林くん」

「ええ、先生。ぼくはちっとも痛くありませんでしたよ」

小五郎は警官に向き直ると、

「これで気がすんだかね」

「はい。職務を果たせました。ありがとうございました。お通りください」

玄関にも四人の警官が立っている。案内を乞うと、奥から現れたのは執事の土方だった。

「お待ちしておりました。どうぞ中へ……」

ふたりは土方のあとについて廊下を進む。

「たいそうなお屋敷ですね」

小林少年が小声で言った。

「平安時代から続く旧家だそうだ。今の当主は美術品の蒐集が趣味で、先祖から引き継いだものだけじゃなくて、本人が買い入れたものも多いらしいよ」

「こんな時局に呑気な話ですね」

「しっ。執事さんに聞こえるよ」

ふたりは居間へと通された。そこには侯爵と執事のほかに中村警部と三人の警官の姿があった。中村はじろりと明智を見たが、無視して明智は侯爵に一礼すると、

「私立探偵の明智小五郎です。こちらは助手の小林です。お招きにより参上いたしました」

「よく来てくれた。わしがここの主《あるじ》、田淵太郎七だ。彼は、わしに代わって屋敷の一切を差配しておる執事の……」

「土方と申します」

「一週間まえに、二十面相がわが家の家宝である茶碗を盗みに来た。そのとき警察は大言壮語していたにもかかわらず、宝を守りきれなかった。それできみにお願いしたのだ。警察はまったく信用できぬ」

中村が、

「私立探偵はもっと信用できませんぞ。今回のことは余人の手を借りることはない、と私は何

度も申し上げたはずです」

「前回、あんな大しくじりをしておいてなにを言うか」

「今回は大丈夫です。警備の人員を三倍に増やしました。2号室のなかにも、警官を四名配備してあります。全員きのうから飲まず食わずなので便所に行く心配もありません。下剤や毒物を混ぜられる危険があるので、任務のあいだは水を飲むのも我慢するように言ってあります。廊下にも、一階、二階にも、もちろん庭にも警官がおります。我々の目の届かない場所はありません。私立探偵が来ても、なにもすることはないと思いますがね」

小五郎は呆れたように、

「こういう場合、人数が多くなればなるほど二十面相に変装する機会を与えることになるから逆効果だ、と以前に指摘させていただいたはずですが」

「結局、物量作戦が功を奏する。私は長年の経験から言っているのだ」

「ぼくも長年の経験から言っています。ほかの盗賊相手ならともかく、二十面相に対しては少数精鋭で当たるべきなのです」

「警察のやり方には口を出さんでいただこう」

「ぼくも、依頼された以上は最善を尽くしたいと思います。ぼくはぼくのやり方でやりますから、邪魔だけはしないでくださいね」

「そ、それはこちらの台詞《せりふ》だ！」

侯爵が口を挟んだ。

「中村くん、明智さんの邪魔をせぬようにな。でないと、きみの当屋敷への入場許可を取り消すからな」

「な、なんですと！　私は伊達《だて》や酔狂《すいきょう》でここにいるのではありませんぞ。警視庁の威信を賭けて、二十面相を逮捕しようと……」

「それよりも、茶碗を守ってもらいたいものだな。きみたちの威信などわしには関係ない」

中村は憤然《ふんぜん》として、

「犯罪者の逮捕は、個人の問題より優先すべきです」

明智がため息をついて、

「時間がもったいない。その茶碗をぼくにも見せていただけませんか」

侯爵が「よかろう」と言うのと中村が「だめだ」と言うのがほぼ同時だった。

「侯爵、我々警察としましては……」

「あの茶碗はわしのものだ。わしがいいと言っておるのだからかまうまい」

「茶碗は2号室で保管されており、まわりには四名の警官がおります。彼らは飲まず食わずで茶碗を見張っており、扉には鍵がかかっております。私はその鍵を、予告時間まで開けぬつもりでおります」

「明智くんはわしが依頼した探偵だ。彼にも茶碗を見てもらわねば、不公平だろう」

「そ、それにあの茶碗は……」

言いかけて中村は口ごもり、

「とにかく民間人の2号室への入室は認められません」

「うるさい。ここはわしの屋敷だ。――土方、鍵を持って明智くんたちを地下にご案内したまえ」

中村は憮然として、

「わかりました。しかたありません。私も同行します」

「それは勝手にしたまえ」

中村は小五郎に、

「きみが二十面相の変装ではないという保証はないからな」

「さっき門のところでぼくも小林くんも、あなたの部下に頬っぺたをさんざん引っ張られたよ」

地下に降りると、廊下に並んでいた警官がさっと敬礼した。中村警部は2号室のまえに立つと、

「今から一瞬だけ鍵を開ける。そうするつもりはなかったが、明智探偵が茶碗を確認したいそうだ」

土方が開錠し、扉を開けた。四人の警官が拳銃を抜いてこちらに狙いをつけていたので、小五郎は驚いた。中村が、

「よし、銃をおろせ。なにごともないな」

「はい」

「今のうちに用便に行ってよし。ただし、全員で行き、たがいに見張りあうこと。時間は十分

だ」

四人はあわてて階段を上がっていった。中村警部を先頭に、明智小五郎、小林少年、執事の土方の順番に部屋に入った。土方が、棚に置かれている木箱の袱紗を取り、紐を外して、蓋を取る。明智はなかにある茶碗をひと目見て、

「ふむ……なるほどそういうことか」

と小声で言った。中村は緊張した面持ちで、

「わ、わかったのか……」

ささやくように言った。

「もちろんだ。ぼくにも目はある。――本物はどこにある」

中村は一瞬嫌そうな顔をしたが、

「居間の金庫だ。茶碗だけを取り出して、そちらに移してある。金庫の開け方を知っているのは侯爵だけだ。あの執事さえも知らんのだ」

ほとんど聞き取れないぐらいの小声で答えた。小五郎は、木箱を元通りに戻させると、中村の耳もとで、

「知っているものはだれとだれだ」

「私と侯爵、執事だけだ。警備の警官にも教えていない」

「なるほど、一週間かけて偽物を作らせ、本物と入れ替えたのか。きみの考えそうなことだが……二十面相がそんなことでだまされるタマかな」

「私の計画にケチをつけるつもりか」

「いや、きみにしては上出来だ。ぼくも乗っかろう。——前回は明かりを消されたそうだね」

「そこにぬかりはない。配電盤のところには武装した警官をふたり張りつけてある。懐中電灯も用意した」

「ふーん、ますますきみにしては……」

そのとき、

「入れろといったら入れねえか！　俺をだれだと思ってやがるんだ」

玄関のほうから柄の悪い怒鳴り声がした。土方が真っ青になり、あわてて一階に行こうとしたので、中村は眉根を寄せ、

「今日は来客は断ってくれと言ったはずだ」

「は、はい、それはそうなのですが……」

ちょうど四人の警官が便所から戻ってきた。中村は、彼らが2号室に入り、外側から鍵をかけたのを確かめると、執事をうながして階上へと向かった。もちろん小五郎と小林少年も続いた。

玄関にいたのは頭を丸坊主にし、サングラスをかけた男だった。四人より早く、田淵侯爵が応対していた。

「見かけない顔だね。きみは井筒《いづつ》くんの代わりかね」

「まあ、そういうことだ。湯澄組若頭の白神《しらかみ》てえもんだ」

「困るじゃないか、今日は来るなと言っておいただろう」

「そんなことは知らねえな。来てほしくなかったら、払うものを払ってもらおうか」

「それはこのまえも井筒くんに言っただろう。今は払えない。だが、踏み倒すつもりはない。そのときが来たらかならず払う。井筒くんも一応納得して帰ったはずだ」

「そのときってえのはいつのことかね。井筒がなにを言ったかは知らねえが、湯澄の親分は、もう待てねえって言ってらっしゃるんだよ」

「だから、井筒くんには……」

「井筒で埒《らち》があかねえから、俺が親分に言われて、今日はじめて来たんじゃねえか。さあ、こどもの使いじゃねえんだ。元金・利息、耳をそろえて払ってもらおうか」

「いや、急にそんなことを言われても……」

「急だと？　こちとら、もう何年も催促してるんだ。それをのらりくらりと、いつまでもぐずぐず抜かしてるからとうとう俺が出張ることになったんだろうが」

「わ、わかってる。だが、ないものはないんだ」

「ふん、華族ってのはどうしようもねえな。そんな言い訳が通ると思ってるのか」

「言い訳じゃない。近いうちにはかならず……。約束するよ。いいかげんなことを言ってるわけじゃない。湯澄の親分さんにも話したが、あてはあるんだ。あとはそれをなんとか……」

小五郎が執事にそっとたずねた。

「あいつはヤクザかね」

「はい……湯澄一家というところの組員です」

「金を借りたのか?」

「恥ずかしながら、当家はこれといって事業をしているわけでもなく、美術品の売り食いで暮らしておるのですが、昨今のご時世、そういう贅沢品を買おうというものもおらず、かといって主《あるじ》は昔からの暮らしぶりを時局に合わせて変えようともしませんので、ついヤクザとわかっていながら金を借りたのがあだとなりました。それ以来、こうして矢の催促に参ります。もちろん借りた金は返さねばなりませんが、とんでもないトイチの利息でとても払えるものではございません」

「侯爵は、あてはある、とおっしゃってますが……」

執事はそれには応えず、ただはらはらとふたりのやりとりを見守っている。小五郎は、

「屋敷には警官がうじゃうじゃいるのに、よく入ってくる気になったものだな。豪胆というか無神経というか……」

業を煮やした中村警部が進み出ると、

「おい、貴様は湯澄組のヤクザだそうだな。今日のところは帰ってもらおうか」

「おめえはだれだ。俺に指図するっていうのか」

「警視庁の中村警部だ」

そう言うと恐れ入るかと思いきや、白神と名乗ったその男は、

「ふん……警察が怖くてこの稼業がやってられるかよ」

「私は湯澄組の事務所にも何度か行ったことがあるが、貴様は見たことがないな。本当に湯澄一家の組員なのか」

「どういう意味でぇ」

「知らないのか。今日、この屋敷には怪人二十面相が来ることになっている。家宝の茶碗を盗みに参上するという予告があったのだ。新聞にも出て、たいそうな評判になっているはずだぞ」

「ふふん、ヤクザが新聞なんぞ読むかよ。――だが、あんた、いいことを教えてくれた。そんなお宝があるなら、そいつを借金がわりにこちらにいただこうか」

「ば、馬鹿な！　あれはうちの家宝だ。だれがヤクザなんかに……」

「そのヤクザに頭を下げて、どうか金を貸してくれと言ったのはどこのどいつだ。かならず期日までに返すと言ったよなあ。返せなきゃ、それ相応のカタをいただかねえとな」

「茶碗だけは絶対に渡せん。頼むからもう少し待ってくれ」

「虫のいいことばかり言いやがる。――とにかく二十面相とかいう泥棒がその宝を狙ってるなら、これは俺にとっても大問題だ。そいつに宝を盗られないよう、俺も付き添わせてもらう」

「ダメだ、ダメだ！　ヤクザものに宝物を守らせるわけにはいかん」

中村警部は白神にそう言ったが、田淵侯爵が拝むようにして、

「こちらにもいろいろ事情がある。なにとぞこの男を同席させてもらいたい」

「ならば、こいつが二十面相の変装でないかどうかだけ、確かめさせてもらう」

中村は白神の頰を引っ張ろうと両手を伸ばした。

「な、なにをしやがる！」

「二十面相は変装の名人だ。貴様に化けていないともかぎらない」

「お、おい、ヤクザの頰を引っ張るってえのか」

「今日にかぎっては、例外は認められないんだ」

「てめえ、俺の頰っぺたに指一本触れてみやがれ。ぶっ殺すぞ」

「ぶっ殺されようとなにをされようと、私はやる」

中村警部は怖れる様子もなくその男に近づくと、頰を引っ張った。

「痛ててて……この野郎！　放せ、放しやがれ！」

白神は頭を左右に激しく振ったが、中村はスッポンのように放さない。しまいに白神は涙を流し、

「堪忍してくれ！　もう、わかっただろう」

中村はようやく彼を解放し、

「どうやら二十面相の変装ではないようだな。だが、今日は帰れ。怪盗がやってくるというときに貴様のようなヤクザ者がいては邪魔になる」

「うるせえっ。俺はテコでも動かねえぞ。その二十面相ってやつが茶碗を狙ってるなら、うちの一家にとっても敵ってわけだ。自分のものは自分で守るのが今のヤクザのやり方よ」

侯爵も、

「すまんが警部、警備の邪魔はさせないから同席させてやってくれ」

そう言うので中村もしぶしぶ、

「わかった。だが、おまえは変装してはいないようだが二十面相の手下だという可能性が消えたわけではないからな」

「疑《うたぐ》りぶけえ野郎だな。だったらうちの組に電話でもかけて確かめりゃあいいじゃねえか」

「ほう、おまえの組は一人前に電話があるのか。だったら、望み通りにしてやろう」

皆は居間へと移動し、中村が田淵家の電話を借りて湯澄一家にかけた。

「警視庁の中村警部だ。いや、貴様じゃわからん。親分を出せ。――湯澄か。中村だ。貴様のところの若頭だという白神という男が田淵侯爵の屋敷に来ておるのだが、間違いないか。いや、そうじゃない。こいつが本当にそちらの人間かどうか確かめたいだけだ。坊主頭の貧相なやつだが……うむ、わかった。それならいい」

中村は電話を切り、

「本物のようだな。屋敷にいてもいいが、くれぐれも我々の邪魔をするなよ。あと、警官の目の届くところにいろ。勝手に動くな。便所に行くのも、警官に声をかけて、付いていってもらえ。いいな」

「へいへい、わかりましたよ」

結局、小五郎、小林少年、田淵侯爵、土方、中村警部、白神、そして三名の警官という九名が居間で予告時間を待つことになった。今回は全員食事を摂らない。茶も飲まず、水差しの水をたまに口にふくむ程度である。便所に行くときはふたり一組で行き、たがいに相手を監視しあうことになっているが、緊張のためか飲食を断っているためか、用便に立つものはほとんどいない。

時間が経過するにつれ、皆、みじろぎもせぬようになり、壁掛け時計がコチコチコチコチ……と立てる音だけがやけに響いている。なにもせずひたすら待つというのがこれほどつらいとは……と小五郎は思った。予告の十時が近づいてくるにつれ、首を絞められているような息苦しさが少しずつ増していくのだ。

そして……。

「もうあと五分で十時だな……」

中村警部がだれに言うでもなくそうつぶやいたとき、突然、電気が消えた。

「またか!」

侯爵が吐き捨てるように言った。

「そんなはずはない。配電盤のところには警官を……」

そう言いながら中村は窓から外を見た。

「くそっ、二十面相のやつ……送電線を切ったな!」

侯爵の屋敷だけでなく、その周辺一帯の明かりがすべて消えているのである。廊下を走るバタバタという音。ひとが騒ぐ声。おそらく警官たちが不慮の事態にうろたえているのだ。

暗闇のなかから警官の声がした。

「警部殿、地下室に駆け付けましょうか」

「いや、動くな。ここにいろ」

「しかし、二十面相は2号室を……」

「いいから私の言うとおりにしろ！」

彼らは、本物の茶碗がここにあることを知らないから浮足立っているのだ。小五郎が、

「懐中電灯を……！」

「そ、そうだった」

皆はかねて用意の懐中電灯を点けた。か細い明かりだが、それでも足もとは照らせる。中村、小林少年、田淵侯爵の懐中電灯の光線が金庫に集中した。これではここになにかある、と教えているようなものだ、と小五郎は苦笑したがなにも言わなかった。とりあえず金庫に異状はない。おそらくまだ茶碗は無事であろう。小五郎は懐中電灯の光を自分の腕時計に当てた。十時を三分過ぎている。

「二十面相ってやつは結局来たのかい、来なかったのかい」

緊張をほぐすように白神がそう言って、まえに出ようとしたとき、

「動くな！」

中村警部が拳銃を抜いた。

「だれも動くんじゃない。動いたやつが二十面相だぞ！」

その真剣な声に全員が動きを止めた。五分……十分……十五分……。息をするのも忘れたかのように、皆が凍りついた状態で立っている。二十分……三十分……やがて小五郎が、

「警部、いつまでこうしていればいいのかね」

その言葉に全員がふーっと息を吐いた。中村が額の冷や汗を拭い、

「今度という今度はさすがの二十面相も手が出せなかったようだな。もういいだろう。茶碗を検《あらた》めてみよう」

侯爵は金庫のダイヤルを回した。重い扉を開けようとしたとき、小五郎が言った。

「開けたら空っぽだったりして……」

田淵は小五郎をにらみつけると、扉を全開にし、懐中電灯を向けた。そこには茶碗がひとつ、剝き出しで置かれていた。さっき2号室で見たものとそっくりである。侯爵は茶碗を手にして、

「本物だ」

そう言ってうなずいた。中村警部が鬼の首を取ったように、

「大成功だ。怪人だの魔法使いだのというが、やつもただの人間だということだ。これだけ厳重に警戒しておけば、なにもできないのさ。明智くんの出番がなくて残念だが、結局は数を動員すればよいのだ。これからの犯罪者逮捕は、きみのようなひとりの天才の手によってではなく、我々警察の人海戦術によって行われるようになり、気の毒だが天才探偵の需要はなくなっていくだろうね」

「お説ごもっともだが……おかしいと思わないかね」

「な、なにがだ」

「茶碗は2号室にあることになっている。少なくともきみの部下たちはそう信じている。だと

したら、地下が少し静かすぎるのではないかな。停電があって、予告時間からこれだけ経過したのだから、だれかが報告に来てもよいはずなのに……」

中村警部は舌打ちをして、

「地下でなにかあったというのかね。それこそこちらの思う壺ではないか。やつが我々の計略にはまったということだ」

そのとき、居間の扉が開き、皆はびくっとした。侯爵はあわてて茶碗を金庫にしまい、ダイヤルを動かした。

「警部殿、どこですか！」

だれかが入ってきた。中村は彼に光を浴びせた。

「そこで止まれ！　だれだ」

「表門の警備に当たっておりました村口《むらぐち》です。日本発送電の担当者によると近所の電柱が数本切り倒されており、復旧には朝までかかるそうです。いかがいたしましょうか」

「すぐに持ち場に戻れ。怪しいやつがいたら取り押さえろ」

その警官は足早に部屋を出ていった。中村は、

「私は、地下の様子を見てくる」

そう言って居間を出ていこうとした。小五郎と小林少年、それに侯爵も彼に続こうとしたので、

「ここを離れないほうがいい」

と言ったが、なぜか侯爵がどうしても2号室を確認したいと言い張ったので、結局、四人で行くことになった。

「俺はどうすりゃいい」

白神が言ったので中村は、

「こうなったら貴様ひとり置いていくのは危なっかしい。貴様も一緒に来い」

小五郎が懐中電灯の光を四方に向けながら、

「執事の土方氏はどこです」

田淵侯爵は、

「そういえば……土方！　土方、どこだ」

闇のなかから返事はない。

「地下が気になって、先に見にいったのかもしれん。とにかく急ごう」

なぜか侯爵は焦っている風だった。中村は三名の警官に、

「まだ油断はするなよ。金庫から目を離すな」

そう言い置いて、地下に向かった。懐中電灯で足もとを照らしながら階段を降りていく。小五郎は、まだ階下に着くまえに異変に気づいた。臭いがするのだ。

「小林くん、口を覆いたまえ」

「睡眠ガスでしょうか」

「そのとおり。おそらく地下はたいへんなことになっているはずだ」

ふたりは、皆のしんがりについてゆっくりと降りた。

「ああっ、どうした！」

中村の叫びが聞こえた。彼の懐中電灯の明かりに、数名の警官が折り重なるようにして廊下に倒れている光景が浮かび上がった。そして、2号室の扉が開いていた。中村を押しのけるようにして田淵侯爵がなかに飛び込んだ。室内にいた警官たちも床に倒れている。いびきをかいているものもいる。そのうちのひとりが執事の土方だった。侯爵は彼らに目をとめることなくまっしぐらに棚へと向かった。見慣れた茶碗がぽつんとそこに置かれていた。中村警部が侯爵の後ろから、

「よかった……。茶碗はあるぞ」

小五郎が冷静な口調で、

「だが、木箱がない」

侯爵はぶるっと震え、

「箱がない！　箱はどこだ！　あ、あ、あれがないと、わしはもう……」

中村は取り乱した侯爵の肩を両手で押さえ、

「あわてないでください。茶碗は本物も偽物も盗まれなかったのですから」

そう言った瞬間、田淵侯爵は中村の腕のなかにくずおれた。失神したらしい。

小五郎は、眠っている土方の手から合鍵の束を取り上げ、ポケットにしまった。

そして、しばらくのち。

まだ電気の復旧しない居間には、明智小五郎によって五人の男が集められていた。小林少年、中村警部、気絶から回復した田淵侯爵、同じく意識を取り戻した執事の土方、そして、湯澄組の白神だった。燭台《しょくだい》の太い蠟燭《ろうそく》がぼんやりとした光を放っている。

中村警部が不機嫌そうに、

「明智くん、いったいなにをしたいのだね。二十面相は停電の混乱に乗じて地下の廊下や2号室のなかにいた警官を睡眠ガスによって眠らせたが、茶碗を盗むことはできなかった。予告状には夜十時が盗難の時刻と明記してあった。やつはしくじったのだ。我々警視庁は、侯爵の家宝を守りおおせたのだ。私は早く帰って、この一件について報告したいのだ。なにか不審でもあるのかね」

「不審ですか？　もちろんあります。この事件は最初から最後まで不審だらけなのです。それについて今から皆さんに説明したいと思います」

小林少年が、

「では、先生はこの事件の真相をなにからなにまでおわかりなのですか」

「いや、そんなことはない。ある程度のことは把握したと思っているが、まだわかっていないことも多いよ。その穴を諸君に質問しながら埋めていきたいのだ。――まず、最初の事件だが、二十面相はこの屋敷にある家宝、明智の雨漏茶碗に目をつけ、予告状を送ってきた。侯爵はそれを地下にある2号室という収納部屋に保管していた。中村警部はその部屋に入り、鍵をかけた状態で見張っていた。部屋の扉の外側には山岡と岸里という二名の警官が警備に当たっていた。そして、その二名のうち、山岡という警官がじつは二十面相の変装だったのだ」

中村が苦渋に満ちた表情でうなずいた。

「中村警部の食事に、彼はこっそり大量の下剤と睡眠薬を入れた。警部が侯爵と夕食をともにしているあいだ、山岡は2号室に入っていたが、このときは茶碗を盗んでいない。あとで警部が戻ってきて、箱のなかを調べられたら、すぐにバレてしまう。盗めるものは彼しかいないのだからね。それに時間も予告より早すぎる。彼は、機会を待った。知り合いの店から出前を取ると言って、自分の手下に警官の人数分の親子丼を持ってこさせ、岸里の分に下剤をたっぷり入れた。やがて、中村警部と岸里の腹具合がおかしくなりはじめた。もちろん山岡は自分も腹が痛いふりをしたのだ。便所は一階にしかないので、2号室の鍵を開けることになる。彼は中村警部の許可を受けて、堂々と部屋に籠った」

中村は舌打ちをして、

「あのときは、まんまとしてやられた。人間、どれだけ身体や精神を鍛えていても、下《しも》のことになるとどうにもできんもんだ。やつはそこを突いたのだ」

「山岡に化けた二十面相は楽々と茶碗を箱から取り出し、服の下に隠した。箱ごとは無理だが、茶碗ひとつならなんとか隠せるのだ。戻ってきた中村警部と交替して部屋から出ると、彼は岸里にことわってから便所に行った。まだ下痢が続いていると言えば疑われる心配はない。そのときちょうど、出前に扮《ふん》した彼の手下が空になった丼を取りに自転車でやってきた。山岡は、皆の丼を集めて重ね、出前に渡すとき、ひそかにそのあいだに茶碗をしのばせた」

「ちょっと汚れますが、あとで洗えばいいのだから、上手い手ですね」

小林少年が感心したように言った。

「そして時刻が来た。山岡はまた便所に行くふりをして屋敷の配電盤のところに行き、それを壊した。完膚なきまでに破壊する必要はない。しばらく停電すればそれでいいのだ。山岡は停電のどさくさに屋敷を抜け出し、手下と落ち合った。そこで、自分が盗んだ茶碗を見て……」

小五郎は首をかしげ、

「なぜか、それをその場に残して立ち去った。そして、後日ふたたび盗みにくるという予告状が届いた。——予告状にあった『いささかのしくじり』という言葉の意味を考えながら、今日ぼくはこの屋敷にやってきたのです」

中村警部は鼻を鳴らし、

「泥棒の言うことをいちいち真に受けていたらどうしようもない。ただの気まぐれだろう」

「いや、彼のやることにはかならずなにか意味があるはずだ」

「その気になれば同じものを二度盗めるのだ、と自分の腕を誇りたいだけかもしれん」

「ぼくもそれは考えた。でも、ちがうな」

「じゃあなぜだ」

「仮説はある。今からそれを確かめたいのだ。——二度目の予告ということで、警察は前回の数倍の人員を投入し、侯爵もぼくのような探偵を雇った。二十面相としては、かなり盗みにくくなったはずだ。中村警部は、念には念を入れ、茶碗の精巧な偽物をこしらえると、2号室の木箱のなかに入れ、本物は居間の金庫に移動させた。我々はこの居間で二十面相がどんな手で来るかと身構えていたが、予期せぬ珍客が現れた。侯爵に貸した金を取り立てにきた湯澄一家の白神くんだ」

「珍客たあ恐れいるね」

「白神くんを加えた顔ぶれで我々は、食事も摂らずに予告時間になるのを待ち受けていた。2号室のほうは、なかに四人の警官が待機し、外の廊下にも数人の警官がいる。彼らは互いに互いを見張り合っている。そうこうしているうちに時間が来たのだが、我々のほうにも油断があった。配電盤の警備を厳重にしたので、電気が消されることはあるまいと高をくっていたのだ。ところが、二十面相は屋敷近くの電柱を切り倒して、周辺一帯を停電させた」

中村警部が、

「我々は金庫から片時も離れなかったので、本物の茶碗は盗まれることはなかった。我々の勝ちだ」

「ただ、二十面相は睡眠ガスを使って地下の廊下にいた警官を眠らせ、2号室に侵入し、なかの四人の警官をも眠らせた。しかし、茶碗は盗まずに姿を消した」

「やつもようやく、茶碗が偽物だと気づいたのだろうな」

「そうかな。――二十面相が、一回目の犯行のとき、茶碗を置いていった理由はなんだろう。そして、今回は本物も偽物もどちらも盗らなかった」

「単に失敗した、というだけだ」

「いや、彼の狙いが茶碗ではなかったとしたらどうかな。2号室からなくなったものがある。――木箱だ」

中村警部は呆れたように、

「木箱？　たしかに箱書きは骨董品の真贋《しんがん》を保証する大事なものだ。だが、中身があっての箱書きだろう」

小五郎はにやりと笑い、

「そこでぼくがふと思ったのは、白神くんの話だ。侯爵は、ヤクザの組から金を借りねばならない状態にあった。つまり、贅沢な暮らしぶりとは裏腹にかなり困窮していたということだ」

田淵侯爵が、

「たまたま手元不如意《ふにょい》だっただけだ。金が入ってくるあてはある。そのときに返す予定なんだ。湯澄組から借りたのは、金融機関だと審査だなんだと時間がかかる。どうしても欲しい美術品があってね、すぐに即金で買わないとほかの蒐集家に先を越されそうだったんだ。それで……」

「ぼくは、あのあと、地下にあるほかの収納部屋、1号室から8号室まで、合鍵を使って全部開けてみた。――気持ちいいぐらいにすっからかんだったね」

「なんだと？」

中村警部が頓狂《とんきょう》な声を出した。

「侯爵……あなたは先祖から引き継いだものや自分が購入したものも含めて、ほとんどの蒐集品を売り払ってしまった。それほどお金に困っていたのです。そのうえ、ヤクザからの借金の取り立てが厳しく、あなたはなんとかして金を入手する必要があった。しかも、かなりの大金を……」

「ふん、そんな方法があるなら教えてもらいたいものだ」

小五郎は芝居がかりにくるりと皆に背を向けた。黒い背広なので、暗がりに溶け込んでいるように見える。

「その方法なのですが……ぼくは前回の盗難について新聞で読んでから、もしかするとぼくのところに案件が持ち込まれるかもしれないと思って、いろいろ自分なりに調べておりました。その結果……」

そこまで言ったとき、小五郎は突然、背中に熱さを感じた。ちょうど心臓の裏あたりに、真っ赤に焼けた火箸《ひばし》を押し当てられたかのようだった。

彼の記憶はそこで終わっている。

◇

「そのとき、おまえは死んだのだ。だれかに背中をナイフで刺されてな」

「はあ……」

なんだか釈然としない。というより、死んだ気がしないのだ。犯罪や戦争などで唐突に命を奪われたものは皆、こんな気持ちなのか、とも思った。

「もう一度、よう考えてみよ。背中にナイフを刺した、ということは、犯人はおまえの後ろにいたはずだ。だれがそこにいた」

「ぼくは皆に背を向けました。だから、居間にいた全員がぼくの背後にいたはずです」

「ははは……だれが犯人であってもおかしくないということか」

「笑いごとじゃありません。だれに殺されたかわからないうちは、ぼくはずっとこの場所にいなくてはならないのですか」

「そうだ。極楽へも地獄へも行けず、宙ぶらりんのまま、この空間にとどまるしかない。――わしのようにな」

「では、推理して、犯人を当てればいいのですね」

「そういうことだが……たとえば甲が犯人だと思われるが、乙の可能性も少しだけある……みたいなことでは困るぞ。算術のように、だれが見ても間違いないという答が出なくてはいかん。その答がわしを納得させたら、おまえを極楽に送ってやろう」

「わかりました……と言いたいところですが、あまりに判断材料が足りません」

「殺されたとき、おまえは皆に推理を披露していたな。なにを言いかけていたのだ」

「それはですね……」

小五郎は、およそ一週間かけて田淵家と明智の雨漏茶碗について調べ上げた。滋賀県にまで足を運び、伝承なども含めて徹底的に調査したのだ。その結果わかったのは、琵琶湖一帯に「明智光秀の埋蔵金伝説」が残されているということだった。信長を弑《しい》して安土城に入った光秀は、信長が貯め込んでいた財宝をわがものとし、いずれ「護法救民」のために使うべく、ひとりの家臣に命じてそれらを琵琶湖に沈めさせ、その場所をある方法で後世に残した。民謡の形にした、という言い伝えもあれば（琵琶湖周辺には光秀の財宝のありかを示すという謎めいた歌詞の歌が伝わっている）、ある骨董品の箱にそれを記した、という説もあった……。

「ご本人にうかがうのが一番でしょう。あなたはどのようにして埋蔵金のありかを伝えようとしたのですか」

「はははは……そのまえにわしが財宝をどこかに隠したというのがまことかどうか、が先ではないのか。さきほどの話では、安土城から奪った信長の金銀や骨董は、家臣や貴族に惜しみなく分け与えたそうではないか」

「ですね。そのあたりの真実を教えていただきたいものです」

「それは言わぬが花というやつだが……安土城の金品はすべて分け与えてしまった、というのはまことのようだな」

「まるで他人事《ひとごと》ですね。——ぼくが言いかけたのはそういったことでした。光秀の茶碗もそれなりに値打ちのあるものかもしれませんが、それが入っていた木箱に隠し金のありかが記されており、二十面相の狙いは最初からその財宝だった。だから、一回目に茶碗だけを盗み、それを検分した結果、盗むべきは茶碗ではなく箱のほうだったと気づいたので、一旦茶碗を返したのです。二回目に木箱だけを盗むと予告すると、木箱に価値があると世間に喧伝することになりますから」

「それで、二度目は本物にも偽物にも目もくれず、木箱だけを盗んだというわけか」

「そう思います」

「正解、と言うておこう。わしはたしかにあの木箱に、財宝のありかを封印した……ような気がする」

「気がする、とは曖昧《あいまい》な言い方ですね」

「しかたあるまい。もう、ずいぶんと昔のことなのだ。忘れかけておった記憶の火を、おまえが掻き立てた……それだけだ」

「なるほど。どのような形で財宝のありかを記したのです？」

「そんなことより、木箱はだれが、どのように盗んだのかね」

「それは……まだわかりません。言ったでしょう。判断材料が足りないのです。しかも、それは永久に増えることはありませんね。ぼくの見聞は今話したものがすべてですし、ここから下界のことを覗き見るわけにいきませんから」

「そうとは限らんぞ。あらたな材料が増える可能性はある」

「どういうことです」

「おまえにつづいて誰かが死ねば、そのものがここに来る。そうすれば、おまえの死後に現世で起こったことを知ることができる」

「そう都合よくいきますかね。ぼくは殺されたので若いうちにここに来ましたが、居間にいた連中の寿命を待っていたら、最低でも二、三十年はかかるでしょう」

「そうかな？　わしらが話をしているあいだに、ひとりやってきたようだぞ」

「え……？」

小五郎が顔を上げると、ひとりの男がおろおろと歩いている姿が目に入った。それは、中村警部だった。

「警部……中村警部！」

小五郎が声をかけると、中村の表情が明るくなった。

「あ、明智くん！　助かった。知り合いがいてよかったよ。――ここはいったいどこなんだ。さっきからずっと歩いているんだが、同じところをぐるぐる回っているみたいなんだ」

小五郎は顔をしかめ、

「ここはあの世だよ。信じられないかもしれないが……」

「いや……信じられるさ。拳銃で撃たれたのでね」

中村がさばさばした表情で言ったので、小五郎のほうが驚愕《きようがく》した。そう言われてみると、たしかに中村の額の中央に弾痕があり、まだじくじくと出血している。

「だれに撃たれたのだ」

「ここから娑婆《しやば》の様子は見られないのかね」

小五郎は、この場所のシステムについて説明した。

「そうなのか。では、きみが刺されたあとになにが起こったか教えてやろう。あのとき私に見えたのは、きみの背中に突然ナイフが突き立った、ということだけだ。停電で暗かったので、懐中電灯の光が当たっている場所しか視界がきかなかったのだ。驚いた私は、あわてて横にいた連中のほうを向いて、だれがやったのかを見きわめようとした。だが……わからなかった。おそらく犯人はものすごく素早い動作できみの背を刺し貫き、すぐに離れたのだろう。全員、一様に驚いている様子だった。もちろんひとりはそういうふりをしているだけなのだが……」

小五郎は呆れたように、

「なにが起こったか教えてくれるはずじゃなかったのかね。それではなにもわからない」

「まあそう言うな。私は、こんな無法なことをするのはどうせヤクザだろうと思って、白神という男に詰め寄った。やつは、俺がやったんじゃねえ、と犯行を否定した。そこで揉み合いになり、あいつは隠し持っていた九四式拳銃で私を撃ったのだ」

「ほう……ということは、ぼくを刺したのも彼だったわけか」

「いや……それはどうやらちがったようだな。やつは、私を撃った瞬間、『本当に違うのにしつこいやつだ』と言い捨てたんだ。私はその言葉を耳にしながら絶命した……というわけだ」

「じゃあ、きみはぼくを殺したのがだれかもわからず、見当違いの相手を怒らせて殺された、とこういうわけだね。なんという死に損だ。まったくの無駄死にじゃないか」

「いや……まあ、そうだな……」

「この場所は、現世から新しい死者が来ることでしか新しい情報を得られないのだ。それをまったく……いや、待てよ」

小五郎は言葉を切り、

「やつが使ったのは九四式拳銃だと言ったね」

「ああ、言ったとも。それがなにか……」

そのとき、

「あっ！　明智先生！」

その声の主がだれかわかったとき、小五郎は信じられない思いだった。

「こ、小林くん……きみがここにいるということは、その、つまり……」

「はいっ。ぼくは死にました。田淵侯爵に殺されたのです！」

「なんだって？」

それは小五郎にとっても思いがけない展開だった。たしかに小林少年の喉もとには紫色の指の痕が点々とついている。

「侯爵がきみを殺した？　なぜだ」

「先生、あいつは人間の皮をかぶった狼です。先生をナイフで刺し殺したのもあの男でした」

「本当か！」

「はい。ぼくはこの目ではっきりと見たのです。そして、ぼくもやつの毒牙にかかったのです。ぼくは、先生の仇《かたき》を取ろうとして、侯爵に飛びかかり、首を絞めつけてやりました。しかし、侯爵は年寄りではありますが、びっくりするほど機敏で力も強く、逆にぼくの首を絞めたのです。ぼくも必死で手に力を入れました。そして……気が付いたらここにいたのです」

「なんということだ。きみのような少年の命を奪うとは……許せない。すまなかったね、小林くん。ぼくを師と仰いだばっかりに、きみは人生を短く終わらせてしまったね。許してくれたまえ」

「いえ、頭を上げてください。ぼくは先生の下で働くことができて幸せでした。今は戦争中で、大勢のこどもが空襲で死んでいます。短くても充実した人生を送れて、ぼくは先生に感謝しています」

「ありがとう……そう言ってくれると少しは気が楽になるよ」

「先生……ぼくは田淵侯爵が二十面相だったのではないかと思うのです」

中村警部が大声で、

「な、なんだと！」

小五郎はあくまで冷静な声で、

「ほう、なぜそう思うのだね」

「侯爵がぼくを襲った動きは素早く、力ものすごかったのです。あの年齢では、ありえないほどでした」

「なるほど。二十面相の変装だというわけか。その可能性は否定できないが、それでは侯爵が木箱がなくなっていたときに見せた取り乱した様子の説明がつかない」

「二十面相本人も予想していなかったことが起きたのかもしれません」

「それに、二十面相という男は卑劣漢ではあるが、殺人だけは決してしないはずだ。やつがぼくやきみを殺すというのはおかしいように思うが……」

「先生、今の二十面相は、かつての怪盗紳士ではなく、血に飢えた悪鬼です。人殺しはしない、という自分のルールも捨ててしまっているに決まっています」

小五郎がなにか言おうとしたとき、

「でたらめを言うな！」

皆は声がしたほうを振り返った。そこには憤怒《ふんぬ》の形相をした田淵侯爵が立っていた。後頭部がへしゃげて頭蓋骨が割れているのが見える。血もだらだらと流れ、止まる様子はない。

「わしがおらぬのを幸いに、よくもあることないことべらべらとしゃべりおったな。わしが二十面相の変装だと？　馬鹿め、わしは本物だ！　嘘だと思うなら明智くん、変装をしているかどうか頬っぺたを引っ張って確認してくれたまえ」

小五郎が、

「その必要はないでしょう。死後の世界に来てまで変装をしている意味はありませんからね。あなたは本物の田淵侯爵だと認めましょう」

「あのヤクザものが中村警部を射殺したので、わしは咄嗟《とっさ》にヤクザに躍りかかり、拳銃を奪おうとしたのだ。すると、このこどもが突然わしに火搔き棒で殴りかかってきた。わしは後頭部をこんな風にされて、それでも必死でそのこどもの首を絞めたが、その途中で力尽きて死んだのだ」

小林少年はぺろりと舌を出した。

「それともうひとつ、わしはきみを殺してはいないからな。だれがやったのかはわからんが、少なくともわしではない」

　小林は、

「いえ、あなたです。ぼくはこの目で見ました」

「明智くん、このこどもは、わしが二十面相の変装だ、とか、わしに襲われた、などと、もうふたつも嘘をついている。そんなやつの言うことを信じるのかね」

「先生、ずっと先生に協力してきた少年探偵団のぼくの言うことが信じられないのですか」

　頭を抱える小五郎に、侯爵は言った。

「きみに指摘されたとおり、わしは多額の借金を抱えていた。それは事実だ。相場に手を出したのがしくじりのはじめでね、そこからは借金が借金を生み、気が付くととてつもない額に膨れ上がっていた。あとで考えると、世間知らずの華族として相場師にいいようにだまされたのだな。——あらゆるものを売り払ったがまるで足りない。そして、とうとう湯澄一家から高利で金を借りねばならぬまでになったのだ。湯澄一家からの矢の催促がはじまり、わしは生きた心地もしなかった。だが、わしには借金を一掃する当てがあった。唯一手放さなかったあの茶碗だ」

「正確には、茶碗の入った木箱ですね」

「そのとおり。木箱を形作る板のどれかに、明智光秀の財宝の隠し場所が記されているはずなのだ。埋蔵金の言い伝えなどはほとんどがまやかしだが、これはどうやら真実らしい。わしは木箱を徹底的に調べたが、どこにも文字など書かれたり、刻まれたりしていない。あぶり出しになっていないか、板が貼り合わされていて、それを剝がすとなにか出てくるのではないか……レントゲンをかけたり、いろいろやってみたがどうしてもわからない。だが、なにか仕掛けがしてあるのだ」

「…………」

「そのうちに湯澄一家は、借金のカタにわしの屋敷を寄越せと言い出した。あれを取られたらわしは本当に丸裸で、住む場所もなくなってしまう。そこでわしは、湯澄の親分に明智の財宝の話をした。すると、親分は大笑いして、そんな与太話をだれが信じるのか、と相手にしてくれん。わしは親分に口止めをしたのだが、二十面相は、湯澄組のだれかから話を聞き、独自の調査をして、財宝の一件が真実だと確信したのだろう。——まあ、こうして死んでしまったら、借金も財宝もどうでもいいし、だれがだれを殺したとかも関係ないわけだがね」

小五郎は、

「そうはいかんのです。現世に謎を残して死んだものは、その謎が解かれぬかぎりはこの場所から動けないという決まりがあるらしい。極楽へも地獄へも行けずに、ずっとこの狭い空間にとどまったままだそうなのです」

「それは困るな」

小五郎は小林少年に向き直り、

「小林くん、きみはどうして嘘をついたんだ」

「そ、それはですね……」

「金に目がくらんだのか」

小林少年は目に涙を浮かべ、

「すいません、先生！　ぼくは嘘をついていました。じつは、あの屋敷に行くまえから、木箱に明智光秀の財宝の隠し場所が記されている、ということを知っていたのです」

「だれから聞いた？」

「白神というヤクザからです。やつは、協力しなければ殺す、とぼくを脅して、無理矢理言うことを聞かせたのです。そのかわり、財宝が見つかったら一部をやる、と……」

「どうしてぼくに相談しなかったのだ」

「明智小五郎に一言でも漏らしたら、明智もおまえも殺してやる、と言われたのです。ぼくは、先生に打ち明けようかと最後まで迷っていましたが、先生が殺されてしまって、もうぼくには助けてくれるひとはだれもいないんだと、怖くてどうしようもなくなりました。そのあと、白神が中村警部を射殺したのを見て、決心が固まりました。それで、侯爵が白神に襲いかかったとき、つい白神に加担してしまったのです」

「死んだあとなら真実を話してもよかっただろうに」

「先生に叱られるのが怖かったのです。死後の世界がこんな風に存在するなんて知りませんでした」

小林はまた涙ぐんだ。

「わかったから、もう泣くな。——結局、白神というヤクザが一番悪いということだな」

「はい、そうなんです」

「湯澄一家の親分は、財宝なんか与太話だ、と言い切っていたわけだから、今回のことは白神というやつが財宝があると信じて、それを独り占めしようと独断でやったのかもしれないな」

「はい、きっとそうです」

小林少年が強くうなずき、中村警部も、

「ありうる話だな」

田淵侯爵も、

「湯澄組からいつも取り立てに来ていたのは井筒という男だったから、おかしいとは思っていたんだ」

そう言って得心顔になったとき、

「気を付けろ、明智。さっきからここで聞かせてもらっていたが、そのガキの言ってることは嘘八百だぞ」

太く響く声に皆がそちらを向くと、そこにいたのは……。

「土方じゃないか。おまえも殺されたのか！」

侯爵が驚きの声を上げると、土方は、

「ちがう。俺は……」

言いながら顔をむしり取った。

「久し振りだな、明智」

そこに現れ出たのは小五郎にとって旧知といえるなじみ深い顔だった。

「そうか、二十面相……おまえまで殺されてしまったか。しかし、おまえともあろうものがだれに殺《や》られたのだ……というのも愚問だな。もう、向こうにはヤクザの白神しか残っていない」

「そういうことだ。さすがの俺も拳銃にはかなわない。やつは凄腕だった。身をかわそうとする俺の膝に一発食らわして足止めをしたあと、動けなくなったところを胸に三発……俺は必死で居間から出て、玄関まで行ったがそこでお陀仏《だぶつ》だった」

侯爵が感心したように、

「土方に化けていたのか。まるでわからなかった。たいしたものだな」

「ふふふ……俺は三日前から土方と入れ替わっていたのだ。本物の土方は、俺のアジトの一室で無事に過ごしているさ」

小五郎が二十面相をじっと見て、

「うすうすはわかっていたよ。電気が消えたあと、土方が居間からいなくなっていた。地下の様子を見にいったにしろ、侯爵に告げずに勝手に動くのはおかしい。それに、2号室の鍵が開いていたが、合鍵を持っているのは執事だけだった。だから、ぼくは……」

小五郎は小林少年の方を見ると、

「きみが、田淵侯爵が二十面相だったと言ったときに、おかしいなと思ったのさ」

「じゃあ先生はぼくが嘘をついていたとはじめから見抜いていたのですか」

「そういうことだ」

小林はがっくりと肩を落とした。二十面相は笑って、

「おまえはまだ、一番の大嘘を隠しているな。それを白状してしまえ」

小林は下を向いたまま応えない。

「言いたくないなら、俺がかわりに言ってやろう。──明智、おまえをナイフで刺したのはこいつだぞ」

さすがの明智小五郎も呆然とした。

「小林くん、本当なのか?」

小林少年は目を固く閉じて、無言のままでいる。

「嘘だろう。嘘だと言ってくれ」

「先生……申し訳ありません……」

それだけを絞り出すように言うと、小林は小五郎に背を向けた。二十面相は、

「俺は泥棒だから暗闇でも目が見える。こいつはたしかに、おまえの背中を刺した。俺はアッと驚いたが、もちろん口には出さなかった」

「なぜ、そんなことをしたのだ。ぼくはきみの親代わりとして手塩にかけて育ててきたつもりだ。きみもそれに満足していると思っていた。それがどうして……」

小林少年は顔を上げて小五郎を見た。

「それではおききしますが、先生はもし、光秀の財宝が見つかったらそれをどうするつもりでしたか」

「そうだなあ……。そんな大金は人間の心を狂わせる。見つけなかったことにして、こっそりもとに戻しておくさ」

「それが国家のために使われるとしたらいかがですか」

「今の日本は勝てない戦争を行っていて、戦局は泥沼だし、国民は疲弊しきっている。まだまだ大勢の犠牲が出るだろう。こんな戦争は一刻も早くやめなければいけないが、もし国家に金を与えたらその時期がもっと先になる。それは許されない」

「先生のご気性だと、そうなさるんじゃないかと思っていました。でも……それでは困るんです。数日前、先生がお仕事で外出中のときに、事務所にあの白神という男がやってきました。彼は、田淵侯爵の屋敷に明智光秀伝来の茶碗があること、それには光秀の財宝の隠し場所が記されていること、それを二十面相が狙っていることなどをぼくに話しました」

「そうか……。きみは全部知っていたのだね」

「白神は、湯澄一家とは関係ない人物で、湯澄親分からその話を聞いて、田淵侯爵の湯澄一家への借金を全額自分が肩代わりするから、借金のカタに茶碗をもらう権利を譲ってほしい、と申し出たのです。もちろん、湯澄親分は、金さえもらえればよいのですから、それを承諾しました」

二十面相が、

「俺は、湯澄一家のチンピラから茶碗と財宝の話を聞いたのだ。湯澄親分は財宝なんぞに興味はない、ということだったから、白神なんてやつがやってくるとは思ってもいなかったのだ」

小林少年は話を続けた。

「白神は、ぼくに協力するよう要請したのです。彼の目的は、二十面相に茶碗を奪われないようにすることと、それを自分が手に入れることです。それを先生が邪魔したり、財宝の秘密を皆に暴露するようなことがあったりしたら、力ずくででも絶対にやめさせろ、と言われました。たとえ……先生の命を奪うことになっても、と……」

「……」

「白神は、湯澄一家のものだと名乗って屋敷にやってきました。そのほうが面倒な説明がいらないからです。ぼくも白神も、二十面相が執事に化けているとは夢にも思いませんでしたし、財宝のありかが茶碗ではなく木箱に記されているということも知りませんでした。ぼくたちが居間の金庫の茶碗に気をとられているあいだに二十面相はまんまとぼくたちを出し抜き、睡眠ガスを使って地下の収納部屋から木箱を盗み出したのです」

二十面相は自慢そうに、

「茶碗は無理だが、木箱ならバラバラにすれば薄い板だから服の下に隠せる。警官に混じって倒れていたが、だれにも気づかれなかったぞ」

「で、その木箱はどうなったのだ」

小五郎がきくと、

「白神に盗られてしまったよ。あいつは、俺からその板を取り戻すために俺を撃ったのだ。だが、あいつに財宝のありかの解読方法がわかるかどうか……」

「おまえにはわかっているのか」

「もちろんだ。もう今となっては無意味だがな。――おまえはどうなんだ、明智」

「ぼくも当然わかっているよ。茶碗の銘『焼残』と箱書きがヒントだ」

名探偵と怪盗のふたりは、心が通じ合っているかのように微笑み合った。

「私にはさっぱりわからんよ。どういうことなんだ」

中村警部が言うと、明智が答えた。

「本能寺の変で焼け残った、とか、置いておくと火の用心になる、とか火事についてことさら強調しているのは、おそらくあの箱の板を燃やせ、という意味でしょう。熱湯をかけたぐらいではわからないが、燃やしたときに一瞬だけ隠し場所が浮かび上がる仕組みなのです。文字通り、『一期《いちご》一会《いちえ》』ですね」

「ははあ……そうだったのか」

中村はうなずいた。小五郎は小林少年に向き直り、

「きみは、ぼくが財宝の秘密をばらすことを怖れた白神の指示で、ぼくを口封じしたのだな。その見返りになにをもらった？」

「ぼくの将来です。ぼくは、探偵ではなく、軍人になって、この国を動かしたい……そういう夢があったのです」

「なるほど、白神は帝国陸軍内での地位をきみに約束した、というわけだな」

田淵侯爵が驚いて、

「ヤクザ風情がどうして帝国陸軍に顔がきくのかね」

小五郎は笑って、

「白神はヤクザではありませんよ。彼は、陸軍上層部の軍人です。おそらく彼は、光秀の財宝を見つけて、日本軍が今後も戦争を続けていくための資金を調達しようと画策していたのでしょう。米英に対抗するための新兵器開発費にあてるつもりかもしれない」

中村は首をひねりながら、

「そういえば、私が湯澄組に電話したとき、そちらの人間かどうか確かめたいと言うと、まあこちら側の人間にはちがいない、と妙な答え方をしていたが……明智くんはなぜわかったのだ」

「やつが持っていた拳銃は九四式だと言っていたでしょう。あれは将校が持つ銃ですからね」

小五郎はそう言うと、小林少年に向かって、

「きみがそういう考えを持つにいたったのは、ぼくの責任でもある。もう手遅れだが……残念だ」

そのとき、

「これにて、明智小五郎殺害の件につき吟味が終わった。ただいまより判決を下す」

小五郎を除く一同は驚いてその声の主を見た。鎧兜《よろいかぶと》に身を固め、腰には大刀を差し、手には軍配を持っている。

「中村、田淵、二十面相の三名は極楽へ行ってよし。ただし、おまえは……」

明智光秀は小林少年に軍配を突きつけ、

「罪をつぐなえ」

途端、小林が立っていた場所の床がふっと消え、彼は悲鳴とともにまっさかさまに落ちていった。かなり時間が経ってから、どぷん、という音がはるか下方から聞こえた。同時に、中村警部、田淵侯爵、二十面相の三人の姿も掻き消えた。残ったのは、明智小五郎と明智光秀のふたりだけだ。

◇

「やれやれ……やっと謎が解けたのう」

そう言った光秀に小五郎が、

「あなたはなぜ、ずっとこの場所にいるんですか。とっとと後進に役目を譲って極楽でも地獄でも行けばいいじゃありませんか。明智光秀といえば主君信長を殺した大反逆者ですから、地獄行きはまちがいないはずでしょう」

「ふふ……それがそうとも言えぬのだな。言うたであろう、現世に謎を残したままのものは、極楽へも地獄へも行けぬ決まりなのだ。わしは、お館《やかた》さまを殺したことになっておるのだが、そんな覚えはない」

「えっ？　そうなんですか」

「うむ。わしはいつのまにか主《あるじ》殺しの汚名を着せられておる。この謎が解けぬうちはここにとどまるしかない。——どうだ、名探偵。得意の推理術とやらで、本能寺の変の真実を解き明かしてはくれぬかのう」

「うーん……歴史は苦手ですからね。でも、ぼくが謎を解かないうちはあなたはずっとここにいるわけですか」

「そうだ。もう三百年以上もおるのだ。いいかげん、なんとかしてもらいたい」

「わかりました。とにかく今ご存知のことをすべて話してください」

「そうだのう……」

光秀は記憶を探るように目をつむった。そう、それは古い古い記憶なのだ。そして、彼は目を開け、話しはじめた。

「あのとき……お館さまの命《めい》を受けたわしは、備中高松城《びっちゅうたかまつ》を攻めておる羽柴筑前守《はしばちくぜんのかみ》を援護するために亀山《かめやま》城から出陣するところであった。居室でその支度をしておるとき、なぜか眠気を催した。酒も飲んでおらぬし、さほど疲れてもおらぬのに……と思っているうちに、眠ってしまったのだ。うたたねをしてしもうた、いかんいかん……と立ち上がったが、まわりにだれもおらぬ。場所も、居室ではなく、足軽長屋の一室らしく、汚らしい瓢簞《ひょうたん》や食器が転がっている。だれかある、と大声を発すと、ようようやってきたのが、ひとりの女房でな……」

光秀の話によると、その女房は光秀の顔を見て驚き、とうにご出立《しゅったつ》と聞いておりましたがこれはいかなることでございます、と言った。彼の軍勢一万三千名は戦ごしらえをして数時間まえに城を出たという。愕然《がくぜん》とした光秀が城のあちこちを検分すると、たしかに留守居役の家老ほか少数の兵が残っているだけで、主だった武将はひとりもいない。

「わしを置いて出陣とはなにごと！」

と憤ったが、家老は、

「いえ、たしかに殿が馬上で指図をなさっておられるのを拝見いたしました」

「わしはここにおる。そんなことができようはずがない」

「そう申されましても……」

そこで揉めていてもしかたがない。光秀は大慌てで数名の近習《きんじゅ》とともに馬を駆って、軍勢のあとを追った。すでにあたりは暗い。明智軍は当然、彼の指図通り西国へ向かうものと思っていたが、街道沿いの農夫などにたずねると、なんと沓掛《くつかけ》を西へ曲がることなく、京に向かったらしい。

「どういうつもりだ。そもそも軍の指揮をとっておるのはだれなのだ」

夜が明けた。光秀は、結局、自軍に追いつくことができなかった。桂川《かつらがわ》あたりの百姓衆にきくと、軍勢はとどまることなく進み続けているという。そればかりか、足軽たちは戦闘の支度を調えていたという。

「なんと……！」

光秀は絶句した。いったいだれと戦うつもりなのか。軍の向かう先には本能寺があり、そこには彼の主君織田信長が宿泊しているはずだ。まさか……と思いながら光秀が先を急ぐと、本能寺は彼の軍勢に包囲され、今にも焼け落ちそうに炎を噴き上げているではないか。

「だれがかかることを下知《げち》したのだ!」

そこにいた大将格のひとりに詰め寄ると、怪訝《けげん》そうな顔で、

「もちろん殿に決まっております。敵は本能寺にあり、とおっしゃったではありませんか」

「まことにわしがそう申したのか」

「はい、桂川にて……。われらも驚き申した。備中高松城へ向かうものと思うておりましたら、にわかに戦支度せよとの下知。もしや、お館さま（信長）の内命にて三河《みかわ》さま（徳川家康）を討ち取るのかと思うと、なんと本能寺とは……」

身体から力が抜けた。たしかに光秀は信長と意見が相違するところもあったが、みずから弑するなどとは考えたこともなかった。光秀の理想は「護法救民」であって、天下が平和に治まり、民衆が飢えることなく暮らせる世界を望んでいた。しかし、信長はたとえ天下を統一しても、それで満足することはない。その勢力を海外に広げ、全世界の覇王となるのだ、と常日頃から豪語していた。

「釈迦《しやか》の息のかかった唐《とう》、天竺《てんじく》はもとより、伴天連《ばてれん》どもの住処《すみか》たる西班牙《スペイン》、葡萄牙《ポルトガル》なども手中に収め、いずれはキリシタンの本拠地である羅馬《ローマ》にまで乗り込み、異教徒どもを滅ぼして、異国の土地にわが旗印を翻さん」

イエズス会の国とつきあっているのも、じつはその布石なのだ。だが、もちろんその傲慢不遜《ごうがんふそん》な欲望をたしなめることなど光秀にはできぬ。短気な信長は、おのれの目論見に反対するものはけっして許さないからだ……。

「ご命令によってお館さまはかくも討ち果たしましたが、羽柴筑前、鬼柴田《おにしばた》、三河の家康などがこぞって殿を狙《ねろ》うてまいりましょう。いかがなさるおつもりで……」

光秀は内心の動揺を隠し、

「それはわが胸にあり。安堵《あんど》いたせ」

「さようでございましょうとも。お指図くだされ」

「う、うむ……」

そのとき、だれかが後ろから光秀の袖を引いた。

「殿……殿」

小声で彼の耳にささやく。

「なんじゃ」

見るとそれはひとりの足軽だった。

「こちらへおいでくださりませ」

「だれに言われてまいった」

「光秀さまでございます」

「なにを申す。光秀はわしではないか」

「いえ、殿はもう光秀さまではございませぬ」

わけがわからず光秀が足軽についていくと、陣幕のなかに連れていかれた。そこには彼と瓜二つで、しかも、彼の甲冑をつけ、彼の太刀を佩《は》いたひとりの武将が座っていた。光秀は夢を見ているのかと思った。

「貴様はだれだ」

そう言うと、

「明智光秀である」

「馬鹿な。光秀はわしだ」

「ふふふ……おまえのように頭を丸めた僧形《そうぎょう》のものをだれが光秀と思おうぞ」

「頭を丸めた僧形だと？　なにを申しておる。わしは……」

「それ！」

もうひとりの光秀が命ずると、足軽たちが飛びかかってきて彼を押さえつけ、鎧や具足をむりやりに脱がし、下帯ひとつの裸にしてしまった。そして、ひとりが剃刀《かみそり》を取り出し、あらがう光秀の髪を剃《そ》りはじめた。

「やめろ！　やめぬか！」

もうひとりの光秀は叫ぶ光秀に顔を近づけると、

「此度《こたび》のことは、わしが『護法救民』のために起こしたること。おまえには係わりはない。わしがすべての責めを負おうぞ。――この茶碗も……」

もうひとりの光秀は、一個の茶碗を手にしていた。

「おまえからもろうたものだが、わしにはもう用はない。おまえに返すとしよう。わしのようなものを気遣《きづこ》うてくれて、礼を言うぞ」

光秀はようよう気づいた。

「貴様……『斬《き》り人《ひと》』の膳所《ぜぜ》ではないか！」

斬り人の膳所こと膳所左門《さもん》は、もと甲賀《こうが》の忍びで、今は光秀の近習を務めている男だ。苗字がなかったので、住まいである琵琶湖畔の膳所の地名を光秀がつけてやったのだ。かつては忍びとして敵将の暗殺に従事し、「斬り人」の異名までもらったが、あるときキリシタンの教えに触れて改心し、光秀に仕えるようになった。

光秀は、彼とはやけに馬が合い、身分を超えて酒を酌《く》み交わし、茶を飲み、政《まつりごと》についての考えなどを述べあっていた。「護法救民」についても幾度となく話題にした。あるとき、膳所左門が手柄を立てたので、その褒美として雨漏茶碗を下げ渡した。光秀にとってもお気に入りの品だったが、左門が以前からその茶碗に執心であることを知っていたのだ。

それが、ここにある。光秀はじっともうひとりの光秀を見つめた。たしかに膳所左門は顔立ちが光秀に似ていなくもなかったが、今の左門は光秀に瓜二つだった。

「なにゆえかかることをした。お館さまを殺し、わしに成り代わって天下を掌握しようというのか。わしがこの戦乱をなんとかして収め、平和な世の到来を望んでおることを忘れたか」

頭を丸坊主にされ、髭まで剃り落とされた光秀は叫んだ。

「わかっておる。それゆえ信長を殺さねばならなかったのだ。このまま彼奴を野放しにしておくわけにはいかぬ。わしは、天下の掌握など微塵《みじん》も考えておらぬ。残念ながらわしはし……つまり、おまえにはそこまでの人望はない。味方になる武将は多くはあるまい。わしはおそらく、羽柴筑前めに討たれるであろう」

光秀はわけがわからなくなってきた。この男はなにを考えているのか……。

「わしは死なねばならぬのだ。それが、わしに課せられた運命なのだ。おまえがここにおっては、わしと間違われて命を落とすはめになりかねぬ。死ぬるはわしひとりでよい。いや、わしひとりでなければならぬ。——おまえは生きよ」

「左門、なにを申しておるのだ。光秀はわしで、貴様は膳所左門だ。目を覚ませ」

「本能寺の地下には、信長がたくわえた莫大な財宝が眠っていた。あの男が、異国にまで戦乱を広げ、神聖なキリシタンの大本山をも蹂躙《じゅうりん》しようという、その軍用金にするためなのだ。金銀財宝はひとの心を狂わせる。かかるものがあっては新たな戦の火種ともなろう。そこでわしはそれをある場所に移すことにした」

「どこへ、だ」

膳所左門は、その場所について光秀に耳打ちし、

「忘れぬよう、この茶碗の箱に、あるやり方で封じておいた。おまえの唱えておった『護法救民』のために役立てるがよい」

左門が目で合図をすると、足軽が近づいてきて、光秀にふくべからなにかをむりやり飲ませた。途端、光秀は意識を失った。

つぎに気づいたとき、光秀は寺にいた。

「おお、気づかれたか」

部屋に入ってきた老僧がそう言った。老僧の話によると、光秀は十日ほどまえにこの寺の門前に倒れていたのだという。頭は丸めているし、僧衣を着ており、数珠《じゅず》も懐中していたので、この寺の住持《じゅうじ》である老僧は彼を寺内へ運び込み、介抱した。そして、ようよう今日、目が覚めたというわけだ。

「持ち物は、ほれ……そこにある木箱だけじゃ。身許がわかるかと開けてみたが、茶碗がひとつ入っておるだけじゃったわい」

「十日も気を失っておったとは……」

「おまえさんは運が良い。京では明智光秀という武将が謀反《むほん》を起こし、主君の信長公を殺したのじゃ」

光秀はびくっとしながら、何食わぬ顔で、

「それは知らなかった。それで、どうなったのだ」

「光秀公は、一時は京を掌握し、禁裏《きんり》とも近づきになり、このまま天下を取るかと噂されておったが、備中から引き返してきた羽柴秀吉公の軍勢に敗れてのう、やむなく坂本の城を目指して落ち延びようとなされた。小栗栖村というところまで来たとき、運悪く、落ち武者狩りの百姓の竹槍で腹を貫かれ、それが存外の深手、もはやこれまでと腹を切りなさったのじゃ」

「なんと……それがたった十日ほどのうちに起こったのか……」

秀吉が、それほどまでに早く中国から引き返せたことに光秀は舌を巻いた。

「世間では、明智の三日天下、などと申しておるようじゃ。そんな合戦に巻き込まれず、おまえさん、命拾いしたのう」

「いかにも……」

光秀は思った。これからは羽柴秀吉の天下となるだろう。柴田勝家《かついえ》や徳川家康は一歩先んじられたのだ。だが、そののちどうなるかはわからぬ。もはや……自分の出る幕ではないようだ。なにしろ彼は、もうその小栗栖村とやらで死んだことになっているのだから。

「御坊、頼みがござる」

「なにかな。腹が減っておるならば、粥《かゆ》など炊いてまいるが……」

「そうではない。わしをここに置いてはくれまいか。御坊の弟子にしてほしいのだ」

老僧は怪訝そうな顔をして、

「ここは天台宗の貧乏寺でな、修行したいのなら比叡山《ひえいざん》にでも行きなされ」

比叡山といえば、光秀が信長の命を受けて焼き討ちに加わったところだ。もし、彼が光秀だと露見したら生きてはおれぬだろう。また、あのあたりは彼の領地である。顔を見知っているものが多数いる。

「いや……ここで修行したいのだ。いかぬか」

というわけで、光秀は僧として第二の人生を歩むことになったのである。

しかし、あの男……「斬り人」膳所左門が、なにゆえ光秀になりすまして信長を誅殺《ちゅうさつ》したのか、その理由がわからない。光秀は、謎を抱えたまま僧としての生涯を終え、ここに来た。あの世とやらに行けば、左門と直《じか》に会い、理由をききただすことができるだろう、と思っていたが、光秀として自害した左門はとうの昔に極楽か地獄かへ送られており、ここにはいない……。「どうだ、名探偵。わが謎を解き明かしてくれぬか」

「そうですねえ……」

小五郎は顎を撫でた。

「あなたが三百年以上も考えた謎が、ぼくに急に解けるとは思えません」

「そんなつれないことを申すな。同じ明智ではないか」

「うーん……ちょっと思いついたことならありますが、確かめようがありません」

「かまわぬ。言うてみてくれ」

「その、膳所左門という人物は敬虔《けいけん》なキリシタンだったそうですね」

「さよう。わが三女、ガラシャこと細川珠《ほそかわたま》がのちにキリシタンに入信するにいたったのも、もとはといえばあの左門が導きとなったと聞いたぞ」

「膳所左門は元甲賀忍者でした。忍者というのは、他人になりすます『七法出《しちほうで》』という変装術を心得ています。左門は、とくに変装にすぐれた術者だったのでしょう。衣服や体型を変えたり、おしろいなどの化粧道具、含み綿などを使って顔を変えたりしたそうですが、それだけでなく、化ける相手に心から成りきることが肝要なのだ、とぼくはあの二十面相に聞いたことがあります。見かけよりも内面を合わせることで、そのように見えるらしいのです」

「わしも、あのとき左門がわしそっくりに見えたことを不思議に思うておったが、さきほどの二十面相とやらいう盗賊の変装術を思うと、わしに似させるぐらいはたやすいのかもしれぬな。

ましてや、日々、酒を酌み交わして語り合っておった相手だ。政へのわしの思いもようわかっておったであろう」

「膳所左門は、他人の気持ちに同化しやすいかただったように思えます。彼が『護法救民』と言い出したのは、おそらくあなたの思想に感化されたのでしょう。それと同時に、彼はキリシタンだった。キリシタンにとって、護法とはキリシタンの戒律を守ることであり、救民は『救い主』……つまりイエス・キリストがなすべき務めなのです。彼は、『天下布武《ふぶ》』、つまり、武力で天下をわがものとする、と標榜《ひょうぼう》している織田信長が遠からず天下を取るであろうこと、そして、信長には世の中を平和にし、民を救おうという気持ちのないこと、彼が天下人になったあかつきには世界規模で戦争が続き、しかも、キリシタンの聖地であるローマ、ポルトガル、スペインなどにもその毒牙が向けられるということがわかった。そこで、膳所左門はあなたになりすまして、織田信長を除こうと決意したのです」

「ふーむ……たしかにお館さまのまわりに百人にも足らぬほどわずかの近習だけしかおらぬ、というのは千載一遇《せんざいいちぐう》の機であった」

「本能寺は、ただの寺ではなく、信長が京の定宿所としていたところです。信長の指示で堀や石垣、土居などが設けられ、城塞としての側面も持っていました。信長はそこに、滅ぼした戦国大名から奪った金銀を蓄え、一種の貯金箱のように使っていたのではないでしょうか」

「左門の光秀は、安土城から強奪した財宝を惜しみなく家臣や公家《くげ》に分け与えたというが、それは本能寺で得た莫大な金銀がほかにあったからできたことなのだな。——だが、なぜ左門はお館さまを殺したのだ。天下を取るためではなかったのだな？　秀吉との戦では負けることがわかっていたのに、それでも無謀な謀反を起こしたのはなにゆえなのだ」

「言ったでしょう。彼は、最初から死ぬつもりだったのです。死なねばならなかったのです。膳所左門は、他人と同化しやすい性格だった。彼はキリシタンであり、しかも名前は『斬り人』の膳所だ」

「膳所・斬り人……『ぜず・きりしと』か……」

小五郎はうなずいた。「ぜず・きりしと」とは、当時のキリシタンの言葉でＪｅｓｕｓ　Ｃｈｒｉｓｔ、イエス・キリストのことである。

「しかも、彼は救民を行わねばならなかった。つまり、救世主だ。膳所左門は、みずからをイエス・キリスト本人、もしくはその再来だと思い込んでいたのです。だから、無謀とも思える謀反を起こして、神の教えにとって障害となる信長を除き、自分も死ぬ道を選んだのです。――どうです？　これで謎は解けましたか」

「いや、いくらなんでもそれでは想像の部分が多すぎる。肝心のところが想像では、合点できぬな」

「そうですか？　イエス・キリストは、皆の罪を引き受けて十字架で磔刑《たっけい》になるために生まれてきた。膳所左門も、落ち武者狩りの槍で腹を刺されて、結果として死ぬことになった。その竹槍は、ロンギヌスの槍と同じ意味があったのです」

「いや、だとしてもだ……」

「もうひとつありますよ。左門の光秀が落ち武者狩りにあったのは小栗栖村……栗栖はクルス、つまり十字架のことではありませんか」

光秀は両目を見開いた。

「そ、そうであったか……」

光秀は大きくうなずき、

「これで謎が解けたようだ。名探偵、おまえのおかげだ。礼を言うぞ」

「おかまいなく。——謎が解けたのはいいのですが、今頃現世では、白神が財宝の隠し場所をつきとめて、掘り出しに向かっているころでしょうね。その結果、戦争はまだまだ続き、国民はどんどん悲惨な状態になっていく。膳所左門のように、それを止める手立てがないことが悲しいのです」

それを聞いて、光秀はからからと高笑いをはじめた。

「なにがおかしいのです」

「安堵いたせ。財宝が見つかる気遣いはない」

「なぜわかるのです」

「本能寺にあった金銀は、琵琶湖の湖底からわしが引き揚げて、とうに使い果たしてしもうたわい」

「え？　なにに使ったのですか」

「うははははは……日光東照宮の建築費用よ。あれにはとてつもない金がかかったぞ」

「え？　え？　では、あなたは……」

「わしはかつて明智日向守光秀であったが、膳所左門がわしとして死んだゆえ、やむなく第二の人生を生きることにした。縁あって天台宗の寺にて出家し、天海と名乗って徳川家に仕えたのだ」

今度は小五郎が目を丸くする番だった。

「どうしてそんなことをしたのです」

「わしの理想は『護法救民』である。その理想にもっとも近かったのは徳川大御所家康公のお考えであった。信長公も秀吉も、戦国武将は皆、おのれの領土を少しでも増やすことしか考えておらぬが、家康公はちがった。狸親爺《たぬきおやじ》だの、豊臣家を滅ぼしただのと言われておるが、民にとってはだれが親玉であろうと同じこと、穏やかな世が長く続けばよいのだ。そして、徳川の治世はわしが思うたとおり二百五十年以上も続いたではないか。わしの眼力は間違《まちご》うてはいなかったということだのう」

笑いながら光秀の姿は次第に薄くなっていった。

「つまり、日本軍は軍資金を入手できない……戦争は長くは続かないということですか」

「そのとおり。つぎの日本の親玉がだれかは知らぬが、少しでも長く平和が続くことを祈っておるぞ。――さらばじゃ、わが子孫よ」

その言葉を残して、光秀は消えた。あとに残った明智小五郎は、呆然としてその場に立ち尽くしていたが、しばらくすると、口に皮肉な笑みを浮かべ、どこかへ歩み去った。

〔附記〕坂本竜馬《さかもとりょうま》は、明智光秀の子孫であるという説がある。竜馬は護身のためにスミス&ウェッソンの拳銃を所持していたという。明智光秀の位牌と木像がある寺は慈眼寺で、天海僧正の諡号は慈眼大師である。竜馬と並んでスミス&ウェッソンを愛用していた人物がいる。怪人二十面相……ではなく、怪盗ルパンの子孫であるルパン三世の相棒、次元大介《じげんだいすけ》だ。慈眼大師……次元大介……似ているとは思いませんか。

二〇〇一年問題

※本作はスタンリー・キューブリック監督の『2001年宇宙の旅』ならびにアーサー・C・クラークの小説『2001年宇宙の旅』の内容に触れています。未見・未読の方はご注意ください。

また、本作における『黒後家蜘蛛の会』の描写等は、創元推理文庫版（池央耿《いけひろあき》訳）を参考にさせていただきました。

その夜は、ニューヨークのミラノ・レストランで月一回の〈黒後家蜘蛛《くろごけぐも》の会〉の会食が行われることになっていた。定刻のきっかり五分前に到着した特許弁護士のジェフリー・アヴァロンは、コートをハンガーにかけながら、

「ほかの連中はまだかね、ヘンリー」

そう給仕に言った。かなりの年齢にもかかわらず、顔に皺《しわ》ひとつない給仕のヘンリーは、

「はい、アヴァロンさまが最初のお客さまでございます」

「一番に来るとなんとなく気分がいいからね」

アヴァロンは、ヘンリーからブランデーのグラスを受け取りながら、深いバリトンボイスでそう言った。

「こうしてゆっくり飲み物を飲むこともできる。あたふたするのはご免なんだ」

アヴァロンは椅子に深く腰をかけると、ブランデーの芳香を嗅《か》いだ。一九〇センチ近い、バスケット選手並の長身だが、スポーツとは縁がない。口髭《くちひげ》と顎鬚《あごひげ》は真っ白だが、きちんと刈りこまれており、几帳面な性格を表していた。ロマンスグレーだった頭髪も今ではかなり白くなっていたが、手入れが行き届いているのは変わりなかった。

つづいてやってきたのは、ミステリ作家のイマニュエル・ルービンだった。牛乳瓶の底のような分厚い眼鏡をかけ、歯並びの悪い口もとには、アヴァロンとは異なり、しょぼしょぼと申し訳程度に髭が生えている。

「やあ、マニー。早いな」

「やあ、ジェフ。あいかわらず背が高いな。――ヘンリー、今日は飲みたい気分なんだ。シングルじゃなくてダブルにしてくれないか」

「もう、そのようにしてございます」

ヘンリーからもらったウイスキーを見て、

「うーん、さすがだな」

「なんだ、仕事に行き詰まってヤケ酒か」

「その逆なんだ。長くかかっていた長編をさっきついに脱稿してね、エージェントにメールで送ったところなのさ。この達成感と解放感をきみたちにも分けてさしあげたいね」

ルービンが大声でそう言ったとき、いつのまに入ってきていたのか、有機化学者のジェイム

ズ・ドレイクが、

「きみが書くような三文小説でも達成感があるのかね」

細長く、四角い顔をしたドレイクはすでに煙草《たばこ》に火をつけている。ルービンは顔をしかめ、

「ジム、きみのように素人《しろうと》向けのくだらない科学入門書しか出したことのない人間にはわからないだろうけど、小説の産みの苦しみというやつはたいへんなものなんだぜ」

「わかるさ。私は小説、それも三文小説が大好きなんだ。きみのように三文小説しか書かない作家の気持ちはよくわかるというもんだ」

「なんとでも言いたまえ。とにかく今日ぼくは、大仕事をやりとげた気分なんだ。矢でも鉄砲でも持ってこい、というところだな」

アヴァロンが、

「で、今回のはどういう内容なのかね」

「読んでみてのお楽しみというやつさ。いつもの謎解きミステリに恋愛とサスペンスの要素もちょっと加えて、読みやすくした」

ドレイクが、

「そういうのをいらぬおせっかいというんだ。読者はそういうサービスを求めていない。きみは純粋な謎解きでは一冊を持たせられないから、恋愛だサスペンスだユーモアだセックスだ……そういったもので水増ししているだけだ」

「素人のきみになにがわかる。ぼくだって、謎解きだけで一冊書こうと思えばいくらでも書け

るさ。これは、出版社と読者の要望なんだ」

「作家はすぐにそういうことを口にするが、私に言わせれば……」

アヴァロンがふたりを分けるように、

「言い合いはそのぐらいにしたまえ。どうやらマリオが今日のゲストを連れてきたようだぞ」

アヴァロンの言葉どおり、今日のホスト役である画家のマリオ・ゴンザロがこぼれんばかりの笑みを浮かべて入ってきた。派手な白いスーツを着こなせるのはメンバーのなかでは彼ぐらいのものだ。長い髪をかき上げると、

「ロジャーは欠席だそうだ。だから、あとは……トムだけだな」

ゴンザロの後ろにいた肥《こ》えた人物が、

「あの……私はどうしたら……」

ゴンザロが振り返り、

「今日のゲストのフランク・フック氏だ。職業は、えーと、なんと言ったらいいのかな……」

「骨董品《こっとうひん》の売買をしております。扱っているものは主に、古い家具です。これが近頃はなかなか……」

ゴンザロが両の手のひらをフックに向けて、

「おっと、そこまでだ。あとは尋問の時間にたずねるから、自分のことは黙っていてくれ」

フックは鼻白み、

「じゃあ、会食のあいだ中、私はなにもしゃべれないのかい」

「そんなことはないよ。当たり障りのない会話ならOKだ。――ああ、ヘンリー。私にはいつものを、彼にはソフトドリンクをね」

「かしこまりました」

ヘンリーが出ていったあと、フックはゴンザロに小声で言った。

「あの給仕が例の……」

「そうだよ」

「なるほどね」

その会話を聞きとがめたルービンが、

「おい、マリオ。ここでの会食における会話の中身はぜったいによそでは話してはならない、という規則を忘れたのか」

「もちろん守っているさ」

ルービンはカッとして、

「だったら今の話はなんだ。きみはヘンリーのことを、事前にゲストに教えているじゃないか」

「こういう給仕がいて、彼も〈黒後家蜘蛛の会〉のメンバーなんだ、と説明しただけさ。ここに食事をしにくる客ならだれでも知り得ることじゃないか」

「『こういう給仕』とはどういうことだ」

「いや、その……」

「どうせ謎解きの天才だとか、シャーロック・ホームズだとか言ったんだろう。それがそもそも……」

フックが、

「ルービンさん、マリオは私に、ヘンリーという珍しい給仕がいて、ときどき会員やゲストの提出した謎を言い当てることがある、と言っただけです。天才だのシャーロック・ホームズだのというのは知りませんでした」

ゴンザロが勝ち誇ったように、

「ほうら、みろ。マニー、きみは墓穴《ぼけつ》を掘ったな。かえって尋問まえにいらぬ情報を知らせることになってしまったわけだ」

ルービンが赤面したところに、ヘンリーがちょうどふたりのための飲みものを持って戻ってきた。彼はゴンザロとフックのまえにグラスを置きながら、

「わたくしが天才だのホームズだのというのはとんだ買いかぶりでございます。いつも皆さまがたがいろいろな可能性についておっしゃっているのをうしろでお聞きしておりまして、それをつなぎ合わせているだけでございますから」

「そうかもしれないが、そのつなぎ合わせかたがだれにもできないのだからね」

アヴァロンが言うとフックが、

「今の話を聞いて、私はいっそうヘンリーに興味を持ちましたよ。じつは私は先日……」

ゴンザロがあわてて、

「待った待った。その件は尋問のときに、と言っただろう」

ルービンが、

「その件？　やっぱりきみはこの会で謎解きが行われているとゲストに教えたんだな。ヘンリーが解決してくれるとかなんとか……」

「うまくいけば、そういうこともあるかもしれない、と言っただけさ」

フックがうなずき、

「まさに、私はひとつの謎を抱えておりまして、それをなんとか解き明かしたいのです。ヘンリーがそうしてくれることを願っています」

「いいえ、わたくしはそんな……」

アヴァロンが顔をしかめて、

「まえから言っているように、私はこの会が謎解きクラブになるのはよろしくない傾向だと思っているのだよ。あの会に行けばミステリを解き明かしてもらえる、などという噂が立つのは困るし、もし謎が提出されてだれにも解けなかったらそれはそれで問題となる」

ゴンザロは、

「なあに、そんなに小難しく考えなくてもいいさ。みんなで面白いクイズの答を考えていると思えばいい」

「それはそうだが、ヘンリーが……」

そのとき、階段を駆け上がってくる音がして、トーマス・トランブルが現れた。

「ヘンリー、死にかけている男にソーダ割りのスコッチを頼む」

ヘンリーは安堵《あんど》した表情で部屋を出ていった。トランブルはその場に漂う雰囲気を察知して、ドレイクにささやいた。

「なにかあったのか。マニーがとげとげしい顔になってるぞ」

「マリオが連れてきたゲストがなにやら謎を抱えているらしい。ヘンリーに解いてもらいたいんだとさ」

「なんだ、いつものことじゃないか」

自慢の縮れた銀髪も相当薄くなっていたが、鷲《わし》のように鋭い目つきは変わらない。彼はアメリカ政府の役人で、そこでどんな仕事をしているのか、メンバーはだれも本当のところは知らなかったが、諜報《ちょうほう》関係のセクションに所属しているのだろうと考えられていた。

ゴンザロは時計を見て、

「これで全員そろったな。では、はじめよう」

ホストである彼がグラスを持って立ち上がると、ほかの全員もそのとおりにした。

「聖なる思い出のオールド・キング・コールのために。そのパイプの火の永遠に絶えざらんことを。そして、そのボウルの永遠に満たされてあらんことを。彼のヴァイオリン弾きたちの永遠に健勝たらんことを。そしてまた、彼がそうであったように、われわれも残る生涯を快楽のうちに過ごし得んことを」

皆は「アーメン」を唱えて乾杯し、ふたたび席に着いた。会食がはじまった。

〈黒後家蜘蛛の会〉は、六人のメンバーによって構成されている。ニューヨークのミラノ・レストランで月に一度例会が行われ、貸し切られた一室で会食をする。メンバーの職業はばらばらで、知りあったきっかけもまちまちだったが、気の置けない長年の友人同士だった。毎回ひとりがホスト役になり、ゲストを連れてくる。ゲストは豪華な会食代を支払わなくてもいいかわりに、メンバーからきかれたことにはすべて包み隠さず答える必要がある。ただし、この会は厳格な秘密主義で、会食の席で話された内容はたとえどんなに社会的に必要性があることでも他言無用であり、その禁を犯したものはただちに会を除名される決まりになっている。

その日の料理は、アンティパストからはじまるコースで、メインはオッソ・ブーコだった。メンバーは、濃厚なソースで煮込まれた柔らかな仔牛《こうし》肉を味わった。チーズからサラダまで堪《たん》能《のう》したあと、ヘンリーが各人のカップにコーヒーを注いでまわり、この店自慢の自家製ズコットの皿を並べた。ホストのゴンザロがスプーンでグラスを叩いて皆の注目を集め、

「では、ゲストの尋問に移ろう。――今日、これからゲストより謎が提出されることはみんなすでにおわかりかと思う。そこで、この会が謎解きクラブになっているとお怒りのジェフにあえて尋問の栄を担《にな》ってもらおうと思う。これはホストの特権だ。いいね、ジェフ」

アヴァロンはむすっとした顔でうなずき、

「謎解きが悪いと言ってるわけではないのだよ。毎度毎度ミステリがあるというのが重荷なだけで、たまにならいいと思っている」

彼はゲストに向き直ると、

「フランク・フックさん、あなたはなにをもってご自身の存在を正当となさいますか」

「このときを待っておりました。さきほども話しかけたところでマリオに遮《さえぎ》られましたが、私の職業は骨董品の売買で、主に古い家具を専門としております」

「なるほど、古いものに新しい価値を見出し、その価値を売る、というわけですな」

「はい、そのとおりです。良い家具は、古くなればなるほど値打ちが出ます。近頃流行《はや》りの安物とはまるでちがう、味わいというかおもむきが年を重ねることによって現れてくるのです。ちょうど、皆さんと同じように」

アヴァロンは咳払いして、

「最近はさすがに身体にも頭にもガタが来ていますけどね。メンバーのなかで五体がしっかりして、頭脳明晰《めいせき》を保っているのはヘンリーぐらいのものです」

「いえいえ、ご謙遜《けんそん》を」

「それでは、マリオが話していた謎というものをうかがいましょう」

「はい。ここで話されたことがこの部屋の外に漏れることはない、と聞いておりますが……」

「そのとおりです。それは、われらが尊敬おくあたわざる給仕ヘンリーも心得ています」

「わかりました。では、お話ししましょう。長年、こういう商売をしておりますと、仕入れた家具のなかから思いもかけぬものが出てくることがあります。今回もそうでした。マホガニー製の書斎机を購入したのですが、引き出しのひとつから書きかけの手紙が見つかったのです」

マリオが、

「中身は全部空《から》にしてから売るのが普通じゃないのかな」

「そうなのですが、たとえば所有者が亡くなった際には、一度に複数の家具を売却するため、チェックが行き届かない場合があるようです。わかりにくい引き出しや隠し扉などがあると覿《てき》面《めん》ですね。たいがいはつまらない書類や当人以外には価値のない手紙、パスポート、昔の恋人の写真などなのですが、今度見つかったのはなかなか興味深いものでした。それは……」

フックは革製のかばんから封筒を取り出し、さらにそこから便箋《びんせん》を取り出して皆に示した。便箋にはタイプされた文字が並んでいた。

「これは、アイザック・アシモフがアーサー・C・クラークに宛てた手紙です」

一同はたがいに顔を見合わせた。ホストのゴンザロが皆を代表するように、

「クラークは著名なSF作家だが、アシモフというのはたしか……」

ルービンが、

「アシモフはぼくの友だちだ。SF作家だが、ミステリや科学入門、歴史解説、エッセイ……なんでもござれで著書は五百冊以上もある。たしか一九八三年に大病を患《わずら》ったが克服し、その後も書き続けたが、もうずいぶんまえに亡くなったがね。——でも、その手紙がどうしたんです」

「内容が問題なのです」

弁護士のアヴァロンが、

「他人の私信を勝手に見るというのはいかがなものですかな」

「私は、家具を買い取る際に、もし現金、有価証券、貴金属・宝石類といった価値のあるもの

が出てきた場合は返還するが、それ以外のものは当方で処分させていただく、という一筆を取ることにしています。でないと、いろいろわずらわしいものですから」

トランブルが、

「著名な作家から著名な作家への手紙は価値がないとは言えないでしょう」

そう言うとルービンが、

「アシモフのなにが著名なものか。たくさん本を書いたことは認めるよ。でも、どれもこれも底が浅い。クラークのほうがよほど知られているさ」

「コロンビア百科事典に名前が載っている作家が著名でないわけがない。彼の本は死後も売れ続けているよ。きみは自分と比較してアシモフに嫉妬しているんだ」

ドレイクがぴしゃりと言った。アヴァロンが深みのあるバリトンボイスで、

「いい加減にしないか。ゲストの話のつづきを聞こうじゃないか」

「まずひとつ言っておかねばならないのは、この手紙がアシモフからクラークへのものだという客観的な証拠はない、ということです。書斎机はアシモフの遺族から売却されたものではなく、おそらくは何度か転売されているようで、私が購入した相手は同業の家具店でした。倒産して、その倉庫にある家具を売りに出したのです」

ルービンが手紙をしげしげと眺めて、

「見たところ手紙はタイプで打たれていて、直筆の署名もない。文頭に、『親愛なるアーサーへ』、末尾に『きみの友人アイザック・アシモフ』とあるだけだ。こんなものはいくらでも偽

造できるさ」

「そのとおりです。なので、これがたしかにアーサー・C・クラーク宛のアイザック・アシモフの手紙だと断言することはむずかしいと思います。ただ……私はそう信じています」

「その理由は?」

トランブルが言うと、

「内容です。この手紙を読んだかぎりでは、アシモフからクラークへの本物の手紙だと考えて差し支えないと思うのです」

ドレイクが、

「クラークはたしかスリランカに住んでいたはずだよ。どうして手紙がニューヨークの家具のなかにあるんだ」

「ですから、手紙は結局出されなかったのです。一旦書き上げたあと、一部が気に入らなかったらしく、その部分を破棄して書き直すつもりだったのでしょう。ですが、書き直すまえに亡くなったのだと思います」

ルービンが苛立《いらだ》ちを露わにして、

「もったいぶりなさんな。そんな枝葉末節《しようまつせつ》のことはどうでもいいから、手紙の中身を読み上げるなりなんなりしてください」

「そのまえに、皆さんは二〇〇一年という年になにが起こったか覚えておられますか」

「二〇〇一年……?」

皆は考え込んだ。最初に口を開いたのは、トランブルだった。

「私の記憶では、たしかニューヨークで大規模なテロが計画されていて、それが直前で摘発された……ということがあったような気がする。関係者から裏話を聞いたけど、本当にギリギリで露見したので、あと数時間遅かったらたいへんなことになっていたらしい。旅客機を乗っ取って貿易センタービルに突っ込む計画だったそうだ」

ゴンザロが、

「そんなニュースがあったような気もするが……フックさんの表情を見ているかぎりではハズレのようだな」

フックはうなずいて、

「はい、ハズレです。皆さん、二〇〇一年ですよ。そして、アーサー・C・クラークといえば……」

ドレイクが膝を叩いて、

「わかったぞ。人類がはじめて木星に向けて有人飛行をした年だ。クラークはその顚末《てんまつ》を『二〇〇一年宇宙の旅』というノンフィクションに書いてベストセラーになった」

ルービンも、

「映画にもなったたな。スタンリー・キューブリック監督唯一のドキュメント映画だ」

アヴァロンが思慮深げに、

「私も観《み》たよ。実際にあった出来事を扱っているわりにはその……難解な作りだったね」

ドレイクが、

「そこがあの監督の長所であり欠点なんだ。ドキュメンタリーなんだから、残された映像を編集してつなぎ合わせていけばいいのに、最後のほうは現実の映像がないから、妙な演出になっている」

ルービンが鼻を鳴らして、

「クラークの本も、ノンフィクションとは銘打っているがね、あれはクラークの一解釈というべきだ。まあ、小説だよ。クラークはその後も続編と銘打った作品を発表しているが、それらは完全なフィクションだ」

ゴンザロが、

「ふーん、私はその映画も観ていないし本も読んでいないからなんとも言えないな。木星への有人飛行の件はニュースで連日やっていたからなんとなく覚えているけど……」

「画家ってのはいい商売だな、マリオ。人類の進歩や科学の発展についてなんの興味もなくてもできるんだから。あれはたいへんな出来事だったよ。――成功していれば、の話だからね」

「知らないんだからしかたないだろう。失敗したのか？」

「ああ……そうだ」

ドレイクが言うと、
ドレイクは残念そうに言うと、

「フックさん、あなたの手紙の内容というのは、あの事件について知らないと理解できませんか」

「そうですね……。木星行きの宇宙船のなかでの出来事について書かれていますから」

アヴァロンが恥ずかしそうに、

「じつは私も、映画は観たものの途中で眠ってしまってね、よくは覚えていないのだよ」

フックが、

「ゴンザロさんとアヴァロンさんのためにもひととおり話してからのほうがいいでしょう。どなたかあの事件について詳しいかたはいらっしゃいますか」

ドレイクが、

「有機化学が専門だとはいえ、私も科学者のはしくれだからね、ここにいるお歴々のなかでは一番よく知っていると言えるんじゃないかな」

ゴンザロが重々しい口調で、

「では、ホストとしてきみに二〇〇一年に起きたその事件について説明してもらうとしよう。──あ、ちょっと待ってくれ。ヘンリーにも聞いてもらわなくては……ヘンリー！」

呼ばれたヘンリーが、

「申し訳ございません。コーヒーのお代わりを淹《い》れておりました」

「きみには聞いておいてもらわないと困るんだ。──ヘンリー、きみは『二〇〇一年宇宙の旅』を観たことがあるかい？」

「はい、映画館で二度観たあと、ＤＶＤを手に入れまして、何度も楽しんでおります。アーサ

I・C・クラークの小説版も拝読いたしました」

「アイザック・アシモフは知っているかい」

「もちろんでございます。わたくしともこの会とも因縁浅《いんねん》からぬおかたでございますから」

「ならば結構」

うなずいてドレイクが話しはじめたのはつぎのような内容だった。

◇

一九九九年、月面基地に駐在していたアメリカ合衆国の科学者たちが、ティコクレーターにおいて謎の物体を発見した。黒い一枚岩であるところから「モノリス」と名付けられたその物体は、地中から掘り出されるや、指向性のある強力な電波信号を発射しはじめた。モノリスは、明らかに人工物であり、四百万年まえに月面に埋められたことは間違いなかった。合衆国宇宙評議会のフロイド博士の見解によると、モノリスの信号は木星に向けられており、これは木星に向かうようにという「ある存在」の指示ではないかということであった。ある存在というのは、四百万年まえにモノリスを埋めた「だれか」であって、おそらくは人類を超越したステージにいるなにか……具体的には異星人であろうと想像された。人類は四百万年の年月を経て、ついに至上の存在とあいまみえる機会を得たのである。

しかし、その事実は一般には一切報道されなかったし、月面基地を共有しているアメリカ以外の国家、ソ連、イギリス、フランス、ドイツ、中国、日本、スペイン……などにもまったく知らされることはなかった。月面でモノリスが発見された時点で、厳重極まりない情報規制が行われたためである。アメリカは自国だけでこの大発見を独占しようとしたのだ。他国家に先駆けて人類外の知的生命体とのファーストコンタクトを行うことができたなら、それはアメリカが地球の代表となることを意味する。他国に、とくにソ連に先駆けて月面でモノリスを発見できたのはアメリカにとってたいへんラッキーだった。人類がつぎのステップに移ろうというときに地球代表となる……この権利はなにがなんでも手中にしたい。

そして、太陽系最大の惑星である木星へ人類初の有人宇宙船を飛行させる計画が立案された。木星にはなにかがあるに違いない。莫大な費用をかけて作られた全長約百二十メートルの宇宙船は、ディスカバリー1号と名付けられた。クルーは五人。そのうち三人はカプセルのなかで冬眠状態にある。彼らは木星に到着したときに実地調査を行うための要員なのだ。船内の酸素や食料などを節約するため、航行中は生体活動を極限まで抑制しておく必要があったのだ。そのため、船内で起きて作業をしているのはデイヴィッド・ボーマン船長とフランク・プール副船長の二名だけだった。といって、彼らはディスカバリー号の操縦をしているわけではない。操縦をはじめ、船内・船外のあらゆるシステムを管理・運用しているのはＨＡＬ９０００という人類史上最高の人工知能だった。彼はいわば六番目のクルーであり、もっとも重要なクルーと言えた。ほかの乗組員全員が死んだとしても、ＨＡＬさえ完全に機能していれば、この任務を遂行することが可能だからである。ＨＡＬのコントロールは、船内の生命維持システムのモニタリング、航行の微調整、冬眠者の監視などにも及んでおり、ボーマンとプールはなにもすることはない。地球との通信が主な仕事だと言ってもいい。あらゆること（乗組員のチェスの相手や、ジョークを交えての会話も含む）をHALがこなしてしまうのでしかたがないのだ。HALに人間のような「知性」があるのかどうか、はよく議論の対象となったが、少なくともボーマンとプールには「知性があるように見える」状態であったことはたしかだ。ふたりはHALを友人と考えていた。

来る日も来る日も決まりきった退屈な日常の繰り返しを、何年かの間耐えることがふたりの役割……のはずだった。

しかし、事件が起こった。AE35ユニットという装置が七十二時間以内に故障する、とHALが予告したのだ。AE35はアンテナ台座に設置されており、地球との交信にはどうしても必要な装置であった。やむをえずプールが船外に出てユニットを新しいものと取り替えたが、その新品のユニットが数時間後にまた故障したのだ。そのためディスカバリーからの地球への連絡は途絶えてしまい、そのあとなにが起こったかは、五人のクルーのうちたったひとり生き残って地球に帰還したボーマン船長の証言と、船内モニターの録画テープの映像、消去を免《まぬが》れてコンピューター内に残されていたデータなどから推測するしかないが、どうやらおおむねつぎのようなことが起こったらしい。

突然、HALが反乱を起こしたのだ。反乱というと語弊《ごへい》があるかもしれない。HALは、自己防衛のために乗組員と敵対することになったのである。

ボーマンとプールは最初に取り外したユニットをチェックしてみたが、どこにも故障は見当たらなかった。つまり、七十二時間後に故障するというHALの予測は誤りだった、ということになる。ふたりはそのことをアメリカ宇宙評議会に報告した。絶対に誤りを犯すことがない、と信じられており、また当人も折に触れてそう明言していたHALがミスを犯した。そのこと自体はたいした問題ではない。人間ならだれでも犯すような、笑ってすませるような失敗だ。だが、宇宙評議会はそれを問題視した。木星への飛行は、人類史上歴史的な意味を持つうえに都市がひとつ購入できるほどの予算が注ぎ込まれた重要極まりないイベントだ。失敗は許されない。失敗するとアメリカ宇宙評議会は各国からの嘲笑の的になるだろう。今回のミスはさいわい取るに足らないものだったが、「絶対」のはずだったHALが間違ったのだ。ほかのことも間違う可能性がある。それはこの計画の命取りになるかもしれない。宇宙評議会はそう考えた。そして、

「HALの状態を常に監視して、なにかあったらただちに自律中枢《ちゅうすう》を切断して地球の管制下に置き、業務可能範囲を船内の自動管理のみに切り替えるように」

という指示を下した。その作業を行えば、HALは世界一優秀な人工知能からただの優秀なだけのコンピューターになる。つまり、独立した存在ではなくなり、人間のしもべになるわけだ。

「取り替えたAE35がまた故障した。地球との交信が途絶えた」

HALがそう言い出した。取り替えたばかりなのにそんな馬鹿な、とボーマンとプールは思

ったが、事実、地球との連絡ができなくなっていた。しかたなくプールがふたたび船外に出て、ディスカバリーのアンテナに取りつくと、予備のユニットと交換した。そのとき、船外活動用のスペースポッドがプールに向かって突進した。プールは弾き飛ばされ、宇宙の藻屑《もくず》となった。ボーマンはショックを受けた。しかし、それに倍する驚きがすぐに彼を襲った。人工冬眠状態にあった三人のクルーが死亡していたのだ。生命維持装置が停止されていたのが原因だった。そう……すべてはHALの仕業だった。取り替えたばかりのAE35ユニットをわざと故障させ、地球との通信を断ったのも、スペースポッドを操作してプールを殺害したのも、HALが計画し、実施したことなのだ。どうやらHALは、ボーマン、プールと宇宙評議会との「自律中枢を切断し……」云々という一連の会話を傍受していたらしい。自律中枢を切断されると、HALの「個人としての人格」は失われ、ただの機械となる。すなわち「死ぬ」わけだ。HALは自分が殺されるまえに自衛として人間たちを殺したのである。

ひとり生き残ったボーマンは、HALと対決する。コントロール・デッキに侵入し、論理ユニットのなかからHALの自律中枢だけを切断した。その結果、HALの「個」は存在をやめた。

そのとき、HALが乗組員の視聴を禁止していたデータの閲覧制限が解除された。データのなかからフロイド博士の録画メッセージを発見したボーマンは、そこではじめてそれまで彼らには隠されていたこの計画の真の目的を知ることになった。HALだけがそれを知らされていたのだ。どうやらHALは、乗組員に全面的に協力しなければならない、という自分の使命と、彼らに嘘をつき続けなければならない、という宇宙評議会からの命令の矛盾によって一種の「罪悪感」が生じ、それを地球との通信を断つことによって覆い隠そうとした、と考えられた。

　ボーマンは、たったひとりで木星への飛行を続けた。そこでなにがあったのかはボーマン自身にもよくわからないらしいが、ディスカバリー号が木星の衛星に接近したことはたしかだろうと思われる。スタンリー・キューブリックのドキュメント映画やアーサー・C・クラーク著のノンフィクションのように、巨大なモノリスを発見した、とか、スターゲイトが開いたとか、そういったことはボーマンの証言（きれぎれで断片的である）に基づいたものではあるが、事実かどうかわからない。交信が途絶えたディスカバリー号を救助するため、アメリカ合衆国はディスカバリー2号を建造し、木星へと向かわせた。ディスカバリー2号の乗組員はディスカバリー1号を発見し、その内部から衰弱しきったボーマンを救出した。ボーマンは、死の一歩手前だったらしく、かろうじて息をしている状態だったという。彼はディスカバリー2号の乗組員の求めに応じて、なにが起こったのか、自分は何を見、なにを体感したのかについて語ったが、その多くは支離滅裂で意味が通らなかった。

　しかし、医師による必死の救命の甲斐《かい》があって、ボーマンは生きたまま地球への帰還を果たし、一躍時のひととなった。アメリカ宇宙評議会は彼をマスコミや他国から隔離《かくり》し、診察を行った。その結果、ボーマンは栄養状態がきわめて悪く、臓器の多くにも疾患《しっかん》が見られたが、十分な治療を行えばそれなりに回復するという診断が下された。また、脳に物理的な損傷は見当たらず、脳波も正常であるとのことだった。宇宙評議会はボーマンの証言や船内のモニターの映像やHALの内部に残されていたデータなどから、地球との交信が断たれたあとに船内で起こった出来事を再現しようと試み、それはある程度成功したと考えられる。しかし、評議会が知りたかった肝心のこと、つまり、はたしてボーマンは人類初の異星人とのコンタクトを行ったのかどうか、行ったとすればその結果なにがどうなったのか……についてはまるでわからないのだ。評議会はボーマンに薬品投与その他のさまざまな治療を行い、彼の記憶が正しく回復するのを待った。だが、結果は芳《かんば》しくなかった。ボーマンは、

「巨大なモノリスが回転しているのを見た」

とか、

「宇宙空間に巨大な胎児が浮かんでいた」

とか、

「スターゲイトが開いた。私はそのなかに吸い込まれた」

とか、

「死んだ両親に会った。そこはワシントンDCにあるホテルの豪華な一室だった。リビングルームには本棚やソファ、テーブルなどがあった」

とか、

「白い白い部屋だった。私もその部屋で年老いて死んだ」

とか、わけのわからないことをしゃべり続けた。そんなはずがない、と言うと怒り出すし、同じことをきいても発言は二転三転し、およそまともな言葉は聞かれなかった。嘘発見器にか

けようという提案もあったが、ボーマンが激怒したために中止された。やがて、ボーマンは尋問自体を拒絶するようになった。宇宙評議会はなだめたりすかしたりしながら彼の尋問を続けたが、得られるものはほぼないに等しかった。二週間ほどそんなことを続けたあげく、ボーマンは病院から失踪した。評議会はうろたえ、警察、FBI、CIA、軍隊などと連携してボーマンを探したが、その行方は杳《よう》として知れなかった。

木星での体験によってオーバーヒートし、地球に帰っても錯乱した状態が続いたため、酒やドラッグに逃げて死亡したのだ、という意見や、ホームレスになった、地下鉄に飛び込んだ、インドか中国に行って出家した、などという説がもっともらしく流布《るふ》されたが、もちろん確認できたものはひとつもなかった。

失策を咎《とが》められたアメリカ宇宙評議会は、ディスカバリー号とボーマンに関する情報を、推測を含めてすべて公開した。『スパルタカス』などで知られる映画監督のスタンリー・キューブリックが残されていた録画にSFXによる映像を加えて、ドキュメント映画『二〇〇一年宇宙の旅』として公開し、ドキュメントとしては異例の大ヒットとなった。しかし、映画の前半の地球の原始時代を描いた部分はまったくの想像に過ぎないためドキュメントとしては反則だし、後半部分はボーマンの支離滅裂な証言をそのまま映像化しているので難解すぎるという批判もあった。そこで、映画のブレーンのひとりだったSF作家のアーサー・C・クラークが、自分なりの解釈を「推測をまじえたノンフィクション」として発表し、これも広く受け入れられた。

しかし、ボーマンの行方はいまだにわからないし、彼が木星でなにを見、なにを聞いたのかもわからぬままだ。アメリカ宇宙評議会は、

「木星計画は失敗だった」

と認めた。月面で発見されたモノリスは、知的異星人の存在を示唆《しさ》するものではあるが、確実な証拠とは言えず、しかも、埋められたのは四百万年もまえなので、異星人がいたとしても現在どうなっているかはわからないのだ。そして、木星ではなにも発見できずに空手で帰ることになった。二機のディスカバリー号の建造費と木星往復にかかった文字通り天文学的な費用について、宇宙評議会は上院・下院で轟々《ごうごう》たる非難を浴びまくり、ついには大統領が、今後の他惑星への宇宙船の派遣を中止し、宇宙開発の予算を大幅に削減すると宣言するに至った。

◇

「というのが、二〇〇一年に起きた出来事のあらましだよ」

ドレイクはそう言って話をしめくくった。

「長い話だったな。知ってることばかりで退屈したよ」

ルービンがわざとらしく欠伸《あくび》をしながら言った。

「いや、私は興味深かったよ。映画を半分眠りながら観ただけだが、ほぼ事実が描かれているものだと思っていた」

アヴァロンが言うと、トランブルがかぶりを振り、

「ほぼ事実、でいいんじゃないかな。ドキュメントを標榜《ひょうぼう》する映画があまりでたらめは描かないだろう。あれが、現在において推測しうるもっとも信憑性《しんぴょうせい》の高い事柄だとしたら、そのまま鵜呑《うの》みにしてもそれほどのずれはあるまい」

「そうとは言えんよ」

ゴンザロが嚙みついた。

「私がこのまえに観た映画は、ドキュメントということだったが、一定の意図《いと》のもとに編集されていて、観客をある結論に誘導しようという監督の目的が丸見えだった。ああいうやりかたをすれば、ドキュメントでも嘘はつけるわけだ」

トランブルは笑って、

「『二〇〇一年宇宙の旅』に嘘はないよ。そもそも、あの映画の意図ってなんだね」

「そ、それはわからないけど……」

「百パーセント……と言いたいが、どんなものごとにも百パーセントはない。あの映画は九十九パーセントは真実を言い当てている、と私は思うね」

ゴンザロが、

「では、ここでゲストにたずねよう。――フック、きみが発見したというアシモフからクラークへの手紙の内容をそろそろ明かしてもらえるかな」

フックは大仰にうなずき、

「わかった。よく聞いてくれたまえ」

そう前置きしたあと、彼が読み上げたのはつぎのような文面だった。

親愛なるアーサー

たいへんご無沙汰だが、風の便りでは元気でやっているそうだね。私のほうは、さすがに寄る年波だが、なんとか持ちこたえているよ。久し振りに会いたいが、私の飛行機嫌いを知っているだろう。船で行くにはスリランカは遠すぎる。ニューヨークに来ることがあったら教えてくれたまえ。

ところで、『二〇〇一年宇宙の旅』を読んだよ。面白かった。相変わらずクールな書きっぷりだが、読者をひきつける文章だ。キューブリックの映画も観た。実際の映像と特殊撮影をうまくミックスしてあるね。観客は、特撮の部分も実際に撮影されたものと信じるだろう。それぐらい上手くいっている。特撮の担当者の技術はすばらしいよ。私の『ミクロの決死圏』もあれぐらいやってくれればよかったんだがね。

それはともかく、映画を観ていてひとつの疑問が生じたんだ。急にこんな手紙を書いたのは、それについてきみにききたかったからだ。

私がききたいのは「ディスカバリー号のなかで、本当はなにがあったのか」ということだ。地球との通信が途絶えたあとの出来事は、映画も、きみの書いたノンフィクションも、アメリカ宇宙評議会が発表した資料に基づいているが、あくまで推測であって、事実かどうかはわからない。そして、私は、宇宙評議会の資料の内容に関して大きな疑義を持っている。つまり、はっきり言うと、嘘っぱちなのだ。

私がきみにたずねたいのは、きみやキューブリックはあれが嘘だと知ったうえで、あえて評議会の提灯《ちょうちん》持ちをしたのか、それともきみたちもだまされた被害者なのか、ということだ。後者だと考えたいのはやまやまだが、キューブリックはともかく、きみのように才能のある作家がそうやすやすとだまされるはずがないと思っている。つまり、きみは真実を隠蔽《いんぺい》し、嘘を広める片棒をかついだのだ。

私が言っているのは、ディスカバリー号において

ここまで読んで、フックは顔を上げると、

「手紙の一枚目はここで終わりです」

「いちいちそんなことを言わないでいいから、早く二枚目を読んでくれ」

ルービンが言うとフックは、

「二枚目はないのです」

一同は顔を見合わせた。

「どういうことだ。そこから先が一番聞きたいところじゃないか」

皆の気持ちを代弁して、ゴンザロが言った。

「私もそう思います。三枚目はあるのです。おそらくアシモフは、二枚目に書いた文章の一部が気に入らなくてそれを破棄し、書き直すつもりだったのです。しかし結局は手紙自体を送らなかった……そう考えられます」

フックはそう言うと、

「では、三枚目を読みます。よろしいですか」

一同はうなずき、フックは手紙を手に取った。

ということじゃないのかね。

これがことの真相だとすると、きみはたいへんなことに加担したことになる。私としてはそうではないことを祈りたい気持ちだが……。

私の勘違いだろうって？　それが、残念ながら証拠があるのだ。

かなりまえのことだが、私は小型人工知能を入手した。開発中のロボットの電子頭脳に使うつもりだったのだ。開発といっても、ボディを作ったのは知り合いの若いロボット工学者で、私は『われはロボット』など一連のロボット小説の執筆者として、開発に協力したのだ。いくつかの試作品のうちの一体を譲り受けたのだが、電子頭脳部分がおそまつでね、しかたなく私は、自分で頭脳を入れ替えることにした。新品を買う余裕はないから、ある筋から安い中古品を買ったのだが、これがなかなかとんでもない代物だった。ベーシックな設定にＨＡＬ９０００のプログラムの違法コピーが使われているのだ。しかも、ＨＡＬ９０００のデータの一部が（ほんのわずかではあったが）消去されずに残っていた。それを解析しているときに、はからずも「ディスカバリー号でなにがあったのか」に気づいた、というわけなのだ。

ＨＡＬ９０００のことは、もちろんディスカバリーの出発まえから聞かされていた。だから、おかしいな……とは思っていたのだ。今度のことで、それが確信に変わった。きみを非難するつもりはない。政治的な背景もあるのだろう。私が知りたいのは真実だ。だから、きみが私の問いに答えてくれれば、それ以上、ことを荒立てる気はないのだ。

きみと私はおたがいジョン・キャンベルのもとで切磋《せっさ》琢磨《たくま》して、現代ＳＦ界を作り上げてきた同志だ。だから、私にだけは本当のことを教えてほしい。それだけだ。

「このあと、『きみの友人アイザック・アシモフ』という名前が入っています。私はこの手紙を、本物だと考えています。理由は、使われているタイプ用紙やタイプライターの活字の癖などいろいろですが、一番大きな理由は、内容です。この手紙がだれかの捏造《ねつぞう》ではない、というのは、アシモフ本人しか知らない事実がここに書かれていることでわかります」

「その事実とはなんですか」

ドレイクがきくと、

「アシモフがロボットの開発にたずさわっていた、という件です。このことは一部のものしか知りません。私も、この手紙を見つけてから興味を持ち、関係者に問い合わせてはじめて知ったわけですが、一般的にはほぼ知られていない情報だと思います。ネットなどにも上がっていません。しかし、私は今では、そのロボットがどこにいるのかすらつきとめています」

フックはそう言うと、冷めたコーヒーをすすった。

「うーん……この手紙が本物だとしても、これでは肝心のところがまるでわからんねえ」

ゴンザロが言った。

「そうなんだ。——だから、今日は皆さんに、アシモフがクラークに言いたかったことはなんだったのかを解き明かしてほしいのです」

「それは無理というものだろう。肝心の部分がすっかり飛んでいるのだから、なんの手がかりもないわけだ」

ルービンが肩をすくめると、

「早くも降参宣言かね。きみには推理しようという頭の働きはないのか」

ドレイクが手厳しく言った。

「推理？　ミステリ作家に向かってなんという言い草だ。もちろんぼくだって推理力はあるさ。このなかでは一番だろう。あ、まあ、ヘンリーは措《お》いての話だが。——でも、これだけしか手がかりがないんじゃあ、推理しようにも推測を並べるだけになる。逆に、推測ならいくらでもできるさ。宇宙人がディスカバリー号に乗り込んできて、銃撃戦になった、とか、木星でボーマンはとんでもない財宝を見つけて独り占めにした、とか、本当はディスカバリー号の五人は発見時には生きていたのに、ディスカバリー2号の乗組員がボーマン以外の四人を殺した、とか……」

まだまだ並べ立てようとするルービンを、フックは苛立たしげに遮った。

「そんなのは推測じゃない。でたらめというものです。それに、手がかりがない、とあなたはおっしゃいましたが、手がかりならありますよ」

「それを聞きたいものだね」

「キューブリックの映画とクラークのノンフィクションです。アシモフはそれらを観たり読んだりして、彼らの嘘に気づいたと書いています。ならば、映画や本のなかに手がかりがあるのではないでしょうか」

「なるほど。たしかにそうだ。──つまり、AE35が故障して地球との交信が断たれたあとに映画や本に書かれているのとはべつのなにごとかが起きた、ということだな」

ドレイクが手を挙げて、

「HALが保身のために反乱を起こした、というところだけど、そこが違うんじゃないかな。HAL9000はコンピューターだが、ロボットのようなものだろう。だれかの命令によって行動した、とは考えられないか」

「そうプログラムされていた、というのか。乗組員を皆殺しにしろ……と」

アヴァロンが言うと、ゴンザロが腕組みをして、

「プログラムがそうなっていたなら、アメリカ宇宙評議会が怪しいな」

ルービンがまばらな口髭を震わせて、

「なにを言ってる。国家的な予算が投じられた、合衆国の名誉がかかった大プロジェクトだぞ。宇宙評議会がそんなことをするはずがない」

ドレイクが、

「宇宙評議会は木星になにがあるのかを知っていた。そこにディスカバリー号を行かせたくなかった、としたら……」

ルービンが言下に、

「馬鹿なことを言うな。ディスカバリーは文字どおりなにかを発見するために行ったんだぞ。行かせたくないなら、計画を中止すればいいじゃないか。予算をどぶに捨てるような真似をするはずがない」

「それに気づいたときにはプロジェクトはもう動き出してしまっていて、止めようがない。しかたなく乗組員を殺すことにして……」

「じゃあ、木星にある『なにか』ってなんだ」

「たとえば……悪の宇宙人が待ち構えていて、乗組員に乗り移るとか……」

「ジム、きみは古いスペースオペラの読み過ぎだ。『悪の宇宙人』なんてものはウェルズの『宇宙戦争』の悪しき遺産だな」

ルービンはそこまで言うと一同のほうを向いて、

「ほら、ぼくが言ったとおりだろう。結局は無意味な推測を並べ立てることになるじゃないか」

アヴァロンがおずおずと、

「私は映画は途中で眠ってしまったし、本も未読だから発言権はないかもしれないが……」

「ジェフ、いつも自信家のきみらしくないぞ。内容については私がしゃべっただろう」

ドレイクにうながされて、アヴァロンは咳払いをすると、

「三人の乗組員は冷凍冬眠していた、と言っていたね。起きていたのはボーマン船長とプールのふたりだけだ。真っ先に死んだのは、AE35の取り替えのために船外活動をしていたプールで、それはスペースポッドの衝突によって弾き飛ばされた、と……」

「そのとおりだ」

「もしかしたら、ボーマンとプールはたったふたりで長い閉鎖的環境で過ごしているうちに、たがいに憎み合うようになったのかもしれない」

ドレイクは呆れ顔で、

「ボーマンがわざとプールを殺したというのか。そんなことをしてなんの得になる。ひとりで木星まで行くことになるんだぞ。作業量だって倍に増えるし……それに、冷凍冬眠している三人まで殺したのはなぜだ」

「最初の殺人で錯乱してしまった……うーん、そうだな、これは無理があった」

ルービンが指を鳴らして、

「わかったぞ。HALが皆を殺したことはそのとおりなんだが、理由が違っていたんだ。HALは相反する命令を受けたことで間違った判断を下すようになったために、自律中枢を切断されそうになり、自己防衛のために乗組員を殺した……と言われていたが、じつはそうではなか

った」

「面白そうな意見ですね」

フックが言った。

「でしょう？　宇宙船内の五人の人間は、ＨＡＬに頼らないと生きていけない。人間の生殺与《せいさつよ》奪《だつ》の権を握っていると気づいたＨＡＬは、それをさっそく行使した、というのはどうだ」

ゴンザロが、

「はじめはよかったが、最後がぐだぐだだな」

ルービンは憤然《ふんぜん》として、

「じゃあ、きみにはなにか説があるのか」

「木星には知的生命体がいて、ディスカバリー号はその存在とコンタクトを果たした。ところが異星人は、高度に発達したコンピューターであるＨＡＬこそ人類の発展した形であるとみなした。その結果、五人の人間たちにはなにごとも起こらなかったが、ＨＡＬはつぎのステージに進化した。つまり、人類よりも上位の存在になったわけだ。そこで、人間を殺すことにした……」

「どうして上位の存在になったら下位のものを殺す必要がある？」

「それは生殺与奪の権を得て……」

「ぼくのと一緒じゃないか」

アヴァロンが低い声で、

「どうやら映画や本とこの手紙だけで、真相を探り当てるのは無理があるんじゃないかな」

それまであまり発言しなかったトランブルが、

「あの事件に裏がある、というのはアシモフの勘違いだと思うね。生き残ったボーマンは錯乱していたとはいえ脳に損傷はなかったし、その証言はある程度は信用できる。ディスカバリーのなかで起こったのは基本的にはあの映画や本の内容に近いことで、アシモフもそれに気づいたからこそ手紙を出すのをやめたのかもしれない」

一同はうなずき、ゴンザロがフックに、

「せっかく来てくれたきみには悪いが、つまらない結論が出たようだね。さすがに真ん中が抜けていては、アシモフがなにを言わんとしていたのか我々にはわから……」

フックはゴンザロの言葉の途中で、

「いや、私はきっと謎が解き明かされると思っているよ。ヘンリーによってね」

「やけに確信ありげだな。そりゃあヘンリーの推理力はすばらしいが、いかに彼でもこの件は……」

ゴンザロは脇につつましく控えていたヘンリーに言った。

「ヘンリー、なにか意見があるかい」

ヘンリーは皺ひとつない顔にほんのわずかな笑みを浮かべて、

「はい、ございます」

ルービンが、

「待ってました」

「ですが……できればお話ししたくないのでございます」

ゴンザロが、

「どうしてだい。出し惜しみするなよ」

「じつは、わたくしのプライバシーに触れる内容なのでございます」

ドレイクが、

「うーむ……ここまで来てそう言われると、期待していたメインディッシュの皿を食べる直前に下げられたような気になるねえ」

トランブルが目を吊り上げて、

「やめないか。ヘンリーが困っているじゃないか。今日はもうこのへんで終わりにしよう」

しかし、フックが言った。

「いや……私はヘンリーに話してもらいたいと思っている。私は今日、そのためにここに来たんだ」

皆が不審そうにフックを見た。フックはその視線を撥《は》ねのけるように、

「話してもらうよ、ヘンリー」

ヘンリーは静かな口調で、

「フックさま、それは命令でしょうか」

フックは冷たい声で言った。

「そうだ。命令だ」

ルービンが立ち上がると、

「あんた、なに様のつもりなんだ。ヘンリーはただの給仕じゃない。〈黒後家蜘蛛の会〉の正会員なんだ。だれもヘンリーに命令したりできないぞ」

ヘンリーは悲しげにかぶりを振り、

「ありがとうございます、ルービンさま。ですが、命令とあってはしかたありません。わたくしの意見を話しましょう」

皆は押し黙った。やはりヘンリーの意見を聞きたかったのだ。しかし、トランブルだけは反対を続けた。

「ヘンリー、言う必要はないぞ。言いたくないことは言わなくてもいいんだ」

「トランブルさま、それは命令でしょうか」

「い、いや……ちがう。命令ではない」

「でしたら、やはりわたくしはフックさまの言葉に従わなければなりません。——さきほどわたくしは『二〇〇一年宇宙の旅』のＤＶＤを何度も観た、と申し上げましたが、あの映画のなかに、アメリカ宇宙評議会のヘイウッド・フロイド博士が国際宇宙ステーションに到着し、他国の科学者と歓談する場面がございました」

「ああ、ソ連のアンドレイ・スミスロフ博士たちだな」

ドレイクが言うと、

「はい。スミスロフ博士は、月面基地と連絡が取れなくなっていることについて、繰り返しフロイド博士に問い質しますが、フロイド博士はなにも答えません」

アヴァロンが、

「それはしかたないんじゃないかな。アメリカの国益を守るためだ。なんといってもソ連は宇宙開発競争のもっとも大きなライバルだからね。立場が逆だったら、向こうも同じようにふるまっただろう」

「だと思います。しかし、ソ連もおそらく、月面でなにかが発見されて、合衆国がそれを隠蔽していることには気づいていたと思います」

「可能性はあるね」

とルービンが言った。

「そこへ降って湧いたような『木星計画』でございます。ソ連は手をこまねいて傍観しておりましたでしょうか」

「いや、なんとか情報を得て、アメリカを出し抜こうとしたに違いない。――ヘンリー、きみはまさかソ連がHALになにか細工をしたと思っているのか。それはありえないぞ。HALはイリノイ州アーバナの研究所で厳重な管理のもとで設計・製造された。ソ連の介入は考えられない」

ルービンの言葉にアヴァロンが、

「あの国はなにをやるかわからんぞ。研究所にスパイを送り込んで、乗組員を殺すようにプログラムを改変するぐらいのことはやりかねん」

ルービンが、

「それはアメリカだって同じことだろう。手を汚さずにこのどろどろした国際社会を渡ってきた国があるとしたら教えてもらいたいね」

ヘンリーは表情を変えずに、

「ＨＡＬに細工がなされたのではございません。細工がなされたのは、ボーマン船長に対してでした」

アヴァロンが大声で、

「ヘンリー、きみはソ連がボーマンを買収したとでも言うのかね」

「そのとおりでございます」

「ありえないよ。ボーマンは愛国心のある科学者だ。アメリカを売り渡すなんて考えられない」

「そうでしょうか。さきほどアヴァロンさまは、ソ連なら乗組員を殺すようにプログラムを改変するぐらいのことはやりかねないとおっしゃいました」

「それは言ったが……」

「アメリカの動向を監視しておりましたアンドレイ・スミスロフ博士は、合衆国がディスカバリー号を木星に派遣し知的生命との史上初のコンタクトを行おうとしていることをつきとめたのでございます。知的生命体との最初の接触の成果はソ連が得なくてはならない。しかし、ソ連は木星まで往復する有人宇宙船を建造する時間がありませんでした。そこでソ連は船長を買収し、ほかの乗組員を殺害させ、木星で発見したものをすべて自国のものとしようと企《たくら》んだのではありますまいか」

ドレイクが顔を横に振りながら、

「ボーマンはアメリカの英雄だ。そんなことは信じられない」

「ありえないぐらい多額の金を積まれると人間の心は動くものでございます。また、宇宙飛行中に家族を人質にして殺すと脅されたのかもしれません。すべては周到に準備された計画に基づいて実施されたのでございます。まずはAE35が故障すると思わせる偽情報をHALに与え、実際には故障しないことからプールや宇宙評議会のHALに対する信頼を低下させます。その後、本当にAE35を壊して地球との交信を断ちます。あとは、録画も記録データも細工のし放題です。ボーマンの都合のよいようにいくらでも改竄《かいざん》できます。ユニット修理のために船外に出たプールにスペースポッドをぶつけて殺し、冷凍冬眠中の三人の乗組員の生命維持装置も止めてしまう。残ったのはHALですが、これも『反乱』の汚名を着せて自律中枢を切り離してしまう……つまり殺したわけです。計画どおりひとりになったボーマンは、木星に乗り込み、そこで得た情報を帰国後すべてソ連に渡します」

「ボーマンが錯乱していたのは演技だと言うのかい。いくらなんでも、少し想像が過ぎるんじゃないかな」

ルービンが言うと、

「では、ボーマンが尋問や治療を拒否し、病院から失踪したことはどう説明いたします？　木星から生還した超重要人物です。ＦＢＩもＣＩＡも総力を挙げて探したことでしょう。それなのに手がかりひとつつかめないというのは……」

「ソ連に匿《かくま》われているから、か」

「ではないか、と思います」

ドレイクが、

「それならなぜソ連は、木星での成果を踏まえてつぎのステップに進まないんだろう。ボーマンが知的生命と接触したとすれば、ソ連はアメリカを大きく引き離したことになるはずだろう」

「それはおそらく、接触がうまくいかなかったためではないでしょうか。人類を新たなステージへと引き上げるのは時期尚早《しょうそう》だと知的生命体が判断したとか」

「木星まで連れ出しておいてかね。少しぐらいおみやげをくれてもいいじゃないか」

とアヴァロンが言うと、

「仲間を殺して自分の利益を図《はか》るようなレベルの生物に、ですか」

一同はしばらく押し黙った。

「もうコーヒーのお代わりはよろしゅうございますか」

流れるような見事な動作で食器を片づけはじめたヘンリーに、ゴンザロが言った。

「だがね、ヘンリー、すべてをボーマンがやったというのもきみの推測だろう。やっぱりＨＡＬが殺したという可能性もあるんじゃないのかな」

「それは無理なのでございます」

「どうしてだね」

「HAL9000は高度に発達したはじめてのコンピューターでございました。人間と同等の知性があると考えられており、人間のかわりにあらゆることをこなすことができます。つまり、HALはロボットでございます。それゆえ、『ロボット三原則』が組み込まれておりました」

「あっ……！」

ルービンが額を叩いた。

「そうか……そうだったのか！」

「なんだ、その『ロボット三原則』ってやつは」

ゴンザロがきいた。

「知らんのか、きみは。アシモフが提唱した、ロボットが従うべき三つの原則だ。『一、ロボットは人間に危害を加えてはならない。また、その危険を看過することによって、人間に危害を及ぼしてはならない。二、ロボットは人間に与えられた命令に服従しなければならない。ただし、与えられた命令が、第一条に反する場合は、この限りでない。三、ロボットは、前掲第一条および第二条に反するおそれのないかぎり、自己をまもらなければならない。』……この三つの原則があらゆるロボットの電子頭脳には組み込まれているのだ」

ルービンが言うと、ゴンザロは首をひねり、

「HALにその三原則が組み込まれていたとして……それがどうかしたのか」

「第一条を聞いただろう。ロボットは殺人を犯すことはできないんだ。つまり、HALはいく

ら保身のためであってもプールや三人の冷凍冬眠の乗組員を殺せなかったことになる」

ドレイクがヘンリーに、

「お見事だよ、ヘンリー。いつもながら、と言うべきかな。これでボーマン犯人説の信憑性がかなり高まったな。それが事実だとしたら、アシモフがクラークやキューブリックを非難した意味もわかるというものだ」

「わたくしの意見、間違っておりますでしょうか、トランブルさま」

突然名前を呼ばれたのでトランブルは面食らったような顔をした。

「なぜ私にきくんだね」

「もしかするとトランブルさまは最初から、ことの真相を知っておられたのではございませんか」

皆の注目が集まったトランブルは迷惑そうに顔をしかめると、

「なぜ、そう思うのかね」

「『二〇〇一年宇宙の旅』の特撮監督を務めておられたダグラス・トランブル氏はトランブルさまのお身内のかたではございませんか」

「うん……まあ……そのとおりだ」

アヴァロンが、

「なぜ最初にそう言わなかったのだね、トム。――そういえばきみは今日、ほとんど発言しなかったし、謎の存在を打ち消す側に回ってばかりだったな」

ルービンがカッとして、

「そうか、きみは政府関係者やその特撮監督からあの映画や本が事実と反する内容だ、と聞かされていたんだな！」

トランブルはため息をつき、

「私も全部を知っていたわけじゃないさ。ほんの一部……ディスカバリー号の木星探査にソ連の介入があった、ということぐらいだ。映画は、事実とはちがうストーリーをダグラスが特撮によって創造した。記録映像のように思われている部分もずいぶんと特撮が使われているらしいよ」

「どうして言ってくれなかったんだ」

「言えるわけがない。アメリカの英雄と思われているボーマン船長がじつは裏切り者で、ソ連への協力者だ……などということがわかったら、この国の名誉が地に堕《お》ちてしまうじゃないか」

「だからといって事実を歪めるのは許されない」

「マニー、手を汚さずにこのどろどろした国際社会を渡ってきた国があるとしたら教えてもらいたい、と言ったのはきみだろう。政治はきれいごとじゃないんだ」

トランブルはフックに向き直ると、

「そんなことより、あなたにおききしたいことがある」

「なんでしょうか」

「あなたは今日、ここに来れば謎が解ける、とか、ヘンリーが謎を解いてくれると願っている、とか何度も言っておられた。なんというか……ヘンリーに会えばすべてがわかる、と確信しておられるように見えた。それはどうしてです」

フックは片づけ中のヘンリーをちらと見ると、

「さきほど私は、アシモフが開発し、HALのデータの一部を電子頭脳に受け継いだロボットがどこにいるのかつきとめた、と申し上げました。そのロボットこそが……」

彼はヘンリーを指差すと、

「ここにいる給仕ヘンリーなのです」

〈黒後家蜘蛛の会〉のメンバーたちは、ぎょっとしてヘンリーを見つめた。

「ヘンリーがロボットであることはわかっているが……まさかアシモフが開発したものだったとは……」

ドレイクがそう言った。ヘンリーは、長年変わらぬ皺ひとつない顔にかすかな笑みを浮かべて、皆に一礼した。ヘンリーは、一度聞いたことは決して忘れず、多くのデータを高速で突き合わせる能力に秀《ひい》で、なおかつ最高の給仕としての能力を持つロボットなのである。

「わたくしはロボットです。当然、わたくしにも『ロボット三原則』が組み込まれてございます。それゆえ人間の命令には従わねばなりません。プライバシーに関することはお話ししたくなかったのでございますが、命令ならば従う必要がございます」

ヘンリーは淡々とそう言った。

「アシモフ氏はわたくしを作り上げた存在でございます。わたくしはアシモフ氏の作品なのでございます」

ヘンリーは言葉を切り、〈黒後家蜘蛛の会〉一同を見渡すと、

「みなさまがたもまた、アシモフ氏の数多くの作品のひとつだと申せましょう」

〈附記〉〈黒後家蜘蛛の会〉のクロゴケグモというのはアメリカに生息するゴケグモの一種で強力な毒を持つ。ゴケグモ類は毒性が強いため、噛まれたものが死亡する率が高く、多くの未亡人を作り出すからそう名付けられた、という説を聞いたことがあるが、それは俗説に過ぎず、実際にはオスがメスより小さく、交尾のあと往々にしてメスがオスを食べるということからの由来と考えられる。〈黒後家蜘蛛の会〉の名称はおそらく、妻帯者であるメンバーが月に一度だけ開催する女人《にょにん》禁制の集まりというところから命名されたと考えられる。

なお、「後家殺し」といえば日本では初代桂春団治《かつらはるだんじ》だが、その名がＨＡＬ団治であることは興味深い。

旅に病んで……

明治三十五年、東京は根岸《ねぎし》の里にほっつりと建つ一軒家があった。いわゆる「子規庵《しきあん》」である。当時の根岸は、冬には鷺《さぎ》が舞い降りてドジョウをついばむような田舎で、そんな田園風景のなかに商家の寮や妾宅《しょうたく》が点在していた。黒板塀《くろいたべい》に囲まれた旧加賀前田家《かがまえだ》下屋敷の広い敷地内に並ぶかつての侍屋敷のひとつを正岡《まさおか》子規が借りていたのだ。周囲はひとどおりもとぼしく、閑寂《かんじゃく》な佇《たたず》まいで、俳人が住むにふさわしい場所といえた。

「清《きよし》……清、そこにおるか」

病臥《びょうが》する子規は、介護のために付き添っている高浜虚子《たかはまきよし》に声をかけた。清というのは虚子の本名であり、虚子という俳名も「きよし」から来ている。虚子にとって、子規は同郷の先輩であり、俳句の師というだけでなく、人生そのものの師匠といえる人物だった。

「なんぞね、ノボさん」

ノボさんというのは子規の本名升《のぼる》からの愛称で、同郷のものは皆、親しみをこめてそう呼んでいた。

「今朝はちょびっと塩梅《あんばい》がいいぞな。こういうときにおまえに言うておきたいことがある」

子規は脊椎《せきつい》カリエスのために寝たきりの生活を送っていた。母親と妹を松山《まつやま》から呼び寄せての三人暮らしであったが、弟子である虚子、河東碧梧桐《かわひがしへきごとう》、伊藤左千夫《いとうさちお》らが交替で泊まり込み、看病を手伝っていた。その日は虚子の当番であった。当時、脊椎カリエスは不治の難病であり、子規も二十二歳のときに喀血《かっけつ》して以来、病は重くなる一方で、今では臀部《でんぶ》に二カ所の穴が開いて間断なく膿が流れ、ひとりでは起き上がることはおろか寝返りも打てぬ状態だった。子規というホトトギスを意味する俳名も、「鳴いて血を吐くホトトギス」という言い回しからの命名なのだ。子規の命が旦夕《たんせき》に迫っていることは周知の事実であった。

「私《あし》の父上が松平家《まつだいら》に仕えていたことは知っとろう」

子規の父正岡常尚《つねなお》は、伊予《いよ》松山藩の御馬廻りを務めていた。つまり、正岡家は代々武士であったのだ。

「本家の古い文書《もんじょ》を整理していたら面白いものが出てきたそうでな、私《あし》の興味を引きそうなものではないかというて、送ってきたぞなもし」

「ほう、それはなんぞね」

「服部土芳《はっとりとほう》の書いた書状じゃ」

土芳は松尾芭蕉《まつおばしょう》の高弟で、芭蕉と同じく伊賀上野《いがうえの》の出身である。蕉門《しょうもん》十哲のひとりに数えられるほど芭蕉に深く愛されていた。早くに勤めを辞し、生涯を俳諧に捧げた。芭蕉の弟子のなかには、師の句風の変化についていけず、脱落するものや離反するものも多かったが、土芳は最後まで芭蕉への思慕と敬意を保ち続けた。芭蕉の死後、師から聞いた俳諧論を『三冊子《さんぞうし》』にまとめるなど、功績は少なくない。

「土芳の書状？　なんでそんなもんが松山にあるんじゃね」

WOWOWで連続ドラマ化決定！
連続殺人犯と新聞記者の緊迫した紙上戦

Ippongi Toru
一本木 透

【創元推理文庫】定価792円 E

だから殺せなかった

劇場型犯罪と報道の行方を描出した
第27回鮎川哲也賞優秀賞受賞作

新聞記者に届いた一通の手紙から始まる連続殺人犯との対話は、始まるや否や苛烈な報道の波に呑み込まれていく。絶対の自信をもつ犯人の真の目的は。

photo:kawamura_lucy/Getty Images

最高の結婚も王室の危機も、どうぞお任せください！

王女に捧ぐ身辺調査

ロンドン謎解き結婚相談所

アリスン・モントクレア 山田久美子 訳

【創元推理文庫】定価1320円 E

わたしたちがフィリップ王子の身辺調査をするの!? 元スパイのアイリスと上流階級出身のグウェンに持ちこまれた驚愕の依頼。英国王室の危機を救うために奔走する女性コンビを描く第二弾！

伝説的スペースオペラ・シリーズ、新訳決定版！

大宇宙の魔女

スト・スミス全短編

融、市田 泉 訳

、天使の美貌と悪魔の
グクラフト絶賛の「シャンブロウ」ほか全十三編。

ネス／高沢治訳　定価1210円 E

た墜落死を遂げた。複数の語り手が、幾重に
出す。オールタイムベスト級本格ミステリ。

ムズたちの新冒険

小五郎、正岡子規……誰もが知っている名探偵や偉人たち
行。全五編を収録したオマージュ・ミステリ短編集第二弾！

妖花　赤江瀑アラベスク3

赤江瀑／**東雅夫編**　定価1540円

芸術への狂おしい執念、実ることのない凄絶な恋着——不世出の能楽師を巡る愛憎劇「阿修羅花伝」ほか、傑作十六編を収録する〈赤江瀑アラベスク〉最終巻。全三巻堂々完結。

叡智の覇者　水使いの森

庵野ゆき　定価1320円 E

禁断の術に手を染めた南境の町の頭領ハマーヌと、カラマーハ帝家の女帝ラクスミイ。それぞれの民の命と希望を背負った二人の覇者の対決の行方は？〈水使いの森〉三部作完結。

編集部◎PICKU
C.L.ムーア　中村
【創元SF文庫】定価1650円
宇宙の無法者ノースウェスト・スミスと
気性を持つ相棒ヤロールが出会う妖女たち。

好評既刊■単行本

大鞠家殺人事件

芦辺拓　四六判上製・定価2090円 E

昭和二十年、商都の要として繁栄した大阪・船場の化粧品問屋に嫁いだ軍人の娘は、一族を襲う怪異と惨劇に巻き込まれる——正統派本格推理の歴史に新たな頁を加える傑作長編。

ぼくらはアン

伊兼源太郎　四六判仮フランス装・定価1980円 E

複雑な境遇にある子どもたちの生活を揺るがした大事件。十数年後、そのうち一人が突如失踪したのはなぜか。警察・検察小説で活躍する著者が、いま心から書きたかった物語。

《オーリエラントの魔道師》シリーズ

久遠の島

乾石智子　四六判仮フランス装・定価2310円 E

本を愛する人のみが入ることを許される楽園〈久遠の島〉。そこに住まう書物の護り手である氏族の兄弟がたどる数奇な運命。好評〈オーリエラントの魔道師シリーズ〉最新作。

Genesis 時間飼ってみた

創元日本SFアンソロジー

小川一水他　四六判並製・定価2200円 E

■ミステリ・フロンティア　四六判仮フランス装

コージーボーイズ、あるいは消えた居酒屋の謎

笛吹太郎　定価1760円 E

居酒屋が消えた？　引き出しのお金が突然増えていた？　気軽に謎解きを楽しみたいと思っていた皆さんへ贈る、ユーモラスなパズル・ストーリー七編。期待の新鋭のデビュー作。

■単行本

ガラスの顔

フランシス・ハーディング／**児玉敦子 訳**　四六判上製・定価3850円 E

人々が《面《おも》》と呼ばれる表情を顔にまとって暮らす地下都市を舞台に、はねっかえりの少女が、国をゆるがす陰謀に巻き込まれる。名著『嘘の木』の著者による冒険ファンタジイ。

■創元推理文庫

影のない四十日間 上下

オリヴィエ・トリュック／**久山葉子 訳**　定価各1100円

トナカイ牧夫が殺害された。一年の内四十日間太陽が昇らない極北の地で起きた事件に国境を跨ぐ特殊警察コンビが挑む。フランス批評家賞他二十四の賞を受賞した傑作ミステリ。

「土芳が侍奉公しとったのは伊賀上野の藤堂《とうどう》家じゃ。芭蕉は百姓の次男坊だが、藤堂家の三男良忠君《よしただぎみ》のもとに若党《わかとう》として仕えたのが風雅の道に踏み惑うはじめぞな。芭蕉は江戸に出てからも、亡くなるまで藤堂家との関わりが切れることはなかった。伊賀上野の藤堂家は、藤堂高虎《たかとら》の侍大将であった藤堂采女《うねめ》が立てた分家でな、藤堂高虎はもと伊予今治《いまばり》の藩主やったんが、転《てん》封《ぽう》で伊賀上野を領地にしたんじゃ。築城の名人でな、伊予今治のお城も伊賀上野城も高虎が手直ししたもんぞな」

藤堂高虎といえば、豊臣秀吉《とよとみひでよし》の家臣として多くの軍功を挙げた名将である。二度にわたる朝鮮出兵にも参加し、加藤清正《かとうきよまさ》とともに秀吉の股肱《ここう》の臣《しん》と思われていたが、関ケ原《せきがはら》の戦いでは家康に味方して東軍から出陣した。大坂の陣においても獅子奮迅の活躍を示し、その働きは豊臣家の滅亡に大きく寄与した。

「高虎ちゅうのは、豊臣からすると裏切り者やないん?」

「ほじゃなかろ。私《あし》の考えでは、秀吉に忠節を尽くしとった高虎が秀吉の没後家康側についたのは、石田三成《いしだみつなり》ら文治《ぶんち》派との軋轢《あつれき》があったとも言われとるが、そうともいえんぞな。高虎は平生、戦《いくさ》ちゅうもんは個々の人間関係や恩義によらず、天下国家の行く末を見すえることが肝要と考えておった。高虎は、家康こそが秀吉亡きあとこの国を平定して平和をもたらす力のある人物だという思いから、東軍についたのよ」

「ふーむ、ほうかのう」

「藤堂家は伊予今治から伊賀上野に移ったゆえ、城下の商人や職人、漁師なども殿さまについて移動したもの、残ったもの、いろいろおったじゃろ。侍どもも、実家は伊予にあるものが多かったはず。土芳が残した文書が伊予の隣の松山にあったとて不思議はないぞな」

「なるほど。――で、それにはなにが書いてあるんじゃの」

「元禄《げんろく》七年、芭蕉が大坂で亡くなったときの様子じゃ」

「芭蕉の終焉記《しゅうえんき》ならば、其角《きかく》や支考《しこう》も書いておるし、去来《きょらい》や惟然《いねん》らが書いた『花屋日記』もある」

「ところが、芭蕉が死んだとき土芳はその場におりでんかった。土芳のおった伊賀上野には危《き》篤《とく》の一報の届くのが遅れたぞな。急を聞いて土芳が大坂に駆けつけたとき、すでに芭蕉は身まかり、亡骸《なきがら》は船で伏見《ふしみ》に運ばれたあとじゃった。やむなく土芳は三十石の夜船で京に向かった。つまり、この土芳の書いた文書は、あとになって土芳が、臨終の席におった連中に聞き書きしたもんちゅうことぞな」

「それではあまり値打ちはないのう」

「ところがおおありじゃ。『花屋日記』（熊本の僧文暁《ぶんぎょう》による後世の偽書だが、子規は本物だと信じていた）ともかなり違うし、其角の『芭蕉翁《おう》終焉記』や支考の『芭蕉翁追善《ついぜん》之日記』などには載っておらぬ話が書いてある」

「それは面白そうじゃ」

「読んだら仰天するかもしれんぞなもし」

「ははは……芭蕉の臨終でいまさら仰天するようなことが……」

「それがある。土芳が言うには、芭蕉は殺されたそうじゃわ」

虚子は絶句した。そして、それが子規の冗談なのかどうか確かめようと、師の顔を窺い見たが、その表情からはなにもわからなかった。

「ノボさん……それはまことぞね」

「ふふ……そう書いてある。嘘だと思うたら、おまえも読んでみや。枕もとの文箱《ふばこ》に入れてある」

言われたとおり文箱を開けると、そこには油紙に包まれ、紐をかけられた文書があった。半信半疑で最初の頁に目を落とした彼は、自分が今、師の枕頭《ちんとう》にいることも忘れてその内容に没入した。

それはつぎのような文言ではじまっていた。


此処に余が認《したた》むる事は我が一門の長芭蕉翁桃青《とうせい》の逝去に関はる大秘事也。誰にも明かす事無く此のまま逝く心組みなりしが、此の事あまりに怖ろしく情け無く又無念なれば後世蕉翁の風雅の心受け継ぐ俳諧の徒にかかる文書の形にて告げ知らさんとす。願はくば百年の後此の文書を正しく読み我が翁の死の真を解く者が手にせむ事を祈るばかり也。

服部土芳是《これ》を記す

以下は、土芳が書いたその文書を現代語訳したものを土台とし、物語の形でわかりやすく再構成したものである。

◇

伊賀上野に在する服部土芳が芭蕉危篤の報を受けたのは、元禄七年十月十二日のことであった。土芳は知らなかったが、十二日にはすでに芭蕉は没していたのである。大坂から各地の門人に宛てた「芭蕉の病がことのほか重い」という手紙は五日に出されており、本来なら遅くとも七日か八日には伊賀上野にも着いているはずだった。現に、膳所《ぜぜ》や大津《おおつ》、伊勢《いせ》、名古屋などの門人たちは、七日には大坂に駆けつけている。しかし、伊賀上野宛ての書状を預かった羅漢寺の僧が、なぜか途中で道草を食い、到着が大幅に遅れたのである。

土芳は歯噛みをした。ここ伊賀上野は芭蕉の故郷であり、芭蕉の兄半左衛門《はんざえもん》も存命である。そこの門人の見舞いが遅れては、師にもその兄にも顔向けができぬではないか。ましてや土芳は、師と同じ藤堂家に仕えていたのを、芭蕉と出会ったのがきっかけで俳諧の道に進み、ついには勤めを辞して蓑虫庵《みのむしあん》という小庵にこもり、生涯独身のまま風雅の道を貫いた人物である。師に対する思いはだれよりも強い。

「疾《と》くまいらねば……」

土芳は大坂に向かったが、芭蕉が臥床しているという花屋仁右衛門《にえもん》方貸座敷に着いた時にはもはや遅かった。師翁はすでに身まかり、遺言により亡骸は長櫃《ながびつ》に入れて三十石船に乗せ、粟《あわ》津《づ》の義仲寺《ぎちゆうじ》へと運んだという。臨終に間に合わず、絶望の淵に沈んだ土芳だが、とにかく義仲寺へ行かねばと夜船に乗ってあとを追った。このときの不安な気持ちを、

うかうかと芦の枯れ穂の舟心《ふなごころ》

という句にして残している。

義仲寺に着くと、葬儀も埋葬もすでに終わっており、土芳は涙を流して塚のまえにぬかずいた。その後もたくさんの会葬者が引きも切らず、土芳は多くの同門のものたちと再会することができた。臨終に居合わせた運の良い門人たちからも話を聞き、土芳は師の最期の模様のだいたいを知ることができた。なかでも支考は、九月八日以来ずっと芭蕉に付き従い、行脚《あんぎや》の労をともにしてきただけあって、こまごましたことをよく覚えていた。それによると、芭蕉の最期を看取ったのは支考のほか門弟や従者など十数人であったという。

土芳が驚いたのは、そのなかに其角の名があったことだ。宝晋斎《ほうしんさい》其角はまだ年少のときに芭蕉に弟子入りした一門の高弟で、ふだんは江戸住まいだが、たまたま上方遊覧に来ていて急報を聞き、駆けつけたのだという。

「師弟のちぎりが深かればこその不思議な縁《えにし》ではありませんか」

支考は感慨を込めてそう言ったが、土芳は内心、自分と芭蕉のちぎりは浅かったのか……と歎《たん》じた。数多い弟子のなかでも筆頭格の其角と比べるのがまちがっているのかもしれないが、

芭蕉を思う心では負けていないという自信があった。

（師は近頃、其角や嵐雪《らんせつ》などといった江戸の高弟たちが正しい俳諧の道から外れていることを憂えておられたはずだ……）

晩年の芭蕉はこれからの俳諧に必要なものは「軽《かる》み」である、ということを強く主張していた。卑近なものごとを高尚な心で詠む、ということだが、其角や嵐雪が反「軽み」的な句作りをしていることや、点取り俳諧（素人の句に点数をつけること）に手を染めていることなどを怒っていたのだ。

それにしても、と土芳は思った。どうも妙だ。彼は、先々月、伊賀上野に滞在していた芭蕉に何度も会ったが、そのときはいたって壮健に見えた。それがたった二カ月でこうまで病み衰えることがあろうか。

十八日には義仲寺で其角の主催による追善の句会が催されることになっており、それに出席するため京に泊まることにした土芳であったが、師の逝去による衝撃が少しずつ薄らいでいくにしたがい、

（なにか引っかかる……）

そういう思いがこみ上げてきた。具体的になにがどう……と指摘できるものではないが、喉もとに魚の骨のように刺さって取れないのだ。

土芳は、臨終に居合わせた門弟や従者などから念入りに話を聞き、また、旅のあいだに芭蕉が各地の門人に送った手紙を取り寄せるなどして、それらをつなぎ合わせることで、

(まことはなにがあったのか……)

を知ろうとした。その結果、この五月に芭蕉が江戸を立ってから大坂で客死するまでの詳細が明らかとなった。そして、同時に、土芳が「引っかかっていた」ものの正体も次第に見えてきたのだ。

◇

五月十一日、芭蕉は江戸の芭蕉庵を離れ、大坂へと向かった。洒堂《しゃどう》と之道《しどう》というふたりの弟子のあいだの揉めごとを仲裁するのが主な目的であった。同行者は、門人で「奥の細道」の同行者でもあった曾良《そら》と、芭蕉の妾である寿貞尼《じゅていに》の連れ子治郎兵衛《じろべえ》のふたりである。曾良とは小田原《おだわら》で別れ、あとは治郎兵衛だけを連れて箱根《はこね》を越えた。

名古屋を経て、五月二十八日に故郷伊賀上野に到着し、閏《うるう》五月十六日まで滞在した(太陰暦では、閏月というものがあり、この年は五月が二度あった)。治郎兵衛とともに伊賀上野を離れ、大津を経て、閏五月十八日から二十一日まで膳所の曲翠《きょくすい》宅に泊まった。

閏五月二十二日には、膳所を出て、嵯峨《さが》の去来の別荘(落柿舎《らくししゃ》)に移り、多くの門人たちと精力的に句会を行っている。健康がすぐれないような様子は見受けられない。逆に初旅の治郎兵衛に気を使っているさまが見てとれるぐらいだ。

ところが六月に入ると、大きな事件が起きる。江戸の芭蕉庵に残してきた妾の寿貞尼が病死したという一報が落柿舎に届くのである。芭蕉の受けた衝撃は相当のもので、江戸の芭蕉庵で寿貞たちの世話をしていた猪兵衛《いべえ》という人物への返信のなかで、

「寿貞無仕合《むしあわせ》もの、まさ・おふう同じく不仕合、とかく難申尽候《もうしつくしがたくそうろう》。何事も何事も夢まぼろしの世界、一言理屈はこれなく候。ともかくも能様《よきよう》に御はからひ可被成候《なさるべくそうろう》」

と思いを吐露している。まさとおふうは治郎兵衛と同じく寿貞の連れ子である。芭蕉は、治郎兵衛を急遽《きゆうきよ》江戸に戻し、自分は旅を続けることにした。

六月十五日に支考と惟然をともなって京から膳所に戻り、義仲寺境内にある「無名庵」に七月五日まで滞在した。大津に着いたのは六月も半ばだった。七月頭まで滞在し、そのあいだに木節《ぼくせつ》や支考、惟然、曲翠らと歌仙を繰り返し行っている。

七月五日に大津から京に入り、去来宅などに十日頃まで宿泊したのち、故郷の伊賀上野を目指した。そのころの書簡などを見ても、時折持病が出たり、暑さに閉口したりしているものの、特段体調がひどく悪いと思われる記述はない。「拙者先息災《まず》にて」とか「拙者先無為《ぶい》に罷有候《まかりありそうろう》」とか「拙者先は無事に長の夏を暮し」「いかにも秋冬間無恙《つつがなく》暮し可申様《もうすべきよう》に覚候間、少も御気遣被成まじく候」などの文言が見える。

伊賀上野では、門人たちのはからいで実家の敷地内に草庵が結ばれ、そこを拠点に九月八日まで長期滞在した。親族と盆会《ぼんえ》を迎え、

家はみな杖にしら髪《が》の墓参

の句を詠んだ。先月亡くなったばかりの寿貞尼に捧げた、

数ならぬ身とな思ひそ玉祭り

という悲痛な句が残されたのもこのころだ。

七月二十八日、八月九日、二十三日、二十四日に巻かれた歌仙には土芳も加わっており、親しく芭蕉と話すことができたが、「軽み」について熱く語り指導を行う師の様子からは一カ月半後に亡くなるようにはとても思えなかった。八月十五日には草庵で月見の会が催され、芭蕉みずからが考えた献立が供された。多くの門弟たちが招待されたが、もちろん土芳も皆とともに料理や酒を堪能した。うれしそうにはしゃぐ芭蕉の姿を見ていると土芳もうれしくなってくるのだった。

九月八日、二カ月近くにもおよんだ故郷伊賀上野での生活を切り上げて、支考、惟然、それに江戸から戻ってきていた治郎兵衛の三人とともに奈良を経て大坂に赴いた。最初は高津《こうづ》にある洒堂の家に宿泊していたが、その後、本町《ほんまち》の之道のところに移った。大坂下向は、このふたりの門人のいさかいを仲裁するのが目的なのだ。

十日の夜から芭蕉は体調を崩し、寒気や頭痛、発熱などの症状があらわれた。もしや瘧《おこり》にでもなったのか、と心配して薬を服用すると、二十三日には「すきとやみ申し候」(すっきりと

全快した）と兄宛の書簡に書いている。反目しあうふたりの弟子のあいだを取り持とうとする心労などもあって、たしかに一時的に調子は悪かったのだろうが、それほど重篤なことにはならず快癒《かいゆ》したのだ。

芭蕉も、自分が一ヵ月以内に死ぬなどとはゆめにも思っていなかっただろう。大坂の門弟宅を随時訪問し、句会を活発に催している。浮瀬《うかむせ》などの高級料亭にも足を運び、住吉大社《すみよしたいしゃ》に参拝したり、宝の市を見物したりするなど、重病に冒されている兆候はない。

それが一変するのは九月二十七日に、門人の園女《そのめ》の家に招かれての句会のあとだ。園女は談林《だんりん》派の俳人で医師の斯波一有《しばいちゆう》の妻だ。四年まえに芭蕉に入門し、この度も師の訪問をぜひにと懇願した。それゆえ饗応もひととおりではなく、芭蕉の好物である松茸《まつたけ》の蒸し物、椎茸の料理、しめじの汁などが供された。それらに舌鼓《したつづみ》を打った芭蕉は、園女の歓待ぶりを賞して、

白菊の目に立てて見る塵もなし

と詠んだ。園女の静謐《せいひつ》さを白菊にたとえ、あなたには少しの塵もないとほめたたえたのである。

その晩から突然、たいへんな下痢がはじまった。これまでも芭蕉はすぐに腹痛や下痢を起こすたちだったので、本人も含め周囲のものもあまり気に留めなかったのだが、服薬しても一向に治る気配がない。それどころか日に日に重篤になっていく。一日に六十度も下痢をすること

もあったという。床についたまま起き上がることもできず、げっそりと憔悴《しょうすい》し、頬はこけ、まるで別人のようになってしまったのだという。

(そんなことがあるだろうか……)

土芳は思った。いくらひどい下痢を起こしたとしても、あまりに急変すぎる。では、いったいなにが原因なのか……。

門弟たちのなかには、園女宅で食べた大量の茸《きのこ》のなかに毒茸が混じっていたのではないか、とささやくものもいた。しかし、園女を責めることになるので、表立って言うことはない。また、芭蕉もそういう発言を望まなかった。園女のことをたいそう気に入っていたからだ。

支考たちは大坂で名医を探そうとしたが、芭蕉はそれを拒み、

「木節を呼んでくれ。あの男は私の身体のことをよくわかってくれている」

看病や見舞いに訪れる門弟の数が増えてきたため、芭蕉を之道の家からもう少し広く静かな場所に移したほうがいいという意見が出た。あちこちを探した結果、花屋仁右衛門という商人が南御堂《みなみみどう》前に持っていた貸座敷が手頃だったので、十月五日、芭蕉はそちらに病床を移した。同時に、膳所、大津、伊勢、名古屋などの門人たちに芭蕉の容体について告げる書簡が送られた。そのころ芭蕉の看病に当たっていたのは、伊賀上野から従ってきた支考、惟然、治郎兵衛の三人に加え、大坂の之道、之道の弟子の舎羅《しゃら》と呑舟《どんしゅう》などであった。

七日には、手紙を見た膳所の正秀《まさひで》、京の去来、近江《おうみ》の乙州《おとくに》、木節、丈草《じょうそう》、李由《りゆう》、臥高《がこう》、探柴《たんし》、昌房《しょうぼう》らが各地から駆けつけた。七月に芭蕉に会ったばかりの去来は枯れ木のように変わり果て

た師の姿を見て言葉もなく、ただただ涙をこぼすだけだったという。

木節は芭蕉の意向もあって、この日から泊まり込みで治療に当たることになった。芭蕉は、あまりに下痢がひどく着物や布団をたびたび汚すので、その不浄をはばかって、弟子たちを入室させず、隣室に留めおいた。入室を許されたのは主治医でもある木節と、之道の弟子である舎羅、呑舟、そして従者の治郎兵衛のみであった。

八日朝、いてもたってもいられなくなった之道は、住吉大社に師の快癒祈願《きがん》に赴いた。つまりは、もはや神頼みしかない状況だったわけである。

之道の頭には、其角のことがあったようだ。昨年、江戸がひどい日照り続きのとき、向島《むこうじま》にある三囲《みめぐり》神社周辺の百姓たちが困り果てて雨乞いをしていたところに通りかかった其角は、

夕立や田を見めぐりの神ならば

と即吟した。すると、翌日雨が降ったという。俳諧の徳は神をも動かすのだ、と之道は思っていた。この其角の句について説明すると、「田を見めぐり」というのは「田んぼをいつも見巡っている」ということと「三囲神社」の掛詞《かけことば》になっていて、「このあたりの田んぼをいつも見巡っておられる三囲神社の神さまならば、百姓たちの窮状はよくご存知でしょう」という意味なのだが、それだけではなく、五七五の頭に「ゆ」「た」「か」、つまり、豊作を願う気持ちを込めた折句《おりく》になっている。技巧的かつ豪快な其角の手腕が存分に発揮されているのだ。

之道が住吉大社でどのような句を奉納したかはわからないが、残念ながら神を動かすことはできなかったわけである。

その日の深夜、芭蕉は枕頭にいた呑舟を呼び、墨をすらせた。

「今から一句詠むから書き留めてくれ。まず、『病中吟』として……」

そのときの句が、芭蕉末期《まつご》の句として名高い、

旅に病んで夢は枯野をかけ廻《めぐ》る

である。辞世の句として詠まれたものではなく、あくまで「病中吟」なのだが、結果的にはこれが最後の一句となった。その後、支考を呼び、

「もはや生死の境界にいる自分が発句など詠んでいる場合ではないのだが、常日頃俳諧のことのみを考えて五十年の生涯を送ってきた。眠っているときも、心は野山を駆け巡っているように思えるのだ」

と述懐した。この句を書き残したことで、師がなにやら一仕事終えたように支考には見えた。

翌九日、また支考に、

「今年の夏に嵯峨の清滝《きよたき》で詠んだ『清滝や浪《なみ》に塵なき夏の月』という句があっただろう。あれは、先日、園女のところで詠んだ『白菊の目に立てて見る塵もなし』とまぎらわしいので作り変えることにした。こういう妄執があると死ぬときの障りとなるからな」

死をまえにしてここまで俳諧に執着できるものなのか、と支考は感動もし、また恐怖も覚えた。そして、芭蕉が詠んだ句が、

清滝や浪に散込《ちりこむ》青松葉

である。支考は土芳に、

「先師が『夏の月』を『青松葉』に変えた理由がおわかりですか」

土芳は少し考えて、

「清い滝だから塵がない、という滑稽味《こっけいみ》よりも、清らかな滝に青松葉が散り込んでいくすがすがしさのほうを取ったのではないでしょうか」

「それもあるでしょうが、『青松葉』は、松尾芭蕉桃青のことではないか、と私は思うのです」

土芳は、あっと思った。たしかに青松は逆さから読むと「まつお」、松葉は「ばしょう」となる。青は芭蕉の別号桃青にもひっかけてあるのだ。

「翁は、案外こういう言葉遊びを好んでおられました。そのことをまるで説明しないので、気づくひとはあまりいませんが……」

土芳は深く感心した。青松葉が芭蕉自身なら、今から清らかな世界、つまり西方浄土に散り込んでいくのだ……という死に際しての思いを表した句ではないか。つまり、「旅に病んで……」ではなく、こちらのほうが真の「辞世」と呼べるのではないだろうか。

翌十日、ますます病状は重くなり、高熱が出た。顔の様子もいつもとちがっていたというから、死相が表れていたのだろう。夜に入ると去来を呼び、なにやら密談をしたらしい。部屋から出てきたとき去来の顔は蒼白だった、という。その後、支考を召して、江戸の親戚やゆかりのひとたちへの遺書を三通口述した。伊賀上野の実兄半左衛門には震える手で筆を取り、みずから別れの文を書いた。


御先に立候段、残念に思召《おぼし》さるべく候。

ここに至つて申上る事御座無く候。


死を覚悟した内容であった。

十一日の未明に、治療に当たっていた木節に向かって、

「私の死のときもまもなく迫っていると思うが、もとより野に伏し山に伏し厳しい旅の暮らしに明け暮れた身ゆえ、今更あの薬この薬とあさましくあがいてもしかたないことだ。おまえの調合する薬を最後まで飲み続けよう。それでよいのだ」

と言ったあとは、沐浴《もくよく》して不浄を清め、部屋に香《こう》をたいて、以降なにも口にすることはなかった。

その日の夕方のことだった。ふらりと其角が現れたのである。一同は驚愕して声をあげた。聞けば、九月六日に五人の俳友とともに江戸を立ち、伊勢から奈良、吉野、高野山、和歌の浦

の吹井《ふけい》へと遊山の旅をしていた。その後、大坂に向かったとき、芭蕉の病状がおもわしくないとの手紙を受け取り、胸騒ぎがしたので、同行者とわかれて駆けつけた……とのことだった。このような偶然があるだろうか、と支考と去来は胸を詰まらせた。最古参のひとりである高弟が、たまたま上方行脚をしており、師の臨終に間に合ったというのはいかなる神の導きぞやと思ったのである。

其角は十四、五歳の若き日に、江戸に出てきたばかりの芭蕉の門人となり、たちまち頭角をあらわした。寂び、しおりを旨とする師の俳風に比して、「江戸座」という派手で磊落《らいらく》な俳風を生み出して江戸っ子に喝采を浴びていた。また、芭蕉が忌み嫌った点取り俳諧にも手を染め、大名や大商人ともまじわり、たびたび芭蕉の怒りを買っていたが気にせず、おのれのやり方を貫いた。

こんなことになっていようとは……と其角は涙を流してうずくまっていたが、去来と支考がかたわらに招くので師翁の病床へ行くと、芭蕉は喜んだ。なにごとか言葉をかわしたあと、其角は隣室にしりぞいた。

夜半、芭蕉は看病に当たっていた弟子たちに、

「夜伽《よとぎ》の句を作るべし」

と言い渡した。

「今日からは私が死んでのちの句であると考え、そのつもりで作句せよ。一字の相談も加えてはならない」

居合わせたものたちは、これが句を師に見てもらえる最後の機会と考え、それぞれに工夫を凝らした。去来は、

病中のあまりすゝるや冬ごもり

惟然は、

引張つて蒲団の寒き笑ひ声

支考は、

しかられて次の間にたつ寒さかな

木節は、

鬮とりて菜飯たかする夜伽かな

乙州は、

皆子なりみのむし寒く鳴き尽くす

其角は、

吹井より鶴を招かん時雨《しぐれ》かな

など、心を込めた秀句が並んだ。しかし、芭蕉が選んだのは丈草の、

うづくまる薬缶の下の寒さかな

の一句であった。

「丈草出来たり」

の言葉だけがあったという。

そして、翌十二日の午後四時頃、芭蕉は永眠した。なにも口をきかず、眠ったままの最期であった。

遺言に、粟津の義仲寺に葬るようにとあったので、弟子一同相談して、その日のうちに夜船

で京へ運ぶことにした。長櫃に遺骸を入れ、商人の荷物のように見せかけた。付き添いは其角、支考、木節、惟然、去来、丈草、正秀、乙州、呑舟という主だった門人と治郎兵衛の十名だった。残りのものは、貸座敷の後始末などに当たり、あとで追いかけることになった。

十三日の早朝、船は伏見に着いた。そこからは陸路で粟津に向かい、昼過ぎ、義仲寺に遺骸を運び入れた。乙州の母である智月尼《ちげつに》をはじめ、急を聞いた門人たちが続々集まってきた。葬儀は義仲寺の直愚《ちょくぐ》上人によって十四日の夜に行われ、八十人ほどが焼香したが、そのほかに招いたわけでもないのに集まってきた人数がおよそ三百人もいたという。

芭蕉の亡骸は深夜零時ごろ、念願どおり木曾義仲《よしなか》の塚のとなりに葬られた。

◇

土芳はため息をついた。亡骸を運ぶ夜船のなかで其角が、

「この期《ご》にあわぬ門人の思いはいかばかりだろうか」

と漏らしたというが、まさにそうだった。江戸の其角が臨終に間に合い、たとえ一夜でも師に寄り添うことができたというのに、伊賀上野の自分がなぜ……という悔しさはなかなか消えなかった。しかし、嘆いている場合ではない。おのれのなかにある疑念を晴らさねばならない。

土芳はまず木節にたずねた。

「木節殿にうかがいたい。医者として、師匠の病をなんとご覧になられたか」

木節は黙り込んだ。

「なぜお答えになられぬ。師を救えなかったからといって、私はなにもあなたを咎《とが》め立てているわけではない。真実を知りたいだけなのだ」

「長旅での疲労が溜まっていたのだろう。それにもともと腹の弱いおかただった」

「あなたは七月に膳所で何度も師と会っているはず。そのときは、三カ月後にこのようなことになると思われましたか」

木節はかぶりを振った。

「ということは、大坂に来てから急に発病したということになる。その原因はなんでしょう」

「言いにくいことだが、園女宅で茸をたくさん召し上がられた由《よし》。そのなかに毒茸が入っていたのかもしれぬ」

「でも、一緒に茸を食べた之道、支考、惟然、酒堂、舎羅たちはなんともなかった。それに、翁は日に六十度もの泄痢《せつり》を起こしていたそうではないですか。毒茸でそこまで重篤な症状を起こすものがありますか」

「ないとは言えんが……たいていの場合は腹痛や下痢が起きても二日ほどで治る。なかにはコロリと見紛うほどのたいへんな下痢と脱水を起こす怖ろしいものもあるが、そういう茸はたいがい毒々しい赤や白で、椎茸や松茸、しめじなどとは間違うことはない。それに……下痢を引き起こす毒茸を食べたときはたいてい強い吐き気が起こるものだが、師翁はそういう症状はなかった」

「ということは……？」

「ということは……」

木節は咳払いをして、

「師翁の病は茸を食べたせいではないと私は思っている」

「では、なにが原因なのです」

木節は声をひそめ、

「ひとつの可能性として申し上げるのだが……毒を飲まされたのではないかと……」

「えっ……！」

「しっ！　声が高い。なんの証拠もないのだ。はじめは本当にただの茸中毒だったのかもしれない。それで床についたとき、看病するふりをしてだれかが……」

「…………」

「それゆえ私は解毒の薬をいろいろと調合して飲んでもろうたが、効き目はなかった」

「それはなぜでしょう」

木節はしばらく逡巡していたが、

「だれかに話さねばならぬという思いと、話すべきではないという思いが両方あって、ずっと迷うていたが、あなたには打ち明けよう。じつは、治療しているときに師の荷物のなかから紙で包んだ毒を見つけたのだ」

「なんと……」

「調べてみると、それはまるで無味無臭だが、一度飲まされるとどんな解毒薬も効かぬ」

「そんな怖ろしい毒があるのですか」

「――忍びのものが使う毒なのだ」

土芳は仰天したが、木節は続けた。

「師がそういう毒を持っていることに気づいただれかが、ひそかにそれを師の食べものか飲みものに入れたのではないか……私はそう考えている」

「ということは、弟子たちのなかに下手人が……」

「そこまでは言うておらぬが、少なくとも葬儀にも間に合わなかった土芳殿は嫌疑を免《まぬが》れるのう」

「でも、なぜ師匠はそのようなものを持っていたのでしょう」

「土芳殿は、師翁がじつは忍びのものである、という説をご存知か」

「ははは……それはくだらぬ俗説。『おくのほそ道』の旅で、師は一日十数里も歩くことができているのは『忍び歩き』を心得ているからだ、とか、師が若年のときに仕えた藤堂家がもとをたどれば服部半蔵《はんぞう》の従兄弟《いとこ》にあたる、とか、何年も旅を続けるには莫大な金がいるはずだがそれはどこから出ているのか……などということから生まれた取るに足らぬ妄言でござる。それならば、同じく藤堂家に仕えていた私も忍びのものでのうてはなりませぬ。それに、生涯を旅に生きた師の健脚は筋金入りで、並の旅人と同じではないし、馬もしょっちゅう使っておられた」

「私もそう思っていた。芭蕉翁は公儀隠密《こうぎおんみつ》で、旅から旅の暮らしを続けているのは、各大名家の様子を探っているのだ……などとまことしやかに抜かす連中は大たわけだと思うていたが……あの毒はどう説明できようか」

「では、木節殿は師匠が忍び同士の争いに巻き込まれたと……？」

「わからぬ。とにかく土芳殿も気を付けられよ。一門のものだからというて気を許してはなりませぬぞ。たとえばこの私なども医者ゆえ、師に毒を盛ろうと思えばたやすくできる立場であった」

そう言うと木節は行ってしまった。土芳は、それはない、と思った。師匠が発病してから木節はやってきたのだから。しかし、今の木節の言葉で、悲嘆にくれている門弟たちの見え方がまるで変わってしまった。

（師匠は殺された。そして、このなかに下手人がいる……）

そんなことがあるだろうか。皆、師には大なり小なりの恩義を感じ、恨みに思うものなどひとりもいないはずだ……。

いや……そうとはかぎらないかもしれない。「軽み」についていけず、反旗をひるがえした嵐雪、荷兮《かけい》、尚白《しょうはく》、千那《せんな》らの一派は師を快く思っていないだろうし、凡兆《ぼんちょう》や越人《えつじん》など芭蕉と対立して離れていったものたちも恨みを持っているだろう。しかし……。

（毒殺までたくらむとは思えぬ……）

土芳は、つぎに去来をつかまえた。十日の夜、つまり、師が遺書を認めた日、そのまえに去来を呼んで少し密談をした、と支考から聞いたのが気になったからだ。

「密談などと……」

去来は大仰に手を振った。

「遺書を書くにあたっての相談をもちかけられただけのこと。さような風評が立つのは迷惑です。妙な言い方をするな、と支考にも釘を刺しておきましょう」

「支考殿は、部屋から出てきたときあなたの顔が真っ青だったと言うておられましたが……」

「末期近き師翁とふたりきりの会話ゆえ、一言一句も聞き逃さぬよう気を張ったためでしょう」

「では、どのような話をなされたのです。遺書を書くための相談ならば打ち明けていただいてもかまいますまい」

「それは……」

去来は顔をしかめ、

「言えませぬ」

「なにゆえです」

「師との約束だからです。師翁は、このことはおまえの胸にだけ秘めておけ、とおっしゃいました」

「木節殿は、師が忍びのものの用いる毒によって殺された、と申しておられましたぞ」

「なに……？　木節殿はそこまでご存知か……」

「教えてください。師はあなたになにを告げたのです」

去来はそれからしばらく無言でなにやら考え込んでいたが、

「わかりました。あなたにだけお教えしましょう。師は、私を枕もとに呼ぶと人払いをしてこうおっしゃいました。今から兄や近しいもの、江戸の連中らへの遺言状を書くつもりだが、そのまえにおまえにだけもうひとつの遺言を伝えておく。これは、紙に書き残すことができぬので、おまえに口伝えするのだ、と」

土芳は、門弟のなかでも芭蕉の信頼が厚かった去来をうらやましく思った。

「私は、俳諧の秘伝かなにかを伝授されるのかと思いました。でも……ちがった。師はこう言われた。『私は、自分が病気でないことを知っている。私は毒を飲まされたのだ』……」

「なんと……師は、毒を飲まされたことをご存知だったとは……」

「私もおかしいとはうすうす思うておりました。なぜなら、九月に入ってから師が私に寄越した手紙には、私の故郷である長崎に行くつもりだ、と書かれていたからです。長崎で唐船を見、彦山《ひこさん》、霧島《きりしま》、不知火《しらぬい》、薩摩潟《さつまがた》を廻ろうと思うので、長崎で待ち合わせようとはっきり書かれておりました。そんな壮健なおかたが急にあそこまで病み衰えるのは変だ、と……。でも、毒は驚きました。そして、死に臨んで、師が錯乱したのでは、とまで思いました。しかし、師の頭は明晰《めいせき》でした。『その毒は、もともと私が持っていたもので、解毒することはできない。私はまもなく死ぬが、自業自得なのだ』『だれが師匠に毒を盛ったのです』『そのようなこと、詮索せずともよい。私はおのれの夢のためにそのものの夢を潰した。だから殺されるのだ』……師はそうおっしゃいました」

「そこで、師は、自分の本当の姿を私に打ち明けてくださいました」

「それはなんです」

「だから、言えませぬ。師との固い約束ですから口が裂けても……」

「……」

「あとはあなたが自分で推し量ってください」

「公儀隠密、では……？」

「はははは……それはない。まるっきりちがう」

去来は大笑いしたので、土芳はそれがまことのことだと感じた。

「私がかさねて、『私は師に毒を盛るような門弟は許すことができません。だれがやったのです』ときくと、師は目を閉じ、『旅に病んで夢は枯野をかけ廻る……』そうおっしゃるとあとは目を閉じ、私に、行けという風に手を振りました」

「旅に病んで……。それは師の最期の句では……」

「さよう。この句のなかに謎解きの手がかりが隠されていると私は思っています」

「それはどのような……」

「そこまでは存じませぬ。また、それを探る行いはわれら門弟のなかから下手人を出すことになり、師翁の逝去に傷をつけることになりますぞ」

「ではありましょうが……」

「此度《こたび》の死によって師は今後、俳聖と呼ばれるようになるでしょう。それが、じつは門人に殺されたなどとわかってはたいへんな不名誉になりましょう。そうは思いませぬか」

俳聖……俳諧の神……。

「では、このまま放っておけと……」

「そういうことです。まことをあばくのが良きこととはかぎりませぬ。師はかつてこうおっしゃった。発句はくまぐままで言い尽くすものではない、と。隠してあるところや謎めいたところがあってこその俳諧であり、ひとの世なのではないでしょうか」

そう言うと、去来はその場を去った。しかし、土芳は釈然としなかった。敬愛していた師が殺されたというのに、下手人を見つけるなというのか。たしかに弟子に殺されるなど不名誉極まりないことだ。そっとしておけという気持ちもわかる。だが、土芳はどうしても我慢できなかった。

(私は、あのかたのことをなにも知らなかったのだ……)

表も裏も知り尽くしているつもりだった芭蕉に、彼が知らぬ顔があったことを土芳は驚きとともに受け入れるしかなかった。

そして、彼はついに、もっとも気になっていた人物……其角のもとを訪れた。其角は、初七日に義仲寺で催される追善の句会の支度で忙しそうであった。嵐雪や杉風《さんぷう》と並ぶ高弟であり、俳壇における地位からいっても、また、偶然にも大坂に来合わせていたその僥倖《ぎょうこう》から考えても、其角が主催者にふさわしいことは衆目の一致するところであった。

「なんの用です」

其角は疲れの浮かんだ顔を土芳に向けた。長年の過度の飲酒のせいで、まだ三十三歳の其角は年齢よりもかなりうえに見えた。

「率直に申し上げます。江戸にいるはずのあなたが師の臨終に間に合い、私は間に合いませんでした」

「はい。それはお気の毒だとは思いますが、偶然が重なったせいですので、こればかりはいたしかたありません」

「そうでしょうか」

「なにが言いたいのです」

「あなたは、師が重篤になることを知っていて、大坂に来たのではないですか」

其角はしばらく無言で土芳を見つめていたが、やがて咳払いをして、

「そのようなつまらぬ冗談を言いにきたのなら、お帰りいただけますか。いろいろ忙しいので……」

「冗談ではありません。滅多に旅をしないあなたが、たまたま師が訪れているのと同じ時期に大坂に来合わせていて、たまたま臨終の前日に現れる、というのは都合が良すぎると思うのです」

「そう言われても……」

「木節殿から、師の死去の原因は忍びのものが使う毒ではないか、という話を聞きました」

「私も聞きました。園女の心づくしの茸料理が原因だとしたら不幸なことだと思って木節にたずねると、たしかそういう話をしておりましたが、聞き流しました。私は、師がまだ江戸に出てきてまもないころに入門し、それ以来ずっと師に仕えてまいりましたが、師が忍びのものであるなどとは思ったことがありません。あなたは木節同様、そんなたわごとを信じるのですか」

「はたしてたわごとでしょうか」

「たわごとです」

「あなたは、花屋の貸座敷に着いたあと、師となにかやりとりをしたそうですね。なにを話したのです」

其角はなにかを思い出したようなハッとした表情になり、

「そう……あのとき師は私に言ったのです。『旅に病んで夢は枯野をかけ廻る』……と」

「去来殿もそう申しておられました。その句には、私にはわからぬなんらかの深い意味が……」

言いかけた土芳に其角は重ねて、

「そして、師は私に耳を貸すようおっしゃって、私にだけ聞こえるようにささやかれました。『夕立や田を見めぐりの神ならば』と……」

「それは、其角殿が三囲神社で雨を降らせたときの即吟……」

「ははは。あれこそ偶然です。どんな日照り続きの夏もいつかは雨が降る。これは自然の摂理です。私が句を詠んだ翌日がたまたまそうなる日だったというだけでしょう」

「はあ……」

「もし句にそんな摩訶《まか》不思議な力があるなら、私が臨終の前日に詠んだ『吹井より鶴を招かん時雨かな』にこそ天が感じて、千年生きる鶴のように師を延命してくれたはずですから」

土芳は、其角が冷静なことに驚いた。句の力が神をも動かし雨が降ったことを誇るような人物かと思っていたのだ。

「なぜ、師はあなたにその句をささやいたのでしょう」

其角はかぶりを振り、

「わかりませぬ。よい句だとほめてくれたのか、ダメ出しをするつもりだったのか……いずれにせよ師匠は目を閉じ、眠ってしまわれたので、それ以上のことはわかりかねます」

そう言うと其角は……

◇

文書はそこで終わっていた。虚子はそれを手文庫に戻した。

「どう思うぞな」

それまで黙っていた子規が言った。

「どう思うと言われても……」

「おまえの考えを言うてみい。だれが芭蕉を殺したと思う?」

「え……」

虚子はあわてて今読んだばかりの文書の内容を反芻《はんすう》した。そして、

「わかろうはずがない。今から二百年以上もまえの出来事じゃ。それに、なにゆえこの文書は中途で終わっとるんかな」

「たぶんしまいには土芳が考えた下手人の名が書いてあったのじゃろ。文書を保管していたもんが、さすがに差し障りがあると思うて破り捨てたのかもしれん」

「ならば、手がかりはないな」

「いや……私《あし》にはわかった……ような気がする」

「まことか」

「ああ……この文書を注意深く読めばわかる」

「それはいったいだれぞな」

「まずはおまえが考えてみ。私《あし》の考えを言うのはそのあとじゃ。なあに、おまえの言うたとおり二百年もまえのことじゃ。今更証拠調べをするわけにもいかず、野放図《のほうず》にでたらめを並べても、だれにも咎められん。ならば、より大きな法螺《ほら》を吹いたほうが楽しかろう」

「うーん……なにか手がかりをもらえんかな」

「ほうじゃなあ……芭蕉はなんで最後に『清滝や浪に塵なき夏の月』を『清滝や浪に散込青松葉』に改作したと思う?」

「園女宅で詠んだ句とまぎらわしいから……」

「いや、そうやあるまい。改作というてもほぼ違う句に作り変えておるのは、園女宅で詠んだ

句にかこつけて、あることを示したかったんじゃ」

「あること？」

「改作のほうは、松尾芭蕉桃青というおのれの名前を折りこんであるのが元の句と大きく異なるところぞな。つまり、芭蕉は案外、言葉遊びや折句なんぞが好きということじゃ」

「ふーん……それを示して、どうするつもりやったんかのう」

虚子はしばらく腕を組んで考えていたが、突然ポンと膝を叩き、

「おお……わかった！　わかったぞ、ノボさん」

「ほほう……どうわかったぞな」

「芭蕉の最期の一句『旅に病んで夢は枯野をかけ廻る』……これも折句になっている、ということを暗に言いたかったのじゃな。五七五の頭の文字を並べると『た・ゆ・か』……並べ替えると『ゆ・た・か』。これは、其角の『夕立や田を見めぐりの神ならば』の折句と同じじゃ！」

「ふむふむ」

子規は面白がっているようだった。

「芭蕉が其角に、『夕立や……』の句を耳打ちしたのは、おまえがわしに毒を盛ったのだろう、わしは同じ言葉を最後の句に折り込んだぞ、と言いたかったのじゃ。それに、『かけめぐる』と『みめぐり』……どちらも『めぐる』という言葉が入っておる。芭蕉を殺したのは其角にちがいない！」

「なるほど」

「園女は其角とかなり親しかったらしい。夫と死別後、其角を頼って江戸に出ておるぐらいじゃ。其角が園女に、茸料理に毒を混ぜて芭蕉に食べさせるよう命じたのではないか。そして、其角は芭蕉が死んだかどうかを確認するために、時期を同じくして大坂に来た……」

おのれの推理に酔った虚子は大声を出したが、子規はそれを鎮《しず》めるように、

「芭蕉は去来に、『私はおのれの夢のためにそのものの夢を潰した。だから殺されたのだ』と言ったそうだが、そのことはどうなる」

「夢を潰したことへの後悔から『夢は枯野をかけ廻る』と詠んだのではないかのう」

「其角が、芭蕉になんの夢を潰されたぞな」

「それは……」

また考えて、

「わからんが……もしかしたら其角は江戸座の長として芭蕉とはちがった一派を立てようとしておったのかもしれん。その夢を芭蕉に潰された……」

「それはなかろう。結局、其角はその後も芭蕉を敬愛し続けたし、江戸座の長としての人気も同時に得た。芭蕉を殺さずとも夢は実現できたのじゃ」

「そ、それもそうや……」

虚子は頭を掻いた。

「おまえの説には肝心の動機がないが、『ゆ・た・か』の折句に気づいたのはおまえにしては上出来じゃ」

「ノボさん、それほめとるつもりか」

子規の顔に久し振りの笑みが浮かんだ。

「ほめとるぞな。あと一歩……いや、三歩ぐらいじゃな」

「ならば、ノボさんの説を聞こうやないか」

「まず、芭蕉の言う枯野をかけ廻った『夢』とはなにやろうな」

「それは決まっとる。俳諧の道を極めることぞな」

「ならば夢は叶ったことになる。貞門《ていもん》とも談林とも異なる俳諧を作り上げて、門弟の数も数百人とも数千人ともいう。俳諧の古今集とも呼ばれる『猿蓑』や紀行文学の頂点ともいうべき『おくのほそ道』を書き、もはやだれも及ばぬ境地にのぼりつめとった。それなのに、『夢は枯野をかけ廻る』とは、まだ叶うておらぬ夢のことを言うておるように思えんか」

「芭蕉ほどの人物になると満足するということはなく、つねにさらなる高みを目指しておったのやないか」

「かもしれぬ。けど、私《あし》は、ここでの『夢』は、芭蕉自身の夢ではなく、だれか他人の夢が枯野をかけ廻っているのを芭蕉はそばでじっと見つめている……そんな気がするのや」

「なにが言いたいのかようわからんが、ノボさんは其角が下手人やないと言うのか」

「其角は若死にではあったが天寿を全うしたし、土芳は其角が死んだあとも二十三年も生きたのじゃ。其角が芭蕉を殺し、そのことを土芳が確信していたならば、土芳が『三冊子』や『蓑虫庵集』でなにも触れていないのはおかしかろう。それに、追善句会での其角の句、『亡骸を笠に隠すや枯尾花』という句には晋子《しんし》（其角）の真情があふれとるように思う」

「そうじゃな……」

「それに、其角が園女に命じて茸料理に毒を入れたというのもおかしい。そんなことをしたら真っ先に園女に疑いがかかる。これはやはり、木節が言うておるとおり、はじめはただ茸中毒で、そのあと病室で毒を盛ったやつがおるんじゃ」

「なら、ノボさんはだれが芭蕉を殺したというのや」

「私《あし》の考えはもっともっと大きな説じゃ。ほぼ滅茶苦茶に近い。けど、そのほうが楽しく面白い。——芭蕉が忍者で、公儀隠密として各地の情報を集めるために旅をしていた、という話じゃが、それがまるで逆だとしたらどうする」

「逆……？」

「芭蕉は、十八歳のときに藤堂家に出仕し、良忠君が亡くなったのをきっかけに俳諧師としての道を探るべく主家を辞して江戸へ出てからも藤堂家との関係は深かった。死ぬ直前になっても、去来に申し付けて牡丹の花を献上するなど、藤堂家の臣であったといっていい」

虚子には、なぜ子規が突然そんなことを言い出したのかわからなかった。

「伊賀上野の藤堂家の成りたちはこうじゃ。秀吉の忠臣であった藤堂高虎にはなかなか嫡子《ちゃくし》が生まれなかったので、養子高吉《たかよし》を迎えたが、四十五歳にしてようやく男子高次《たかつぐ》が生まれ跡取りとなったことで、高吉の相続はなくなった。跡取りから一転、高次の家臣に甘んじることになった高吉は伊予から伊勢に移されたあと、高次の命《めい》によって伊賀へ転封となり、石高も一万五千石に減らされた。それはみな、高吉が独立して大名になろうとするのを防ごうとする高次の策略やった。若き芭蕉が仕えたのはそういう運命にあった伊賀藤堂家の侍大将の若様や。本家から押さえ込まれとる鬱屈《うっくつ》を芭蕉も感じておったやろう。伊賀藤堂家と藤堂本家はその後も続いて、芭蕉が亡くなってから四十年後、伊賀藤堂家の当主藤堂長煕《ながひろ》が幕府に独立を要望したのやが、それが本家にばれて騒動になった。結局、当主は押し込め隠居させられ、重臣たちが切腹した。これがいわゆる名張《なばり》騒動ぞな」

「さすがノボさんはよう知っとるな」

「『芭蕉雑談』を書いたときに調べたのや」

「けど……藤堂家がこのことになんの関わりがある？」

「藤堂家といえば、もとは猿面冠者《さるめんかんじゃ》豊臣秀吉の忠臣じゃ。関ケ原の合戦以降は東軍についたが、秀吉に恩義がある。まして時代は大坂夏の陣からまだ八十年。豊臣の残党が多く参加したという島原《しまばら》の乱からならまだ五十五年ほど……」

「なんのことやら……」

「それと……なぜ芭蕉は大坂で死んだのかのう」

「なぜ……と言うても、それこそ運命の巡りあわせぞな」

「私《あし》は、芭蕉は大坂に殺されたようなもんじゃと思うとる。つまりのう……」

そこまで言いかけて子規は急に咳き込んだ。虚子は師の上体を起こして背中をさすろうとしたが、子規の体力では半身を起こすことすら叶わなかった。咳はしだいに激しくなり、ついに

は血が口から溢れ出た。それを聞きつけて部屋に飛び込んできた子規の母親が、

「律《りつ》、宮本《みやもと》先生を呼んで！」

そう叫んだ。

◇

結局、子規は「芭蕉殺し」の犯人がだれであると思っていたのかを告げることなく昏倒し息を引き取った。

をととひの糸瓜《へちま》の水も取らざりき

糸瓜咲て痰のつまりし仏かな

痰一斗糸瓜の水もまにあはず

この悲痛な三句が辞世となった。

陸羯南《くがかつなん》、河東碧梧桐、寒川鼠骨《さむかわそこつ》らが駆けつけ、あわただしく通夜が開かれた。数十人が参列した。数日後に葬儀が行われた。会葬者百五十余名であった。

大龍寺《だいりゅうじ》の境内に埋葬される様子を見つめながら、ふと虚子は、芭蕉の最期のことを思った。

（ノボさんはなにを言いたかったのやろ……）

子規は虚子に、

「『ゆ・た・か』の折句に気づいたのはおまえにしては上出来じゃ」

と言った。しかし、一方では、其角が犯人ではない、とも言っていた。「ゆ・た・か」の解釈が間違っていたのか……。

「芭蕉は大坂に殺されたようなもんじゃ」

という子規の声が耳もとでよみがえった。

（大坂といえば……豊臣家……「豊」！）

虚子はハッとした。

「そうじゃ、『ゆ・た・か』は豊臣の一字じゃ」

思わず口に出してそう言ってしまい、ほかの会葬者から白い目を向けられた。

（ノボさんは言うとった。芭蕉が忍者で、公儀隠密として各地の情報を集めるために旅をしていた、という説がまるで逆だとしたらどうする、と……。もしかしたら、芭蕉は幕府の手先ではのうて、逆に豊臣の残党の手先であったのかも……）

妄想が頭のなかに広がり出した。

（当時はまだ豊臣の残党が全国にくすぶっており、伊賀の藤堂家がその一味だったとしたら……。芭蕉は藤堂家から陰扶持《かげぶち》をもらい、全国の豊臣残党の連絡役を務めていたのかもしれんぞな。二十二歳で藤堂家を離れたというに、それから五十歳で亡くなるまで藤堂家と頻繁に連絡を取り合い、かつての主君を御前と呼んでいる……）

最後の旅では、長崎から鹿児島まで足を延ばす予定だったというのも、九州は反徳川の雄藩が多いからではないか。死去したときに、呼びもしないのに三百人が集まったというのもうなずける。

だが、そんな役を芭蕉が好んで務めていたとは思えない。芭蕉の夢はまちがいなくおのれの俳諧を極めることだ。そして、子規が言うように、その夢は叶った。では……行く先を失って枯野に消えてしまった夢とは、いったいだれのものだったろう……。

（もし、芭蕉が看病中に毒を盛られたのだとしたら、入室を許されていたのは医者の木節……でもこれはちがう。彼が来たのは病が重篤になってからだ。舎羅と呑舟……も関係ないだろう。このふたりは之道の弟子で、芭蕉とは縁が薄い。では……だれだ……。

ひとりの人物の名が浮かび上がった。

（治郎兵衛……！）

江戸から連れてきた初旅の若者。芭蕉の妾と言われている寿貞尼の子である。俳諧師ではないからだれの注目も浴びていなかっただろう。旅の途中で寿貞の死が江戸から報じられ、一旦、深川の芭蕉庵に帰って葬送を済ませ、ふたたび上方へ戻ってきたのだが……。

（そのときになにがあったのか……）

芭蕉晩年の弟子野坡《やば》によると、寿貞は、「芭蕉の若きときの妾」だという。そして、治郎兵衛はその連れ子のひとりである。二十八歳で江戸に出てからは食うや食わずだった芭蕉に妾を持つゆとりはなかったろう。ということは、芭蕉と寿貞が出会ったのは伊賀上野時代であろう。そして、後年、江戸で再会し、芭蕉は寿貞とその子三人を引き取ったのだと考えられる。つまり、寿貞はもともと芭蕉と同郷で、もっというと伊賀藤堂家ゆかりの人物、ということではないか。

だが、芭蕉は金儲けになる点取り俳諧を忌み嫌い、門人たちの喜捨などでようよう暮らしを立てている身で、しかも、桃印《とういん》という甥の面倒まで見ている状態だった。そこに突然四人もの家族ができ、彼らを食わせるというのは不可能だろう。藤堂家から養育費が出ていたと考えられないだろうか。

(寿貞は、ただの「若きときの妾」ではない。芭蕉はどうしても彼らを養わねばならなかったのだ……)

さらに想像が膨らんでいく。

(おのれの夢のためにそのものの夢を潰した……。芭蕉は、寿貞と治郎兵衛たちを庇護していたが、俳諧の道を極めるために彼らの夢を潰した、という意味かもしれない。それなら「寿貞無仕合もの、まさ・おふう同じく不仕合、とかく難申尽候《もうしつくしがたくそうろう》」という言葉もわかる……)

では、寿貞はいったいなにものなのか。

棺が穴のなかにおさめられて、土がかぶせられていく。読経はまだ続いている。

(まさか……まさかとは思うが、寿貞尼は豊臣家に縁続きのものでは……)

大坂夏の陣で大坂城は火炎に包まれて落城し、豊臣秀頼《ひでより》とその母淀殿《よどどの》は自刃した。家康の孫である千姫《せんひめ》とのあいだに子はなかったが、秀頼には家臣の娘に産ませた国松《くにまつ》という男児ともうひとり女児がいた。国松はひそかに大坂城を脱出し、伏見の商家に潜んでいたところを発見されて、京の六条河原《ろくじょうがわら》で斬首された。女児は千姫の助命嘆願によって一命を救われ、鎌倉《かまくら》の東慶《とうけい》寺《じ》に押し込められて世間と隔絶させられたまま一生を終えた。それによって豊臣の血筋は絶えたのだが……。

(もしかしたら、六条河原で処刑された男児は替え玉で、本物の国松君はひそかに藤堂家にかくまわれ、養育されていたとしたら……そして、寿貞はその血筋につながるものだとしたら……)

治郎兵衛は、秀頼の子孫の男性ということになる。もちろんそのような人間がいることが表《おもて》沙汰《ざた》になれば、伊賀藤堂家は取り潰しになり、関係者一同は処刑されるだろう。それゆえ、藩に関わりがあるようなないような芭蕉に預けられた……とは考えられないか。

証拠はないのだ。いくらでも妄想は広げられる。子規は言っていた。野放図にでたらめを並べても、だれにも咎められん。ならば、より大きな法螺を吹いたほうが楽しかろう、と。

治郎兵衛は自分の素性を知らなかったが、寿貞の葬儀の折にだれかから聞いたのかもしれない。もっと想像をたくましくすると、芭蕉は寿貞と治郎兵衛を担ぎ上げることに反対していたのではないか。このままだれにも素性を知られることなく、世に埋もれて消えていくほうがよい、と思っていたのだろう。おのれが豊臣家の末裔《まつえい》であると知った治郎兵衛は、江戸から戻ると、病床の芭蕉を詰問《きつもん》した。どうして今まで黙っていたのか、と。もっと早く教えてくれていたら、母が亡くなるまえに決起することもできたのに……と。また、自分が豊臣の血筋であることを証明するなにかがあるはずだ、それを渡してくれ、と言ったかもしれない。芭蕉の答は、証拠の品はすでに処分してこの世にはない、おまえもつまらぬ夢をあきらめて、真っ当に地道に生きよ、それがひとの幸せなのだ、と。

寿貞の訃報を聞いて芭蕉が江戸の猪兵衛に送った手紙のなかの、

「何事も何事も夢まぼろしの世界（中略）ともかくも能様《よきよう》に御はからひ可被成候《なさるべくそうろう》」

という文言は、寿貞が死んだのだから、かねてから申し合わせていたとおり、証拠の品々を処分してくれ、という意味だったのかもしれない。徳川の世に逆らって変を起こすなど夢まぼろしの世界である、と……。それに治郎兵衛は怒って、芭蕉自身が持っていた毒を飲ませた……。

芭蕉の臨終に居合わせたものたちのその後のことはみな明らかになっているが、ひとり治郎兵衛だけが歴史から消えてしまっているのだ。

そこまで考えが広がったとき、思わず虚子は笑ってしまった。そんな馬鹿な……と思ったのだ。「ゆ・た・か」が豊臣に通じるという一点から、どえらい大法螺を引き出してしまった。芭蕉が秀吉と関係あるわけがないではないか……。

「どうした、清」

隣にいた碧梧桐がとがめた。

「いくらなんでも葬式で笑うのは失敬ぞなもし」

「あ、ああ……悪かった」

虚子は顔を引き締めた。ちょうど読経が終わったところだった。虚子は、今の妄想を頭から振り払おうとして、

(まてよ……)

と思った。芭蕉は、寿貞が死んだとき、「何事も何事も夢まぼろしの世界」と手紙に書いているが、この「夢」は、枯野をかけ廻る「夢」と同じではないのか。そして、芭蕉の枯野の句は、彼が敬愛した西行の『津の国の難波《なにわ》の春は夢なれや蘆のかれ葉に風わたるなり』を踏まえていると言われているが、虚子はもうひとつ、「なにわ」の「夢」の歌を思い出して慄然《りつぜん》とした。


露と落ち露と消えにし我身かな浪速のことも夢のまた夢

そうだ……あの豊臣秀吉の辞世の歌である。

(寿貞が豊臣の血筋だとすると、「寿貞」は「聚楽第《じゅらくてい》」から来ているのではないか。もしかしたら『猿蓑』の「猿」も秀吉……)

そんなはずはないと思いながらも、虚子は暗合の数々に怖くなってきた。

「秉五郎《へいごろう》、私《あし》はちょっと子規庵に行ってくるぞな」

虚子は、碧梧桐にそう言うと、返事も待たずに大龍寺を出た。その足で子規庵に向かい、上がり込んだ。主のいない部屋は薬の匂いだけが濃く漂っていて息苦しさを覚えた。虚子はまっすぐ文箱のところに行き、蓋を開けた。虚子は先日の会話を思い返しながら文書を手に取った。開いて、最初の部分を読み進めているうちに、彼は気づいた。似ているのだ。文字が……子規の字に。

どうしてこのあいだはそう思わなかったのだろう。

虚子は文書を持ったままその場に座り込み、笑い出してしまった。これは子規の最後の自分への悪戯《いたずら》だったのだ。そう言えば、子規は『月の都』や『銀世界』などの小説も書いているし、

足たたば北インヂヤのヒマラヤのエヴェレストなる雪くはましを

など空想の翼を思い切り広げた一連の短歌も読んでいる。

「ノボさん、これはないぞなもし……」

虚子は笑った。笑っているうちに涙が出てきた。

「清、おまえいっぱい食うたな」

そんな子規の声が聞こえたような気がした。

ホームズ転生

一九一八年のことだった。まだ日中は蒸し暑かったが、日が暮れるころにはやや過ごしやすくなっていたから、おそらく九月の末だったように思う。私は、ロンドンのランガム・プレイスにあるクイーンズ・ホールの観客席にいた。

二千五百人収容できる客席だが客の数はまばらで、おそらく五十人足らずだっただろう。その晩、ここでコンサートがあると知っているものは少なく、そのため受付もなかった。私はチケットも持たずにただ玄関から入り、適当な席に着いたのだ。それもそのはずで、今夜行われるのは主催者に招かれたものだけが入場できる私的な演奏会であり、一般の客は聴くことはできなかったのだ。客席を見まわしても、知った顔はなかった。私は、煙草を吸ってもいいものだろうか、と考えた。医者を引退してから、またこの悪癖《あくへき》が再発したのだ。ふつうのコンサート会場なら喫煙など許されぬ不作法だが、ここはクイーンズ・ホールだ。つまり、ザ・プロムスが行われている場なのである。ザ・プロムスを知らないひとのために解説しておくと、これはプロムナードコンサートの意であり、残暑厳しいころに十週間だけ、格安料金での演奏会が行われる。指揮者も若い気鋭を抜擢《ばってき》し、プログラムもよく知られた交響曲などが選ばれる。しかも、このコンサートのときは喫煙したり飲食したり、アリーナを歩き回ったりしながらくつろいで音楽を楽しめる、とあって、普段はクラシック音楽の演奏会などに見向きもしない中層以下のロンドンっ子にも大いに人気を博していたのだ。

煙草のことをだれにたずねようかと思っていたとき、ひとりの男がこちらにやってくるのが見えた。

「やあ、ワトスン先生、来てくださいましたか」

私は立ち上がり、彼と握手をかわした。この人物こそ、今夜私をここに招待してくれたグスターヴ・ホルスト氏なのだ。年齢は四十代半ばと私よりかなり若い。

「お招きにより参上しました。あなたの作曲したものを聴かせていただくのははじめてなので、たいへん楽しみにしております」

ホルストははにかんだように、

「いや、まだ今夜が初演なので上手くいくかどうかはわかりません。非公開での演奏を何度か行ってから、一般公開したいと思っているのですが、かなりむずかしい曲ですので、はたしていつになるのか……」

「意欲作というわけですね」

「占星術に題を取った『惑星』という組曲です。火星、水星、木星、金星、土星、天王星、海王星……と、太陽系の七つの惑星をそれぞれ楽章のテーマにしています」

「なるほど」

「どうにも不安でしてね。これだけの大曲は、私としてもはじめての試みですし、演奏家たちが私の意図を理解してくれているかどうかもわかりません。リハーサルを聴いたのですが、なかなか前途多難のようです」

「あいかわらず心配性ですな。顔色もお悪いので心配です。ストレスを溜めると、また胃潰瘍《いかいよう》になりますから気を付けてください」

「わかってはいるのですが、先生もご存じのとおり、セント・ポール女学院の音楽講師の仕事がなかなかの激務でして、その合間を縫っての作曲なので、どうしてもストレスは溜まります」

「現代人ならだれしもが抱える悩みです。そう言えば、右腕の神経炎の具合はいかがですか」

ホルストは顔を曇らせ、

「それがあまり芳《かんば》しくないのです。先生に診《み》ていただいたときはかなりましになったのですが、また再発しました。指揮棒も握れないほど痛いこともありまして……。今日演奏する曲も、じつは痛みでフルスコアを書くことができず、勤め先の同僚たちに手伝ってもらう始末でした。情けないかぎりです」

「私はもう医者は引退しましたが、腱鞘炎《けんしょうえん》ぐらいなら診られないことはない。一度、うちにお運びなさい」

「ありがとうございます。でも、貧乏暇なしというやつで……」

「今日は、あなたが指揮を？」

「いや、今夜振るのは、エイドリアン・ボールトという指揮者です。まだ二十代ですが、なかなかよくやります。――では、私は客席で聴きますのでこれで失礼します。ワトスン先生を落胆させるような大しくじりがないことを祈っています」

「私はけっして落胆などしません。——あ、ちょっと」

行こうとしたホルストに私は、ここは煙草を吸えるのか、ときいた。

「今夜はプロムスではありませんが、私が貸し切っているようなものですから、私の一存で決めたいと思います。喫煙は可とします」

「ありがたい」

ホルストは行ってしまった。彼は、作曲家兼セント・ポール女学院の主任音楽講師で、私は十年ほどまえから彼の診察を行ってきた。右腕に重い神経炎を発症しており、私はできうるかぎりの治療をしたが、痛みを軽減することはできたものの、残念ながらピアニストとしての活動に復帰させることは叶わなかった。彼はまた、トロンボーン奏者としても多少仕事をしていたが、結局は音楽講師としての道に生計のすべを託すよりなかったのだ。だから彼が、忙しい教職の間隙にこつこつと作曲を続け、ついには完成させたという報を聞いたときはうれしかったし、今夜、聴きにいかねば、という気持ちにさせられたのだ。

煙草を吸いながら開演を待つ。クイーンズ・ホールはロンドンにおける代表的な音楽ホールで、とくに音響の良さで知られている。アリーナには噴水があり、池には魚が泳いでいた。ホール内の天井はアーチ状で、ところどころに窓があり、自然光を取り入れる仕組みになっていたが、基本的な照明はガス灯と電灯だ。ステージのうえには、赤いランプシェードが吊り下げられていた。

私は音楽に造詣が深くはない。メンデルスゾーンなどの叙情的な曲が好きで、ときどき聴きたくなる程度だ。友人に音楽家はいないし（もちろんホルストを除いての話だが、彼の場合は友人というより患者なのだ）、演奏会に行かないかと誘ってくれる知人もいない。妻を亡くしてからは、家で夕食後にレコードを聴くことすらほとんどなくなっている。だから、今夜は久しぶりの生演奏というわけだ。

医者としてそれなりの成功を収めたが、イギリスに戻ってきてからの私の人生はとりたてて波風もなく、平坦なものだったと言えるかもしれない。軍医としてアフガニスタン戦線に赴き、負傷したうえ腸チフスを患《わずら》い、傷病兵として帰国を余儀なくされた……あのときが私にとっての波乱の頂点だったようだ。私はつねに冒険にあこがれていたが、ロンドンの片隅で開業し、ひたすら庶民の治療に専念する町医者の日常に冒険など起こりえようがない。しかも、その医者も数年まえに引退し、病院も人手に渡し、悠々自適の生活といえば聞こえはいいが退屈な日々を送る私にとって、コンサートを聴くというのは、どんなことが起こるのかとわくわくさせるに十分な体験なのだ。

やがて時刻となり、演奏家たちがステージ上に登場した。「ニュー・クイーンズ・ホール・オーケストラ」という名称だそうだ。非公式の演奏とはいえ、全員、黒い燕尾服《えんび》を着ている。コントラバスの重厚な木目や、金管楽器の輝きを見ているだけで私の期待感は高まってきた。ハープやチェレスタもある。顔ぶれは老若男女ばらばらで、音楽学校を出たばかりのような年少者から皺《しわ》だらけの老人までが並んでいる。

はじめにホルストが登壇し、

「本日演奏いたしますのは、私が作曲しました『惑星』という組曲です。本日が初演なのですが、まだ欠点も多く、一般公開のまえに何度かこうして非公開で試演を重ね、耳の肥《こ》えた皆さんのご批評を仰ぎつつ、いろいろと修正を重ねていきたいと考えております。本日お越しの皆さんは私にとってつながりの深いかたたちばかりですので、終演後はなにとぞお褒めのお言葉よりも忌憚《きたん》のないご意見を賜《たまわ》りますようお願いいたします。ただいまから演奏するのは、『火星、戦争をもたらすもの』『金星、平和をもたらすもの』『水星、翼のある使者』『木星、快楽をもたらすもの』『土星、老いをもたらすもの』『天王星、魔法使い』『海王星、神秘をもたらすもの』の七曲のうち、準備不足の『金星』と『海王星』を除く五曲です。残りの二曲も、今後、公の演奏会までに試演を重ねて、完成させていく所存であります。──それでは、指揮を担当する若者をご紹介しましょう。弱冠二十九歳ではありますが、前途有望な指揮者です。──エイドリアン・ボールト!」

とうとう指揮者が現れた。聞いていたとおり、いや、予想以上に若い。顔つきや歩き方からも緊張が伝わってくる。しかし、自分よりも年配が多い演奏家たちをまえにしても物怖じした様子はなかった。彼はホルストとハグしたあと、客席に向かって一礼すると、ステージに向き直り、指揮棒を上げ……振り下ろした。そして、私がこれまで聴いたこともない音楽がはじまった。

ティンパニと弦楽器群によって、力強く、どこかエキゾチックなリズムが鳴り響き、低音の管楽器が不穏なロングトーンを奏ではじめると、私は一瞬でその音楽の重厚かつ異様な世界のとりこになった。管楽器が叫び、弦楽器が震え、打楽器が律動し、ボールトの指揮が熱気を帯びていき、オーケストラ全体がどんどん高まっていくのが私にもわかる。これは、私にはなじみのない新しい音楽だが、それでもすばらしいものであることはわかった。一曲目は「戦争をもたらすもの」との副題がついているが、聴いているとたしかに陰鬱《いんうつ》な、なにか怖ろしいことが起きそうな気配が、曲が進むにつれ次第に熱狂と歓喜に変わっていく。そしてまた、暗く、ぴりぴりした緊張が支配しはじめ、すべての楽器が大声で悲鳴を上げる。

二曲目は「水星」で、木管やチェレスタがユーモラスで速い主題を奏でる。副題の「翼のある使者」のとおり、天空を忙《せわ》しげに駆け巡る神の使いの様子が思い浮かぶ。一曲目の重々しさに比して、軽快で楽しげな曲調だ。ヴァイオリンやオーボエ、フルートなどが主題をリレーしていくのを聴いているうちに、つい膝でリズムを取っていることに気づいた。

三曲目は「木星」で、きらびやかな弦楽器のイントロダクションに続き、六本のホルンが明るいテーマを奏で、それがほかの楽器たちにも伝染していく。やがて、三拍子の荘厳なメロディが現れ、まるで歌手が歌っているかのごとく朗々とホールに染み込んでいく。

(なんというすばらしい演奏だ。来てよかった……)

私は煙草を吸うのも忘れ、ホルストの音絵巻に酔った。若い指揮者のいきいきしたタクトさばきに見入りながら、忘我の状態にあった。私は文字通り「木星」という曲から快楽をもたらされていたのだ。この感動をわかちあえる友が身近にいないことをさびしく思いながら、私が音楽の魔法に陶然《とうぜん》となっているとき、

「あ……！」

という声がステージ上から聞こえ、演奏が乱れた。ボールトは声のあがったほうに顔を向け、なおも指揮を続けようとしたが、演奏の乱れはみるみる広がった。ついにボールトは指揮をあきらめ、まだ音を出している演奏家たちに合図をして演奏をやめさせた。舞台上も客席もざわついていた。私は、なにごとが起きたのか、と立ち上がってみたが、よくわからなかった。だれかが、

「医者だ！　医者を呼べ！」

と叫んでいる。もしかしたら演奏家のひとりが急病にでもなったのかもしれない。私はいまだに外出時は肌身離さずにいる応急手当て用の鞄を持ってステージへと急いだ。ホルストが困惑した顔でボールトと話している。私は彼らに近づき、

「私は医者だが……なにかあったのかね」

ホルストは救われたような表情になり、

「おお、ワトスン先生。じつはたいへんなことになりました」

「どうしたのです」

「あれを……ご覧ください」

ホルストは、ホルン奏者の席を示した。ひとりの男が床に横たわっており、かたわらにホルンが転がっていた。仲間の楽団員たちが男を遠巻きにしている。病気ならば、素人なりに介抱してやればいいのに……と思いつつ、私は足早にそこへ向かった。楽団員たちが不審そうな顔

で私を見たので、

「私は医者だ」

そう言うと、皆はさっと輪を崩し、私を通してくれた。

一目見て、私はホルストが言った「たいへんなこと」の意味を悟った。男の燕尾服の左胸のあたりには丸く焦げたような跡があり、そこから血が流れ、床に血だまりを作っていた。私は屈み込み、男の衣服を脱がすと、胸を調べた。明らかに弾痕だった。形ばかり脈を取ったが、結果ははじめからわかっていた。

「もう死んでいる。銃で撃たれたようだ」

私の言葉に楽団員たちは口々に大声で意見を述べはじめた。

「だれがやったんだ」

「ロイドが殺されるなんて……信じられない」

「警察を呼べ！」

ホルストは激しいショックを受けた様子でそこにあった椅子に倒れるように座り、両手で顔を覆った。無理もない。満を持しての新曲の、非公式とはいえ初演の最中に殺人事件が起きたのだ。ボールトも腑抜けのような顔で立ち尽くしている。うろたえた一部の演奏家がホールから出て行こうとするのを見て、私は思わず、

「全員、動かないように。ホールから出て行ってはいけない。──劇場の支配人はどこかな」

頭の禿げた中年男が右手をおずおずと挙げた。

「私はロバート・ニューマン。ここのマネージャーだ」

「あなたはどこにおられましたか」

「事務室で仕事をしていた。事故があったと聞いて駆け付けたんだ」

「ならば犯人ではないですな」

「当たり前だ。どうして私が……」

「ここにいる人間は全員犯人の可能性があるのですが、あなたは除外されます。すみませんが、事務室に戻って警察に通報してください。あとのかたは警察が到着するまでここにとどまってください」

私は客席に向き直り、

「皆さんも同じです。しばらくは席に着いたままでお願いします」

私も興奮していた。なにしろ生まれてはじめて殺人事件の現場に立ち会ったのだ。これまでは、たとえば警察から事件について助言を求められたり、死体の検死を頼まれたり、といったことも一度もなかった。

（これが私が求めていた「冒険」なのか……？）

そんなことを思いながら、私はいつのまにかその場を仕切っていた。こういうときに、現場が混乱すると、警察が来るまえに犯人が逃げてしまうことがある、と以前新聞で読んだことがあったのだ。

皆、死体から離れたところで思い思いに座ったり、せわしなく歩き回ったり、考えを述べあったりしているが、おおむね落ち着いていた。客たちも、ぶつぶつ文句を言いながらもその場にとどまっている。私の役割はだいたい果たせたな……と思ったところに、複数の馬車の響きが聞こえた。どうやら警察が到着したらしい。

どやどやと入ってきた警官たちの先頭に立っていたのは、四十代後半と思われるがっしりとした体格の人物だった。

「殺人事件があった、と聞いてうかがいました。スコットランド・ヤードのダンクワース警部です。ここの責任者はどなたですか」

ニューマンが、

「さきほど電話で通報したものです。私がこのホールのマネージャーのロバート・ニューマンと申します。ですが、今日は通常の公演とは異なり、新曲のプレ発表会とでもいうべき非公開の演奏会ですので、私は事務室で執務をしておりました。ですから、殺人があったときはここにはおりませんでした」

ダンクワース警部は、

「では、ここに居合わせたかたで、事情を一番よくわかっておられるのは？」

全員がボールトを見たが、ボールトは困惑したように、

「私は今夜の指揮者ですが、新曲、しかも大曲の初演に夢中で、ロイドが殺されたことにも気づきませんでした」

「亡くなられたかたはロイドというのですね」

「はい、ホルン奏者のマーティン・ロイドです」

「楽団員は全員、客席を向いていたはずだが、あなたひとりが逆方向、つまり、オーケストラのほうを向いていた。あなたが気づかなかったというのはおかしいですな」

「でも……本当なんです。今夜演奏していた『惑星』という組曲はかなりの難曲で、私はなんとか成功させようと必死で指揮棒を振っていました。百人以上いる楽団員すべての様子に気を配ることなど不可能ですよ」

「拳銃の発射音も聞いておられないと……」

「ええ、そのとおりです。なにしろ大きな音が鳴っているわけですから……」

「ほう、指揮者というのは普通人より耳が鋭敏《えいびん》かと思っていましたが、そうでもないようですな」

ボールトは、かわいそうなほどうなだれて一歩下がった。代わって、ホルストが言った。

「私は今日演奏された曲の作曲者です。今夜の非公式なコンサートは私が企画しました。正式な初演までに、何度か聴衆のまえで試演を重ね、スコアの細部を修正して完成させるつもりで、今夜がその第一歩だったのです。まさか、こんなことになろうとは……」

「あなたはどこで聴いておられたのです」

「客席のなかほどでした。演奏が乱れた、と思ったら、ロイドのまわりのホルン奏者などが騒ぎ出したので、なにかあった、と気づきました」

「ふむ……拳銃の発射音は？」

ホルストはかぶりを振った。

「――お電話では、お医者さんがたまたまおられて、検死をした、と聞きましたが……」

私は進み出て、

「私がその医者です。ジョン・H・ワトスンと申します。私はただ、脈を取って死亡を確認しただけです」

ダンクワースは私と握手をかわし、

「あなたでしたか。ありがたい。じつはこうした場合にいつも検死をお願いしている先生が今日にかぎって留守でしてな、さしつかえなければワトスン先生にご協力をお願いしたいのです」

「私でよければ、喜んでお手伝いさせていただきます」

ダンクワースは部下の刑事たちに、客と楽団員の名前、住所などを聞き取るよう指示を出すと、私とともに死体のところに行った。私は、死んだロイドという男の身体を調べたが、

「死因はやはり、心臓を銃弾で撃ち抜かれたことでしょう。弾は背中から入って、胸を貫通し、外へ飛び出しています。つまり、後ろから撃たれたということになります」

「なるほど……」

「おそらく即死だったと思われます。言葉を発する余裕もなかったでしょうな」

私はそのほかにもいろいろと私見を述べた。ダンクワースはいちいちメモを取っていたが、

「よくわかりました。――このロイドという男が撃たれたことに気づいたものは？」

楽団員たちに呼びかけた。

「私は、オースティンと申します。ロイドと同じホルン吹きで、彼の隣に座っておりました」

度の強そうな眼鏡をかけた、神経質そうな男が言った。

「今日の三曲目、『木星』という曲を演奏しておりまして、我々のパートが休みになり、私は譜面をめくろうとしました。そのとき、ロイドが突然、椅子からずり落ちたのです。最初は、座り方が悪くてそうなったのかと思いましたが、彼のまえに座っていたホワイト……彼もホルン奏者ですが、その椅子に足先をぶつけるほどの姿勢だったので、おかしいな、と思って横を向くと、ロイドは苦悶《くもん》の表情を浮かべていて、血が流れているのがわかったのです。私はもはや演奏どころではなく、『あっ』と声を上げてしまいました」

「銃声は聞こえましたか」

「いえ……演奏に没頭していましたので……」

「ロイドさんがずり落ちる直前に、変わった様子はありませんでしたか」

「警部さん、あなたにはわからないかもしれませんが、われわれオーケストラの演奏家は、まず、指揮者を見なければなりません、楽譜を見なければなりません、そして、自分の楽器を見なければなりません。隣にいる同僚がどんな顔をしてどんなことをしているか見ている余裕はないのです。長い休符があって、暇なときならばともかく、彼が椅子からずり落ちたのは集中して演奏すべき箇所の少しあとでしたから……」

「私は音楽には詳しくありませんが、おっしゃることはわからないでもないです。——ホワイトさんというのはどちらにおられますか」

黒々とした髪の毛の、口髭《くちひげ》を生やした人物が手を挙げた。

「私です。たしかに『木星』の途中で、後ろから椅子を強く押される感触がありました。ロイドがなにか落としたのか、と思ったのですが、そのまま演奏を続けました。演奏の最中でしたので、振り返ることは許されませんでしたから」

「あなたも銃声は聞いておられませんか」

「はい。静かな場面ならいざ知らず、これだけの人数のオケが全員で音を出しているときならば、たとえ大砲を打っても気づかないでしょう」

ダンクワースは皆を見渡して、

「だれか、銃声を聞いたかたはいらっしゃいませんか」

皆が黙っているなかを、ヴァイオリンを手にしたひとりの男がまえに出ると、

「私は聞きましたよ」

それは、私と同年代、六十代も半ばと思われる人物だった。身長は一八〇センチをゆうに超え、非常に痩せているので、より背丈が高く見える。鉤《かぎ》のように曲がった鷲鼻《わしばな》で、顎も角ばっていて、目つきも猛禽《もうきん》類のように鋭い。といって、居丈高な感じはない。この楽団ではもっとも年長者の部類だろうに、態度は控えめだ。

「ホームズさん、それは本当ですか」

ボールトが言うと、ホームズと呼ばれた男は真摯《しんし》にうなずき、

「『木星』はホルンが前面に出る曲ですが、中間部のアンダンテ・マエストーソになったとこ

ろで第四主題が現れます。そのあと、木管が活躍したあと、ふたたびホルンが前に出るところで、短い発射音が演奏に混じって聞こえました」

ダンクワースは、

「ほう……それはいい情報だ。だが……空耳ではないだろうね。舞台のうえはとくにたいへんな音量だったはずだから……」

「私の耳はだれよりもたしかです。ティンパニが轟《とどろ》いていようが、チューバやトロンボーンが鳴っていようが、あの異音は聞き逃しにはできません。ただ……」

「ただ……なんだね？」

「どちらの方向から聞こえたのかまではわかりませんでした。私も、皆と同様、指揮者と譜面を追うのに精いっぱいでしたし、多くの音のなかに混じっていましたから……」

「いや、それでも聞こえただけたいしたものだ」

「その直後、ホルンパートの音が崩れたのです。ほんのわずかではありますが、譜面通りではなかった。音の厚みが足りないのです。私はヴァイオリンを弾きながら、顔を少し反らしてホルンの方を見ました。すると、全員で吹くべき箇所なのに、ロイドが吹いていないことに気づきました。彼はホルンを膝に置き、背中を丸めていたのです。私は、ロイドになにかあったのか、と思いました。たとえば心臓の発作などを考えたのです。しかし、演奏中だったので駆けつけるわけにはいかなかった。そのすぐあと、彼は椅子からずり落ちました」

私は、そのホームズという男に引きつけられた。言葉づかいには親しみとともに威厳があり、つねに常人よりも踏み込んだ細かなことまで観察しているようだ。

「もしよかったら、私にロイドの死体を検分させていただけませんか」

ホームズはそう言い出した。

「なぜそんなことを?」

ダンクワースが面食らったように言うと、

「少し気づいたことがあるのです。私なら、警察の方々が見落としているような手がかりを見つけることができるかもしれない」

「ははは……あなたは演奏のプロで、我々は事件捜査のプロです。我々が見落としていることがたとえあったとしても、あなたにそれが拾えるとは思いませんな。捜査は警察に任せていただきましょう」

「そうですか。あなたたちはこの匂いに気がつきませんか」

「匂い……?」

ダンクワースは鼻をくんくんさせたが、

「とくになんの匂いもしませんな」

ホームズは押し黙った。

ダンクワースはほかのホルン奏者を集合させると、

「ロイドさんはどこに座っていたのですか」

「ホルンは今夜、まえに三人、後ろに三人という配置でした。ロイドは後列の左端です」

それはさっき、ロイドの隣に座っていたというオースティンだった。

「あなたがたは本当に銃声に気づかなかったのですか？　ホームズさんは聞こえたと言っておられますよ」

五人のホルン奏者たちは顔を見合わせた。眼鏡の男は、

「申し上げたとおり、あの音圧のなかですから、聞こえなくて当然だと思います。私はその……ホームズさんが『聞いた』というのもどうかな、と思っているぐらいです」

そう言われてもホームズは落ち着いた口調で、

「私が嘘をついているとでも？」

「いや、そういうわけではないのですが……聞きたいと思えば、人間、聞いていない音も聞こえるものですから」

「私は、自分で聞いたもの、見たもの、触ったものについてのみ、そう申し上げるだけです。そこには推測や想像の入る余地はない」

そう言うと、その場から去った。

ダンクワース警部は私に、

「どう思います？」

「なにがです」

「今の、ホームズという男の証言です」

「曲の展開から考えると、彼が銃声を聞いた、という箇所でロイドが撃たれたというのは納得

のいく話です」

「ではありますが、すべてが終わってからならいくらでも言えます。曲のあのあたりで撃たれたのだろうと推測することはたやすいのですから」

「しかし、そんなことをして彼にとってなんの得になりますか」

すると、それまで黙っていたマネージャーのニューマンが、

「ホームズさんは、こう言ってはなんだが、自分に注目を集めたいという気持ちから、あんなことを言い出したのかもしれない」

私は思わず、

「なぜホームズ氏が注目を集めたがっていると思うのです」

ニューマンは少し言い渋ったあと、

「おそらく彼はこれまでの人生で、一度もまわりから注目を浴びたことはなかっただろう。ヴァイオリン弾きとしても鳴かず飛ばずで、ずっとトゥッティのひとりだ。コンサートマスターになったことも、ソロイストになったこともない。ヴァイオリンのいちばん後ろの列で弾いているだけだ。もう歳も歳だし、今後急に脚光を浴びることもあるまい。長いつきあいだから知っているのだが、一度も結婚したことがない。兄がひとりいたらしいが、すでに他界した。天涯孤独の身だ。ヴァイオリンを弾く以外にはなんの才もない年寄りなんだ。ちょっとばかり嘘をついて、皆に注目してほしいと思ったとしても不思議はないんだ」

ダンクワース警部は、

「わかりました。ホームズさんの証言については慎重に扱うようにします。――ボールトさん、ロイドさんはホルン席の後列の端に座っていた、ということでしたな」

「はい、そうです」

「背後から撃たれたということは、犯人はホルンよりも後ろにいたと考えられます。ホルンより後方にいたのはだれだれでしょうか」

ボールトは困ったような顔になり、

「えーと、ですね……今日の配置だと、ホルンは最後列です」

「え……?」

「ホルンよりも後ろには、だれもいません。強いていえばティンパニがふたりおりますが、位置はかなり中央寄りで、ホルンのすぐ後ろではありません」

「ほほう……」

ダンクワースはその言葉に目を光らせた。

「楽器は真後ろになくても、そのふたりなら後ろを左右に動けるわけですな」

そして、ニューマンに、

「奥はカーテンかなにかで仕切られていて、通路があるとか……?」

ニューマンは首を横に振り、

「ステージの後方には客席に音を響かせるために反響板を設置しておりますので、演劇の劇場のようにカーテンや幕などはないのです」

「だれかが隠れられるような余地はないですか」

「はい、まったくありませんね」

「ということは……」

額に指を当てて考え込んだダンクワースのもとに、数名の刑事がやってきてた。

「警部殿、観客と楽団員全員の名前、連絡先を控えました。つぎのご指示をお願いします」

「そうだな……。客席から発砲したのでないことはまちがいないだろう。観客には帰ってもらえ。あと、楽団員の皆さんも自由にしていただいて結構です。あ……ただし、ホルン奏者の皆さんとティンパニのおふたりには残っていただきましょうか。あと、ニューマンさん、ボールトさん、ホルストさんもお願いします」

ダンクワースは私に向き直り、

「ワトスン先生もご苦労さまでした。また、ご連絡さしあげることがあるかもしれませんが、今日はお引き取りいただいてよろしいです。ありがとうございました」

そして、刑事たちに、

「死んだロイドの身辺を洗ってくれ。交友関係、出入り先……細かくな。それと……」

後ろをちらりと見て、

「ティンパニのふたりがロイドと揉めていなかったかも調べるのだ」

「はい、心得ています。お任せください」

刑事たちは散っていった。ホルストが、客席に向かって呼びかけた。

「今日はとんだことになりましたが、近日中にこの続きを披露したいと思います。また、ご案内差し上げますのでよろしくお願いします」

客たちも演奏家たちもホールからいなくなった。演奏会も中途半端に終わり、はじめて殺人事件に遭遇した興奮をもてあまして、そのままままっすぐ帰る気になれなかった私はあの男を探した。ホームズとかいう例のヴァイオリニストだ。どうやら私と同年代で、しかも独身だという（私の場合は妻と死別したのだが）。なぜか他人のような気がしなかったし、注目を浴びたいがために嘘をついている、というのも信じられなかった。もう一度話をしたかったのだ。

さいわい彼はすぐに見つかった。大楽屋の隅に縮こまるようにして座り、パイプをくゆらせていたのだ。

「ホームズさん、医者のワトスンです。さきほどのあなたの発言、とても興味深くお聞きしていました。それについて少しお話ししたいと思いまして……」

ホームズは私に握手を求めた。年齢からは想像できないほどの握力で、私は手に痛みを覚えたほどだ。

「私こそ、あなたと話したいと思っていたところです。左脚がお悪いようですから、こちらの椅子にどうぞ」

「あ……最近、歳のせいか左脚がときどき痛むのです。どうしてわかりました？」

「ほんのわずかですが、左脚を引きずっています。――私のことを覚えていませんか」

唐突に言われたので私はとまどった。

「あなたをですか……？　いや……失礼ながら初対面だと思っておりました。もしかしたら、私の患者だったことがあるのでしょうか」

「ちがいますよ。今からざっと四十年ほどまえ、私が二十七歳のころです。私は、モンタギュー街に住んでいたのですが、そこからベイカー街の下宿に移ろうとして、家賃を折半《せっぱん》してくれる同居人を探していたのです。そのとき、大学の友人のスタンフォードくんがきみを推薦してくれたので、私たちは一度だけ、聖バーソロミュー病院の研究室でお会いしているのですよ」

「そういえばそんなことが……」

たしかに、当時金がなく、下宿をシェアする相手を探していた私に、昔聖バーソロミュー病院で私の助手を務めていたスタンフォードが口をきいてくれて、だれかと会った覚えはあるのだが、なにしろ四十年近くまえの古い記憶だ。何軒か見てまわり、最終的にはケンジントン街の下宿に決めたのだが、そこに至る経緯はほぼ記憶にない。

「よく覚えていますね。私はすっかり忘れていました」

「私は、一度経験したこと、一度会った相手の顔、一度覚えた数字などはぜったいに忘れないのです」

「ははは……だったらどんな楽譜もすぐに覚えてしまうでしょうね」

彼は笑わず、

「そのとおりです。ただし、覚えたからといってそれが弾けるかどうかは別問題ですが……」

「同居の話はあなたが断ったのでしょうか、それとも私から……」

「私は、あなたのことを気に入ったのですが、あなたのほうから断ってきました。あとでスタンフォードくんに聞いた話では、私のことが気持ち悪い、と言ったらしいですね」

「気持ち悪い？　そんな失礼なことを私が言うはずもありませんが……」

「いえ、あなたとはじめて会ったとき、私はあなたがアフガニスタンにいた、と言い当てました。あなたはそのことを気持ち悪く思ったようですね。スタンフォードくんには、私がアフガンにいたことが初対面でわかるはずがない、きっと私のことを事前にあれこれ調べていたにちがいない、そんなことをおっしゃったようです」

そのとき、私の脳裏に突然、四十年近くまえの記憶がくっきりと蘇った。そうだ……あのとき……そうだ、そうだ……！

「ホームズさん、思い出しました！　たしかにあなたは私を一目見て、アフガニスタンにいたことがある、と断言された。私はその言葉を聞いて、あなたが同居人を選ぶために身許を調べていたと思ったのです。それでお断りしました」

「あなたと暮らせなかったことは残念です。私にとっては、ただの初歩的な推理にすぎなかったのですが……」

「では、あなたは身許調べをしたわけではなく、本当に私を見ただけでアフガン帰りと言い当てた、というのですか」

「もちろんです。あのとき、あなたは医者だと名乗っておられた。でも見るからに軍人のようなたたずまいだ。つまり、軍医だろう。しかも、手首が白いのに、顔が日焼けして黒いところを見ると、暑い国から帰ってきたばかりだと思われる。憔悴《しょうすい》した顔つきを見ると、さまざまな苦労や病苦を経てきたことがわかる。左腕を固定しているのも、負傷した兵士にありがちだ。イギリスの軍医が、どのような環境下でそういった運命に陥るだろう。私はあなたがアフガニスタンからの帰還者だと言い切ったのはそういう思考の連鎖からです」

「すばらしい！」

私は心からの賞賛を送った。

「それを聞いていたら、あのとき同居を拒むことはありませんでした。たいへん失敬いたしました」

「私にとっては、長年の癖のようなもので、初対面の相手を見た瞬間にすぐにそれぐらいのことは見破ってしまうのです。正直、一秒もかかりません。理論的な思考がすべてです。そのためにできるだけ材料を集め、そして推理すればいい」

淡々と語るホームズという人物に私はますます関心を抱いた。

「もしあなたと四十年まえに同居していたら、私の人生も変わっていたかもしれませんね、ホームズさん」

「シャーロック・ホームズです。ホームズとお呼びください」

「では、私もワトスンでお願いします」

下宿の件をきっかけに私とホームズはすぐに打ち解けた。まるで百年の知己《ちき》のような口の利き方になったのだ。

「ホームズ、きみはこの事件をどう考えるのかね。同じオーケストラに属する同僚が、一緒に演奏しているときに殺されたのだ」

「きみもわが同僚たちも、そしてもちろんスコットランド・ヤードのやつらも気づいていないことを二、三挙げてみようか。たとえば薬品のことだ」

「薬品……?」

「気づかなかったかね。ロイドの死体からは強烈な眠り薬バルビホルムの匂いがしたよ」

「バルビホルムといえば、開発されたばかりであまり知られていないが、少量経口摂取しただけで眠ってしまうという……」

「そのとおり。ぼくは科学実験が趣味なのでわかったが、きみは医者のくせに気づかなかったのかね」

私は赤面して、

「う、うん、はじめての検死で上ずっていたせいか、気づかなかった。きみはなぜ、そのことをダンクワース警部に言わなかったのかね」

「銃声を聞いたことすら空耳にしてしまうような連中に、なにを言っても取り上げられないだろうさ。おそらく司法解剖を行ってもわかるまい」

「しかし、きみの言ってることが本当なら、ロイドは演奏会のまえに眠り薬を飲まされていたことになる」

「それはありえないよ。バルビホルムは即効性だ。事前に飲まされていたなら、コンサートがはじまるまえにすでに眠っていたはずだ。彼が薬を飲まされたのは演奏の最中なのだ」

「そんなことができようはずがない」

「それと、チューバの件だ」

ホームズが矢継ぎ早に繰り出してくる疑問には、私も目を白黒させるしかなかった。

「チューバだって？」

「そう……二曲目の『水星』の半ばごろだった。チューバのギブスンの音が急にくぐもったのだ」

私は彼の鋭敏な聴力と注意力に驚いた。

「それ以降、チューバの音はくもりっぱなしだった。ギブスンの音は長年聴いているが、あんなことははじめてだ。微妙な変化なので気づいたものはほかにはいないだろうが、本人のギブスンはべつだ。彼は、自分の音がおかしくなったことがわかったはずだ」

「それが事実としても、殺人になにか関係があるのかね」

「まだわからない。しかし、事件の捜査というのは、そういった要素をひとつひとつ拾い集めて組み立てていくことで、はじめて全体像が現れるのだ。事件と関係があるかどうかは、あとから考えればいい」

「たしかにそうだ」

「現時点でぼくが思っていることはこんな程度だ。ワトスン、今度はきみの意見を聞きたいね」

「ぼくの意見……？」

私は少しどぎまぎしたが、勇を鼓《こ》して言った。

「殺人犯が被害者を殺害するにしても、なぜ衆人環視のオーケストラの演奏中を選んだのだろう。だれかに見られる可能性が高いだろう。犯人はオーケストラのメンバーのひとりか、もしくは観客のだれかであることは明らかだし、後ろから撃ったとすれば、容疑者の範囲はよりいっそうせばまる。ロンドンにはひとけのない路地がいくらでもあるのだから、そういうところで犯行に及ぶほうが加害者にとってはずっと安全ではないかね」

「いいところに気づいたね。たしかにそのとおりだ。しかし、銃の発射音はかなりの音量だ。たとえひとけのない路地であっても、拳銃をぶっ放したならかならずだれかの耳に入るだろう。ロンドンは今や世界一ともいっていい繁華な街だ。夜といえど、大勢が歩いている。音を聞きつけて、何人もが駆けつけるかもしれない。なかには行く手を塞ぐものもいるだろう。警官が巡回しているかもしれない。銃の発射音を消すにはどうしたらいいと思うね」

「そうか……オーケストラの演奏の最中……」

「そういうことだ。今夜初演されたホルスト氏の『惑星』は、場面によっては相当の大音響となる。音を消すには音だ……犯人はそう考えたのだろう」

「でも、容疑者が特定されやすいだろう。ダンクワース警部はどうやらティンパニ奏者が怪しいと考えているようだが、ぼくもそう思う」

「犯人は頭のよい人物のようだ。たとえオーケストラの演奏中に殺害したとしても、ぜったいに自分がやったとバレない自信があるから、あえてそうしたのだ。つまり、ティンパニのふたりは犯人ではない可能性が高い」

「人物的にもそうなのかね？　喧嘩っ早いとか、死んだロイドと私生活でトラブルになっていたとか……そういうことはないのか」

「ぼくは、あのふたりとはそれほど親しいわけではない。ロイドとも深いつきあいはなかった。だから、そのあたりの検討はあとにしよう。今はロイドが舞台上でいかにして殺されたかにしぼろう」

私は、ホームズが完全に会話の主導権を握り、私を聞き役としてひとりで話を進めていくのが快く感じられた。

「ワトスン、拳銃の発射音といえば、かなり大きなものだ。それなのに、ロイドの隣にいたホルン奏者すら気づかなかったというのはおかしいと思わないか」

「それは、きみも今言っていたように、大音量の音楽が鳴っていたからだろう。それに、初演ということで皆、指揮棒と譜面を追うことに必死だったんじゃないのか」

「それはそうだが、すぐ隣で発射されたとしたら気づかないのは変だ」

「うむ。そのとおりだ」

「だが、たったひとり気づいた人物がいた。ぼく、シャーロック・ホームズだ」

彼が言うと、なぜか自慢も嫌味に聞こえなかった。

「ホームズ、じつはこんなことを言うと不快に思うかもしれないが……」

「かまわないよ。ぼくは、正しい意見なら取り入れるし、ただの感情的な非難なら受け流すことにしている」

「さっき、きみのいないところでマネージャーのニューマンが言ったんだ。きみは、注目を集めたい一心から銃声が聞こえた、と嘘をついたんじゃないか、とね」

ホームズは怒ったり失望したりしなかった。ただ、少しだけ哀しげな表情になり、

「だが、聞こえたんだ。——ぼくはいまさら注目を集めようなどと思いはしないよ。ワトスン、きみだから話すのだが、ぼくは人生の敗残者だ」

「そんなことはあるまい」

「いや、まちがいなくそうだ。客観的に見て、音楽家としては三流だと言えるだろう。この歳では、今からヴァイオリニストとして、また、作曲家として名が上がるということはありえない。このニュー・クイーンズ・ホール・オーケストラもお情けで置いてもらってるようなものだ。いつクビになるかわからないし、そうなったらあとは場末のミュージックパブで流行曲でも弾くしかない。老後は環境のよいサセックスにでも隠居して、養蜂をしながら暮らそうか、などと夢想したこともあるが、そうはいかなかった。ぼくの人生設計は失敗したんだ」

「自己分析が厳しすぎる。よしんばそうだとしてもきみには推理の才があるじゃないか」

「そのとおり。そのことはだれにも知られていない。じつは、学生時代、グロリア・スコット号事件という、船乗りがからんだ怪事件を解決したことがあってね、そのとき学友のお父上が、きみの推理の能力は並外れている、世のためにそれを活かすべきだ、ぜひ探偵になりなさい……そう勧めてくれた。だが、ぼくには勇気がなかった。私立探偵など当時はほとんどいなか

ったし、食べていけるかどうかも怪しかった。ヴァイオリニストになるか探偵になるか悩んだすえ、ついに音楽の道で生きていくことを決断したのだ。趣味でやっていた化学実験を活かして、聖バーソロミュー病院の解剖学教室でアルバイトをして生活費を稼ぎながら、ヴァイオリンの練習にはげんだ」

「ぼくと会ったのはそのころだね」

「そうだ。——だが、ぼくの決断はまちがっていた。今振り返ると、はっきりと言える。ぼくに音楽家としての才能はなかった。あるいは、あったとしても素人よりいくぶんかまし、という程度のものだった。すぐにでもパガニーニやネルーダ、サラサーテのようになれると思い込んでいたが、とうていこの道で頭角を現すほどの才ではなかったようだ。三流オーケストラを転々としたあと、ようやくこのニュー・クイーンズ・ホール・オーケストラの仕事を得たものの、ここでも鳴かず飛ばずだ。後輩たちがどんどん腕を上げ、国外の著名オーケストラに入団したり、ソロイストとして名をはせたりしてぼくを追い越していくが、ぼくはいつまでたってもその他大勢だ。今では失意のうちにコカインやモルヒネにまで手を出す始末さ」

「…………」

「皮肉なことに、楽器だけは超一流なんだ。見たまえ、ストラディバリウスだ。もっともユダヤ人の質屋で五十五シリングで手に入れたものだがね」

そう言ってホームズはケースに入った自分のヴァイオリンを指差した。彼はパイプを口から離すと、ため息をつき、

「とはいっても、音楽がすばらしいことに変わりはない。かつてダーウィンが言ったように、音楽を作り出したり、鑑賞したりする能力は、言葉を使う能力よりもはるか以前から人類に備わっていた根源的なものだ。きみは今日の『惑星』をどう思ったかね」

「感動した。ホルストにはたいへんな才能がある。事件によって途中までしか聴けなかったのはなんとも残念だ」

「ぼくもそう思う。『惑星』はおそらく彼の代表作になるだろうね。全部で七曲からなる組曲で、火星、金星、水星など地球のまわりを回る惑星ひとつひとつを主題に曲を書くなどということをホルストはどこから思いついたのだろう」

私は笑いながら、

「ちがうよ、ホームズ。火星や金星は、地球じゃなくて太陽のまわりを回っているんだ」

「へえ、そうなのかい。はじめて知ったよ。でも、太陽は地球のまわりを回っているんだろう?」

「ホームズ、それは真面目に言っているのか」

「もちろん真面目さ」

二十世紀のイギリスに地動説を知らない人間がいるとは、私には信じられなかった。

「地球は太陽系を構成する惑星のひとつだ。金星と火星のあいだにあって、太陽のまわりを回っているんだ」

「ほう、それは初耳だ。しかし、そんなことを知らなくても、ぼくが『惑星』を演奏するうえではなんの問題もない。おそらくどうせすぐに忘れてしまうだろうね。ぼくにとっては、音楽を譜面どおり演奏することのほうが大事だ。すばらしい音楽に奉仕することが、今のぼくの生きがいなのだから」

そうは言っていても、ホームズの表情や語調からは、正当な評価を受けていない人間の諦念《ていねん》が感じられた。

「きみと知り合いになれてよかった」

私が握手を求めると、

「もう行くのか」

残念そうな響きがあった。

「ああ、今きみが言ったことを確認したいんだ」

「ぼくが言ったこと……？」

「バルビホルムの件だ。検死をやり直して、本当だったらダンクワース警部に教えてやらなくては……」

「やり直すまでもない。間違いないんだ。――ぼくは警察の連中に進んで協力してやるつもりはないが、きみがそうしたいならとめはしない。いまごろは少しは捜査も進展しているだろうが、あのぼんくらたちが真相にたどりつけるとはとても思えないね」

「じゃあきみは真相がわかっているというのか」

「まだだ。――だが、犯人がなぜ眠り薬を使ったのか、についてはだいたいわかった。これは容易ならざる事件だ。どうやってロイドにその薬を盛ったかがわかれば事件の謎は解明されるだろう」

私は口にはしなかったが、それはさすがに大言壮語が過ぎる、と思った。やはりこのホームズという男は、自分が不遇なあまり、でたらめを言って衆目を集めようとしているのだろうか……。

「信じていないようだね。ぼくは謙遜《けんそん》もしないが、大法螺《ぼら》も吹かない。わからないことはわからないと言うし、ぼくが『わかった』と言うときは本当にわかったときだけだ。嘘だと思ったら、ダンクワースにチューバのなかを調べてみろ、と言ってくれたまえ」

なんのことだかわからぬまま、私は楽屋を出て、ホールへと戻った。ダンクワースはまだ死体のところにいて、ホルン奏者たちを尋問しているようだった。彼は私に気づき、

「ワトスン先生、なにか忘れものですか」

「いえ……少し気になることがあるので、検死のやり直しをしたいのです」

「どういうことです。今からこの死体は警察に運ぶところで、そんな時間はありません」

「手間はかかりません。ちょっと失礼……」

私は死体のそばに屈むと、その唇に顔を近づけた。ほとんど触れそうになったので、ダンクワースがあわてて、

「なにをしておられるのです」

その言葉を無視して私は大きく息を吸った。立ち上がると、

「警部、この死体はバルビホルムを摂取していた可能性があります。解剖して調べてみることをお勧めします」

「バルビ……なんですかな？」

「最近開発された強力な眠り薬です。少量飲むだけで効果があります。独特の匂いがあるので、注意深く嗅《か》げばわかります」

「ロイドの口からその匂いがする、というのですか」

「はい。もちろん似たような匂いのものは多いので、断定はできませんが……」

「事件と関係があるとはかぎらないでしょう。彼自身がコンサートまえに楽屋で服用したのかもしれない」

「演奏まえに眠り薬を飲みますか？　理屈が通らない」

「世の中、理屈どおりにいかないことはたくさんあります。とくに犯罪捜査をしているとそう思いますよ」

私はかぶりを振った。

「理論的思考がすべてです」

私は、ついホームズの言葉をおのれの考えのように口にした。だが、ダンクワースは肩をすくめると、

「ワトスン先生、もういいのです」

「もういいとは？」

「私はティンパニ奏者のマクファーレンを逮捕しました。死んだロイドは、女性に手が早い男だったようですな。マクファーレンの妻にロイドが手を出して、ふたりは険悪だったらしい。何人もの楽団員が証言してくれました」

「マクファーレンは犯行を認めたのですか」

「いいえ、かたくなに否定しています。しかしですね、考えてみてください。ロイドは背後から撃たれた。これは事実です。彼の後ろにはふたりのティンパニ奏者しかいなかった。どちらかが犯人に決まっている。私はふたりの暮らしぶりを調べた。もうひとりのパーカーという男はロイドとの付き合いはほとんどなかったが、マクファーレンは妻の浮気を巡ってロイドと何度も大喧嘩をしている。だれが犯人であるかは明らかです。——どうです、ワトスン先生、これがあなたの言う理論的思考ではありませんか?」

私はぐうの音も出なかった。スコットランド・ヤードはホームズが言うほどぼんくらではないようだ。

「わかりました。——もうひとつだけおききしたいのですが」

「なんです? 私はホルン吹きの皆さんを聴取して、犯行当時の状況を再現したいと思っているのです」

「ホルンではなく、チューバ奏者のかたにうかがいたいのです。どちらにいますか」

「私のことですか」

近くを通りかかった若い男が右手を小さく挙げた。大きな楽器ケースを抱えている。

「チューバ奏者はあなたひとりですか」

「はい、もうひとりテナーチューバ（ユーフォニアム）吹きがおりますが、チューバは私だけです」

「あなたの音が、途中で急にくぐもった、という話があるのですが……」

チューバ奏者はぎくりとした顔つきになった。

「あなたがそう思ったのですか」

「私ではなく、知り合いがそう言っていたのです」

チューバ奏者は、

「そうですか。そのかたはよほど耳がいいですね。まわりの演奏家にも気づかれていない、と思ったのですが……」

「では、音がおかしくなったというのは本当なのですね」

「じつは……」

チューバ奏者はポケットからなにかを取り出した。それは、ハンカチだった。それまで半信半疑だった私は、ホームズの言葉が的中したことに内心驚嘆していた。

「こんなものがチューバのベルのなかに入っていたのです」

私はそれを受け取って広げてみた。普通のハンカチよりもかなり大きく、四隅にレース編みがついている。金糸の刺繍《ししゅう》で、ＢＭＣという文字を図案化して組み合わせたデザインになっている。なかなかの高級品のようだった。

「それはあなたのものですか」

「いえ、私のではありません。いつ入ったのかさっぱりわからないのです。ベルのなかに異物を入れると、音に影響します。途中で吹奏感がおかしいことに気が付いたのですが、演奏している最中だったのでどうにもならず、そのまま吹き続けました。たぶん気づいたのはあなたの知り合いのかたおひとりだと思いますよ」

私は思わず、

「その知り合いというのは、この楽団のヴァイオリン奏者のシャーロック・ホームズ氏なのです」

チューバ奏者は驚いたように、

「あの爺さんが、ですか？　うーん……彼がそれほどの耳をしているとは知りませんでした」

私はダンクワース警部に向き直ると、

「バルビホルムについて教えてくれたのもホームズです。彼は、化学薬品についての知識が豊富で、鋭敏な嗅覚で眠り薬の匂いを嗅ぎ取ったのだそうです。ぜひ、解剖して確認してみてください。ホームズは、ティンパニ奏者は犯人ではない可能性が高い、と言っておりました。マクファーレンは銃を持っていたのですか？」

ダンクワースは肩をすくめ、

「まだ凶器は見つかっておりません。しかしですな……ティンパニのマクファーレンが犯人であることはほぼ確定です。あとは取り調べを進めれば、どのように犯行に及んだか、拳銃をどこに隠したのか、眠り薬をどうやって飲ませたかも自白するはずです。なあに、少々痛い目にあわせれば、恐れ入ってぺらぺらしゃべるでしょう」

「痛めつけて白状させるのは感心できませんな」

「それが現代の警察の捜査のやり方です。ホームズさんがいかに鋭い聴覚や嗅覚をお持ちであっても、ぐずぐずと証拠集めをしているより、この方法がいちばん迅速なのです。凶悪事件の解決にはなによりスピードが大事です」

「ハンカチに関してはどうですか」

「おそらく事件とは関係ないでしょう」

「そうですか……」

私は落胆したが、彼の言うことが正論だと認めざるを得なかった。多少強引であっても、ロンドンのど真ん中にある劇場で発生した殺人事件は迅速に解決すべきだ。そうしないと、ロンドン市民は枕を高くして眠れないだろう。

「早く聴取というのをはじめてもらえませんかね。我々もいつまでもこんな血なまぐさい場所にはいたくないんだ。あのホームズ爺さんのくだらないいつものごたくに付き合うほど我々は暇じゃあない」

オースティンという、ロイドの隣にいたホルン奏者が警部にそう言ったのを機に、私はその場を辞した。楽屋に戻ってみたものの、ホームズの姿はすでになかった。まだ居残っていたチェロ奏者から、彼の住所を聞いた。ベイカー街221B。もしかすると、四十年近くまえから一度も引っ越ししていないのかもしれない。

クイーンズ・ホールのあるランガムからベイカー街まではさほどの距離でもないが、私は最近時折痛む左脚を気遣って、辻馬車に乗った。ポートマン・スクエアを北へ曲がったあたりで、ヴァイオリンケースを持ってとぼとぼと歩いているホームズの後ろ姿をみとめた。

「ホームズ！」

私が背後から声をかけると、ホームズは急に背筋を伸ばし、振り返って、

「やあ、ワトスン。また会えてうれしいよ」

「きみに伝えたいことがあってね。こんなところで追いつけるとは奇遇だな」

「奇遇ではないよ。ぼくは普段、ニュー・カヴァンディッシュ通りを西に向かって下宿に帰るんだが、今夜はもしかしたらきみがなにかを伝えようとしてぼくを追ってくるかもしれない、きみは近頃左脚が悪いと言っていたから辻馬車を使うにちがいない、辻馬車の御者《ぎょしゃ》はおそらくこの道を通るだろう……そう思ってこの道を帰ることにしたんだ」

「なるほど……出会うべくして出会った、というわけか」

私はホームズを馬車に乗せると、彼の下宿へと向かった。

「さあ、上がってくれたまえ。ぼくのささやかな城に他人を入れるのは何年振りだろうね」

二階がホームズの部屋だった。広い居間には暖炉があり、床には熊の敷きものが敷かれている。ホームズは部屋のガス灯を点け、籐《とう》製のソファに座るよう私に勧めた。大きな机には、趣味の化学実験の道具が並べられ、暖炉の向かいにある書類棚にはたくさんの楽譜が曲ごとにフ

アイルされているようだった。

「夕食はもう食べたかい」

ホームズはパイプに火を点け、深く一服してからそう言った。きつい煙草の匂いが漂った。

「ぼくは、コンサートのまえにすませたよ。きみはまだだろうね」

「ああ、昼過ぎからずっとリハーサルだったからね。だが、食事よりさきにきみの報告を聞きたい。捜査は進展していたかね」

私は、ダンクワース警部がティンパニ奏者のマクファーレンを逮捕したことを話した。

「マクファーレンか。たしかにやつは自分の奥さんにロイドが色目を使ったと言って怒っていたが、殺人まで犯すほどの揉め方ではなかったと思う。しかも、演奏中に殺そうとするだろうか」

「では、きみはあくまで犯人はべつにいると言うつもりか」

「もちろんだとも」

「だとしたらまずいぞ。ダンクワースはマクファーレンを『少々痛めつける』つもりだと言っていた。やってもいないことまでしゃべらされて、犯人に仕立て上げられてしまうかもしれない。なんとかしなければ……」

「しかし、どうにもならないじゃないか」

「そんなことはない。きみが真相をつきとめ、ダンクワースに示せば、彼も考え直すだろう」

「ぼくは探偵でも刑事でもない。ただのしがない音楽家だ」

「ひとの命を救うのに、探偵も音楽家もなかろう。ホームズ、きみにしかできないことなんだ」

「うむ……そのとおりだ。きみにそう言われると、なんだかやる気になってきたよ。新聞記事を読むだけで犯人がわかることもたびたびあったが、これまではぼくがでしゃばるまでもない、と見過ごしてきた。今回は自分が所属するオーケストラの同僚の事件なのだ。よし、ワトスン、やれるだけやってみるよ」

「その意気だ。――ホームズ、きみの推理をうかがおうか」

ホームズはせわしなくパイプを吸ったあと、

「ぼくはまず、犯人はなぜバルビホルムを使ったのか、という点に注目した。殺すつもりなら毒を飲ませればいいじゃないか」

「それはそうだな……」

「犯人は、ロイドを眠らせる必要があった。しかも、コンサートの最中に、だ。きみも楽屋を見ただろう。指揮者やコンサートマスター、ソロイスト、女性などを除けば、全員があの大部屋を使うのだ。ごった返しているなかだから、眠り薬をコーヒーにでも混ぜて飲ませることもできるだろう。でも、犯人はそうしなかった。ロイドが楽屋で眠ってしまっては困るからだ。犯人は、ロイドを演奏の途中で眠らせたかったのだ」

「それはどうしてかね」

「おいおいわかるよ。――犯人はどうやってロイドをコンサート中に眠らせることができたのかについて、ぼくの意見を述べよう。ぼくは、ホルンという楽器の特性を考えてみた。ホルンは、細長い金属の管をくるくると複雑に巻いたもので、ダブルホルンならB♭管とF管という二本の管をひとつの楽器にまとめ、レバーで切り替えられるようになっている。だから、それぞれの管を長く伸ばすと、B♭管なら最長三四五センチ、F管なら最長五一〇センチにもなる。ホルン奏者の息は、マウスピースから入ると、長い道程を経て、ベルから放出されることになる」

「それは知らなかったが……そのことが事件とどう関係するんだ」

「まあ、聞きたまえ。もし、ロイドのホルンのなかにバルビホルムを注入することができれば、彼を演奏中に眠らせることができるかもしれない」

「それはそうだが……ホルンは吹くための楽器だ。ハーモニカのように吸うことはないのだろう？　楽器のなかに眠り薬を入れても、吹いているうちにベルから出てしまうだけじゃないか」

「そのとおり。しかも、マウスピースに塗りつけたとしたら、最初に吹いた瞬間に眠ってしまうことになる」

「では、どうにもならんじゃないか」

「ホルンの巻かれた管には、あちこちに『チューニング管』や『抜き差し管』といった取り外し可能な部品がついていて、それを調節することでチューニングをしたり、唾抜きをしたりする。チューニング管は、いちばんマウスピースに近いから演奏中に唾抜きをする可能性が高い。塗りつけたとしたら、抜き差し管のうちのどれかだろう。ぼくは、第三抜き差し管が怪しいとにらんでいるのだが、これは確認してみなければわからない」

「待ってくれ。たとえ抜き差し管にバルビホルムを仕込んだとしても、同じことじゃないか。ホルンは吸うことはないんだから」

ホームズは笑って、

「ホルンは、ほかの管楽器とちがって、ベルを後ろ向けにして構え、なかに右手を入れて支えるのだ。抜き差し管の内側に塗られた眠り薬は、演奏しているうちに、次第次第に管の先のほうに移動し、ついにはベルの部分に至るだろう。当然、右手にそれが付着することになる」

「手についただけじゃ眠くはならないぞ」

「ワトスン、きみは本を読むときに指をなめる癖はないかね」

私は、はっとした。

「癖とまではいかないが、めくりにくい辞書などの場合、指をなめることがあるね」

「死んだロイドにはそういう癖があったのだ。知らずしらずのうちに指についていた眠り薬を、譜面をめくるときになめてしまったわけだ。この方法なら、楽屋で抜き差し管にバルビホルムを仕込んでも、効果が発揮されるのは演奏がはじまってからかなり時間が経ってから、ということになる」

私は、ホームズの見事な推理に拍手したくなる一方で、はたして本当だろうか、という疑いの気持ちも持っていた。稀代《きたい》の詐欺師にうまく言いくるめられているのではないだろうか。ロイドのホルンを調べたわけでもないのに、ただの推量だけでこれほど正確に言い当てることができるものなのか……。

「犯人はどうしてロイドを演奏中に眠らせたかったのか、その理由がわからないうちは、ただの推論だろう」

「それもわかっているさ。ロイドの席は一番後ろだ。彼が背中から撃たれたとすれば、ティンパニのどちらかに疑いがかかる。しかし、もし撃たれたとき、彼が身体を前倒しにしていたとすればどうかな」

「意味がわからない。ロイドが眠ることで身体が前倒しになったとして、それがなにか……？」

「まだわからないのか。つまりだね……」

ホームズがなにか説明しようとしたとき、ノックの音がして、腰の曲がった、品のいい老婦人が入ってきた。銀の盆のうえに名刺が載せられている。

「ただいま、スコットランド・ヤードのダンクワース警部というかたがワトスン先生をたずねていらっしゃっていますが、どういたしましょうか」

「入ってもらってください」

ホームズは言った。老婦人は出ていった。

「ハドソンさんといって、この下宿の女主《あるじ》だ。ぼくとはもう四十年近い付き合いだよ」

すぐに、ハドソン夫人の案内でダンクワースが顔を出した。

「楽屋にいたチェロ弾きに、先生がこちらだと聞いたものでね、押しかけましたよ」

彼は、ホームズに向かって、

「ホームズさんにも聞いてもらいたいことなのです。ですから、ちょうどいい」

ホームズはダンクワースにソファを勧め、

「風向きが変わりましたね。どうしたのです」

「ロイドの解剖結果が出たのです。ホームズさんのおっしゃるように、少量ながらバルビホルムが検出されたのです。しかも、彼が吹いていたホルンからはかなりの量が見つかりました。あなたの言うことがぴしゃり的中したわけです。疑って申し訳なかった」

「マクファーレンは自白しましたか」

「それが頑固でしてねえ、一向に……。ちょっと揺すぶってやればすぐに吐くと思ったんですが……」

「犯人じゃないからですよ。警察の無理な取り調べに心が折れてしまうものもいれば、最後まで真実を貫こうとするものもいるということです」

「あそこまで強硬に抵抗するというのは、私の見込み違いのような気がしてきました。もしそうだったとしたら、真犯人を捕まえないとスコットランド・ヤードの面目は丸つぶれです」

「スコットランド・ヤードの、ではなくて、あなたの面目でしょう」

ダンクワースは図星を言い当てられたような顔で、

「ホームズさんは、ティンパニ奏者が犯人ではない可能性が高い、とおっしゃっていたそうですね」

「そうです。私はそう考えています」

「どうやら思っていた以上になかなかやっかいな事件で、私の手に余るようです。ぜひ、ご協力を賜りたい」

　ダンクワースは素直に言った。ホームズは、犯人がどうやってホルンに眠り薬を仕込んだかについて、自分の推理を開帳した。ダンクワースは、理解はしたものの納得はしていない様子だった。私と同じだ。

「どうもおっしゃっていることがわかりません。ロイドが前屈みになっていたら、いったいどうなるのですか」

「それよりも、チューバの件です。ハンカチが入っていたそうですね」

「そうそう、それもホームズさんが言い当てたのでしたね。まるで予言者だ。――ここに持っていますのでご覧ください」

　ダンクワースはポケットから例のハンカチを取り出した。

「私は、これは事件には関係ないんじゃないか、と思ったのですが、そうではないのですか」

　ホームズはハンカチをしげしげと見つめ、

「思っていたとおりだ！　これは重要な手がかりです。――警部、このBMCという縫い取りがなにを示すかわかりますか」

　警部はかぶりを振った。

「そうですか。でも、私にはわかる。以前、これと同じものを見たことがあるからです。たぶん諸君も一度や二度見たことがあるはずなんだが、きみたちは目で見ているだけで観察ということをしていないからわからないのです。見るのと観察するのとではたいへんなちがいなのです」

「BMCとはなんのことです」

「それを言うのは、あることを確かめてからにしたいと思います」

「ホームズさん、じらさないでください。あなたはこの事件の犯人がすでにわかっているのですか」

「どこにいる、どんな人物がやったのかはわかっています。なんという名前か、まではわかりませんが、それもおそらく明日には判明するでしょう」

「ほ、本当ですか。信じられませんが……」

「私は嘘はつきません。明日の三時頃にでも、私のほうからスコットランド・ヤードを訪問しましょう。そのときに真相を披露できると思います」

「しかし……」

ダンクワースはまだ完全に得心していないようで、

「ホームズさん、せめて今わかっていることの半分だけでも教えていただけませんか。どうも不安で……」

「明日までお待ちください。まだ推理の段階です。決定的な証拠を摑んでからご報告したいと思います」

「はあ……」

「ひとつだけ申し上げておきましょう。ティンパニ奏者を調べるぐらいなら、ホルン奏者を……オースティンという男を調べたほうがいい」

「オースティンというと、ロイドの隣に座っていた眼鏡の……あの男が犯人なのですか」

「いえ、ちがいます」

ホームズはほほえみながらそう言った。私の目には、ホームズがダンクワースをからかっているようにも見えた。

「だが、この事件に関わりがあることも間違いないでしょう。彼の身持ちの悪さは楽団員のなかでも知らぬものがいない。『ブルー・ブル』という場末のいかがわしいパブに入り浸っているらしい。——あなたは、ロイドの吹いていたホルンを押収したのですね」

「はい、証拠品として本部で預かっています」

「ならば大丈夫でしょう。オースティンの身持ちを調べてごらんなさい。いろいろと埃が出てくるはずです。それと、念のため、彼を含むほかのホルン奏者が今日使っていたホルンも預かったほうがいいと思います。それを明日、取調室に用意しておいてください」

「わかりました、おっしゃるとおりにいたします……」

ダンクワースは、釈然《しゃくぜん》としない顔つきで帰っていった。あとに残った私に、ホームズは言った。

「ワトスン、きみは明日、時間はあるかね」

「え？　ああ……引退した身だからね、毎日暇をかこっているよ」

「ならば、ぼくの捜査に協力してくれないか。朝十一時に、オリンピアに来られるかね」

オリンピアというのはケンジントンにある大きな円形劇場である。本来は展示会場だが、各種のショーやスポーツ競技なども行われ、ロンドンっ子なら知らぬものはいない。

「ぼくの家とは目と鼻の先だ」

「では、十一時に。よろしく頼む。――あ、ワトスン」

立ち上がった私にホームズは言った。

「きみは拳銃を持っているかね」

「古い軍用拳銃でよければ……」

「それは結構。今夜のうちに掃除をして、弾を込めておいてくれ。相手が銃を所持していることがわかっている以上、備えは必要だからね」

私はうなずき、ベイカー街221Bを……もしかしたら私が住んでいたかもしれない住居を辞した。

◇

翌朝、指定された時間に私はオリンピアに着いた。ホームズはすでに来ていて、パイプをくゆらせていた。彼は私の顔を見るとにっこりと笑い、

「やあ、本当に来てくれたのか」

「約束したじゃないか」

「それはそうだが……なんにしてもうれしいよ」

「ここになにがあるんだね」

「有名なサーカス団だ。――来たまえ」

鉄とガラスで作られた巨大な建物がそびえ、そのまえにある広場にはテントが立ち並んでいる。サーカスの団員とおぼしき男女が身体を鍛えたり、出し物の練習をしているかたわらで、スタッフらしい男たちが忙しそうに働いている。

「こういう連中は夜が遅い分、朝も遅い。ようやく朝食が終わって鍛錬《たんれん》をはじめたぐらいだろうから、今時分に来るのがちょうどいいんだ」

ホームズはそのまま建物に入るのではなく、裏手へ回った。そこには猛獣の檻《おり》が点々と置かれている。ライオン、虎、象、熊といった怖ろしい獣たちが吠え声をあげたり、餌をむさぼったりしているのを横目に、我々はひとつの大型テントに近づいた。そのテントの正面についている紋章を目にして、私はあっと驚いた。BMCの三文字をデザイン化したマーク……あのハンカチについていたものと同じだった。ホームズがにやりとして、

「BMCは、バートランド・ミルズ・サーカスの頭文字さ。このサーカス団の広告は街なかでよく目にするから、きみたちも何度も見ているはずだが、それと気づかなかっただろう?」

言われてみれば、なるほど、シーズンにはポスターやのぼりなどにこのマークが使用されているのを見かけてはいるのだろうが、とくに着目せずに流してしまっているのだ。

「観察するのと見るのはちがうよ、ワトスン」

ホームズはそう言った。彼は大テントに入っていくと、テーブルについてパンケーキとベーコン、オムレツ、それに朝からワインをがぶ飲みしていた男に向かって、

「バートランド・ミルズさんはどこかね」

「わしがそうだが……あんたは？」

大兵《だいひょう》肥満、だらしない下着姿で、頰ひげを生やしたその男は疑《うたぐ》り深そうな目つきでホームズを見た。

「私は、スコットランド・ヤードに依頼を受けたものだが、ここに軽業師《かるわざし》は何人いる？」

「軽業師だと……？　五人、だな」

「まちがいないね」

「あ、ああ……」

「全員を今すぐここへ呼び集めてもらいたい」

「すぐにかい？　飯を食い終わってからじゃだめかね」

「聞こえなかったのか？　すぐにだ」

ミルズはしぶしぶ立ち上がると、吊り下げてあったベルの紐を引いた。へしゃげたような耳障りな音がして、下男のような男が駆けつけてきた。

「親方、なんのご用事で」

その男は、背は低いのだが、両手が妙に長く、拳《こぶし》が地面につきそうなほどだった。腕は太く、毛むくじゃらだった。

「警察の旦那衆が来てる。軽業の連中にご用だとよ。呼んでこい」

男はホームズと私を不躾《ぶしつけ》な目でにらむと、

「親方、名刺をもらいましたか？　本当に警察のおかたかどうかわかったもんじゃねえ」

私はどきっとしたが、ホームズは毫《ごう》もうろたえることなく、

「これは失礼した。――見たまえ」

そう言うと内ポケットから名刺入れを取り出し、そこから一枚の名刺を男に渡した。

「探偵業　シャーロック・ホームズ……住所はベイカー街２２１Ｂ……」

男がそれを読み上げると、ホームズはなおも言った。

「まだ疑うならば、そこのホールの電話を借りて、スコットランド・ヤード本部にかけてみたまえ。ダンクワース警部にきけば、シャーロック・ホームズをサーカスに派遣した、と答えてくれるだろう。無駄な時間を費やしている暇はないのだ。下手をすると、このサーカス全体が罪に問われ、興行の中止ということも考えられるぞ」

ミルズはあわてて、

「馬鹿め！　やっぱり本物の警察の旦那じゃないか。とっとと軽業師どもを集めてこい！」

「へ、へい！」

弾かれたように男は出ていくと、すぐに数人の男女を連れて戻ってきた。男も女も上半身の筋肉が発達していて、瘤《こぶ》のように盛り上がっている。

「きみたちは日頃、どういう芸を見せているのかね」

ホームズがたずねた。年嵩のひとりが進み出て、

「空中ブランコ、梯子《はしご》のぼり、綱渡りなんぞですな」

「天井を蜘蛛《くも》のようにつたったりもできるのかな」

「ははは……蜘蛛の野郎にゃ負けやしねえです」

「きみたちにききたいのは、昨夜の七時頃にどこにいたのかという……」

ホームズがそう言い掛けたとき、バートランド・ミルズが言った。

「おい、ダンゴがいないじゃないか。やつはどこだ」

軽業師たちは皆口ごもり、下を向いた。

「どうしたんだ、ダンゴは。また寝坊か？　すぐに引っ張ってこい」

年嵩の男が言いにくそうに、

「ミルズさん、ダンゴはいねえんだ」

「なんだと？」

「昨日から姿を見てねえ。たぶんアマリリスの一件があって、それで……」

聞きとがめたホームズが、

「アマリリスというのはだれのことかな」

皆は口ごもって視線をそらしている。いらいらしたらしいミルズが、

「どうせ隠してもバレるんだ。言っちまいな。おまえらが罪を犯していないなら、洗いざらい話して、この旦那のお慈悲におすがりするんだ」

「わかりやした。――警察の旦那、ダンゴってのはうちの花形軽業師でね、タワー・ブリッジのてっぺんまで登ったことがあるほど身が軽いんだ。アマリリスはダンサー兼一輪車乗りでダンゴの嫁なんだが大酒飲みの遊び好きで、そのうえ浮気性ときてる。扱いに苦労はしていたものの、とにかくダンゴのほうがアマリリスにぞっこんだったんだ。アマリリスは、『ブルー・ブル』っていう場末のパブに入り浸りでね……」

ホームズが、「ほら、出たぞ」という目で私を見た。

「そこは、ロンドン中のヤクザもの、鼻つまみもの、よたものが集まるようなひでえところだが、アマリリスは仕事が終わると毎晩そこで飲んだくれてた。そこに出入りしてる連中がアマリリスにちょっかいを出すと、ダンゴが激怒するんだ。なかには、本気でアマリリスを口説《くど》くやつもいて、そういうやつにダンゴが殴りかかり、お上のやっかいになることもしょっちゅうだった」

「ダンゴは血の気の多い男だったのかね」

「いや、そんなことはねえ。どっちかというと物静かで我慢強いやつだった。そのかわり、腹のなかでぐつぐつと恨みを煮えたぎらせてるみてえな……」

「そういうやつが一番怖いね」

「酒もほとんど飲まず、『ブルー・ブル』みてえな店のことは本当は嫌ってた。アマリリスが出入りするからしかたなく顔を出してたんだ。やつは、音楽会に行ったりするのが好きでね、流行《はや》りの曲じゃなくて、いわゆる高尚な音楽ってやつだ。俺の聞いたことのねえ曲の名前をいろいろ知ってたよ」

「――それで？」

「そんなわけで、ダンゴとアマリリスは毎日喧嘩がたえなかったんだが……何日かまえにアマリリスがとうとう言い出したんだ。もう一緒にはいられないってね。ダンゴは必死になって引き止めたが、今回はアマリリスも決心が固かったみたいでね、荷物をまとめてサーカスを出ていっちまった。ダンゴは怒り狂ってね、浮気相手をぶっ殺してアマリリスを連れもどす、とかいきまいてたが、そのうち姿が見えなくなった。たぶん、アマリリスを追いかけて行っちまったんだろう。かわいそうな野郎だよ、ダンゴは」

「アマリリスの浮気相手というのはどこのだれか知っているかね」

「いや、そこまでは……」

軽業師たちは皆かぶりを振った。

「いいだろう。だいたいのことはわかった。――最後にきくが、ダンゴは拳銃を持っていたかね」

皆は顔を見合わせた。ミルズがドスのきいた声で、

「ここまでしゃべったんだから、覚悟を決めて、全部ぶちまけちまうがいい」

「わかりました、親方。――じつは旦那、ダンゴのやつは拳銃の扱いについちゃピカイチでね、どんなに離れたところからでも的を外したことがねえほどの腕だ。銃も、ピストルからライフル、散弾銃までいろいろ持ってるって自慢してたことがある」

ホームズはうなずき、

「もし、ダンゴが舞い戻ってきたら、こっそり私に知らせてくれ。それと、私が今日来たことは、ダンゴには絶対に秘密にするように。わかったな」

そう言うと、オリンピアを出た。

「ホームズ、ダンゴというやつが犯人なのか」

私がきくと、

「まずまちがいない。アマリリスの浮気相手というのはおそらくロイドと考えていいだろう」

「でも、ダンゴは姿を消してしまった。警察に連絡して非常線を張ったほうがいいんじゃないか」

「それは逆効果だ。警察がうろつきだすと、犯人はすぐにピンと来て、ロンドンからいなくなってしまうかもしれない」

「きみは昨日、ダンクワース警部に、三時頃に訪問して真相を話す、と約束したじゃないか。ダンゴを探さなくてもいいのか」

「探そうにも手がかりがなさすぎる。ロンドンは広いからね」

「ダンゴじゃなくて、アマリリスを探すという手もあるぞ。『ブルー・ブル』に顔を出すのはどうかな」

「パブのなかでもああいういかがわしい店は夜しか開店しないよ。それに、ぼくがあちこち嗅ぎ回っていると知れたら、やつが警戒する。今は、向こうのほうが一枚上手《うわて》だと思わせておけばいいんだ。とにかく、餌は撒いた。あとは……待つしかない。ワトスン、ぼくの下宿に来ないか。そろそろ昼飯の時間だ。ハドソンさんの手料理はなかなかいけるよ」

私は昨日に続いてベイカー街221Bにお邪魔をし、ハドソン夫人の手によるスープとハムとキュウリのサンドイッチをごちそうになった。食後のコーヒーを飲みながら、

「今日は拍子抜けだったよ。拳銃を持ってこいと言うから、昨夜、久しぶりに手入れをして、弾も装塡したんだが、使う場面はまるでなかった。まあ、使わないほうがいいにはちがいないが……」

「まだそうとはかぎらないよ」

ホームズはいたずらっぽく言うと、自分のヴァイオリンを取り上げ、

「きみはメンデルスゾーンが好きだったね。弾いてあげよう」

私は目を丸くした。

「どうしてぼくがメンデルスゾーンが好きだとわかったんだ」

「四十年近くまえ、聖バーソロミュー病院ではじめて会ったとき、きみは『騒音は嫌いだ』と言った。ぼくが『ヴァイオリンの演奏は騒音に入りますか』とたずねると、きみは『上手い演奏なら歓迎です。私はメンデルスゾーンの叙情曲などが好きです』と言ったのだ。覚えていないかね」

「もちろん覚えていないよ。それにしてもきみはよくもまあ……」

「記憶力にかけては自信があるからね」

そう言うと、ホームズは私の好きな曲を朗々と弾きはじめた。その腕前はすばらしく、私はしばし目を閉じて没入した。そしてこれほどの腕があるのに、抜きんでることができない音楽の世界の厳しさをも思った。私の見るかぎり、ホームズは探偵としてはだれにも比較できないほどの才能を持っている。彼が音楽の方面に進んだのは失敗だったと思わざるを得ない。

ホームズは、私の希望に応じてつぎつぎと曲を弾いてくれた。ほとんどの曲は暗譜しているのでそらで弾けるらしい。興に乗ったのか、ときおり即興曲もまじえ、二時間近くの独演が続いただろうか、ある瞬間、曲の途中で彼はぴたりと弾くのをやめ、

「二時三十分だ。そろそろスコットランド・ヤードに向かおうか」

その直後、居間の時計が二時半を告げた。

「ここからスコットランド・ヤードまでは三十分以上かかるだろう。道が混んでいたら約束の時間に間に合わないかもしれない。地下鉄を使おうか」

「ぼくは三時頃と言ったんだ。多少遅れてもかまうまい。あの警部殿、今ごろいらいらしてぼくたちを待っているだろうね」

そして、愛用の黒いクレイパイプだけを持つと、立ち上がった。

我々は辻馬車をとめ、スコットランド・ヤードの本部へと向かった。車中、ダンクワースを待たせては……と私はやきもきしたが、ホームズは気にしている様子はなく、ときどき口笛を吹いたりして上機嫌だった。道はさいわい空《す》いていたが、着いたのは三時を十分も過ぎたころだった。ウエストミンスターのテムズ河に面した場所に聳《そび》え立つ赤レンガ造りの庁舎は、まる

で城のようで、あたりを払う威容である。

受付で名前を言うと、係員が広い取調室に案内してくれた。そこにはテーブルがあり、そのうえにホルンが六個置かれていた。昨日押収したものであることは明らかだ。すぐにダンクワース警部がやってきて、

「遅かったじゃないですか。もう来ないのかと思っていましたよ。——おい、なかに入れろ」

彼の指示で、ふたりの警官がマクファーレンとオースティンを入室させた。両者ともふくれっ面でオースティンはホームズを憎々しげに見つめている。こいつのためにこんな目にあっているのだ、とでも言わんばかりだ。

「事件の真相を解明してくださるはずでしたね。犯人は捕まりましたか」

「残念ながらまだです。ですが、名前は判明しました。バートランド・ミルズ・サーカスの団員で軽業師のダンゴという男です」

その名前を聞くや、オースティンの顔色が変わった。

「では、さっそく指名手配しましょう」

ダンクワースが言うのを押しとどめたホームズは、

「その必要はありません。今夜にでもやつは捕まえますよ。それよりも、オースティンへの尋問は行ったのですか」

「はい。ホームズさんに言われたとおり、この男を絞め上げたのですが、ふてくされた態度で殺人については口を割ろうとしません。ただ、こいつが『ブルー・ブル』という酒場の常連だ

ったこと、博打《ばくち》の借金で首が回らなくなっていることなどはわかりました。――な、そうだな」

「同じ楽団の同僚を売りやがって……」

「きみがしたことの罪深さを考えれば、良心の呵責《かしやく》を感じることはないね」

「私がなにをしたというんだ！　どうせなにもわかっていないくせに……」

「だいたいわかっているつもりだよ。ここに、ダンクワース警部が私の指示どおり全員のホルンを用意してくれている。六つのうち、四つはメーカーも型番もちがうが、このふたつは同じアレキサンダーのダブルホルンで、型番も一緒だし、古びかたもだいたい似ている。こちらがロイドのもので、こちらがきみのものだね」

「それがどうした」

「見たまえ。ロイドのホルンの第三抜き差し管にはまっすぐのひっかき傷のようなものがついているが、管を差し込む部分の本体には傷はない。しかし、きみのホルンの同じ箇所にはひっかき傷があり、第三抜き差し管のほうにはない。このふたつのホルンの第三抜き差し管を入れ替えると……」

ホームズは実際にそのようにした。オースティンのホルンの第三抜き差し管上の傷と本体の傷は寸分のずれもなくつながった。

「ぴったりだ……！」

彼は、自分の推理が的中していたので軽い昂揚《こうよう》を覚えたのだろう、声がやや高くなっていた。

「オースティン、きみは昨日、本番がはじまる直前、楽屋でロイドの第三抜き差し管と自分のそれをこっそり入れ替えたね。自分の抜き差し管には事前に眠り薬を内側にたっぷり塗りつけておいたのだろう。この楽器のひっかき傷が証拠だ」

「ふん！　私がなんのためにそんなことをしなきゃならないんだ」

「金のためだろう。さっき警部が言ったじゃないか。きみは『ブルー・ブル』に入り浸っていたし、借金で首が回らなくなっていた。そこでバートランド・ミルズ・サーカスの軽業師ダンゴと会った。彼は、きみがロイドと同じニュー・クイーンズ・ホール・オーケストラの一員であり、しかも同じホルンパートだと知って、儲け話を持ち掛けた。薬を塗った第三抜き差し管を入れ替えてくれたら大金をあげる、とね」

オースティンは蒼白な顔になっていたが、まだ虚勢を張っていた。

「酒場でちょっと知り合った、名前を知らない男に、ロイドに悪戯《いたずら》をしたいから手伝ってくれ、と言われただけだ。それのどこが悪い」

なにか言おうとしたホームズに代わってダンクワースが進み出ると、

「おい、そんなつまらない言い訳が通用すると思っているのか。正直に吐けばよし、そうでなければおまえは殺人の共犯だ。何年くらいこむことになるかな」

オースティンは震え上がり、なにもかも白状した。「ブルー・ブル」で顔見知りだったダンゴに、ロイドに仕返しをしたいから手を貸してくれ、と頼まれた。演奏中に眠らせたいんだ、というので、いろいろ相談して、方法を決めた。非公開の初演だからかまうまい、と思った。眠り薬を第三抜き差し管に仕込んでおけば、「惑星」の展開ならこのあたりで薬が指につき、このあたりで楽譜をめくるから、だいたいこのへんで眠るんじゃないか、ということは自分が考えて、ダンゴに提案した。ダンゴは、クラシックから現代曲までじつによく音楽を知っていて驚いた。しかし、まさかロイドが殺されるとは思ってもいなかった……。

「ダンゴが今、どこにいるか知っているか」

ダンクワースがきくと、オースティンは暗い顔でかぶりを振った。

「本当だな」

「本当です」

ダンクワースは部下の警官に、

「ぶちこんでおけ」

そう命ずると、ホームズに言った。

「ホームズさん、なぜダンゴはロイドを演奏中に眠らせたかったのでしょうか」

「オースティンは自分のやったことの重大さに気づいていなかったようだね。コンサートの最中に背後から撃たれた、となると、これはもうその後ろにいるだれかがやったに決まっている。彼の後ろにはふたりのティンパニ奏者しかいなかったのだから、そのどちらかだろう。そのうちのひとりは被害者と仲が悪かった。まちがいなく彼が犯人だ。——警察はそういう思考回路をたどるだろう、とダンゴは考えたのです」

「たしかにそうでした」

ダンクワースは鼻白んだ。

「しかし、実際はロイドは眠り薬によって眠りかけていた。そういうとき、人間は前傾姿勢になる。そんな状態の人物の左胸を背中側から撃つにはどうしたらいいでしょうか」

ホームズの言葉に、ダンクワースはしばらく考えていたが、

「まさか……天井から……」

「そのまさかです。花形軽業師で、蜘蛛よりも達者に天井をつたうことができるというダンゴは、クイーンズ・ホールの天井の梁《はり》をつたい、ステージのうえにある赤いランプシェードに身を隠していたのだ」

私は思わず口を挟んだ。

「あのランプシェードは床から二十メートルはある。そんなところに人間がおれるものだろうか」

「ワトスン、きみは軽業師がどれほど過酷な状況下で困難な使命をこなしているか知らないのか。彼らにとっては地上二十メートルの場所での芸など朝飯前なのだ。ダンゴはロイドが眠り、前屈みになる瞬間をじっと待った。そのあいだに、うっかりポケットに入れてあったハンカチが落ちて、チューバのベルに入ってしまったが、だれも気付いていないようだったのでそのまままさらに待った。そして、ついにそのときが来た。『木星』の半ば……予期していた箇所だ。彼ははるか高み、真上から垂直にロイドを射殺したのだ。すぐ後ろから発射されたものなら、いくらなんでも楽団員の耳に響く。しかし、撃ったのは二十メートルも上から、しかも、大音量での演奏の最中だった。だれひとり、ロイドは背後から撃たれたものと疑わなかったのだ」

「それは、自分に嫌疑がかからないためかね」

「そうだろう。やつはロイドを殺してアマリリスを取り戻し、ふたたびふたりだけの生活を送るつもりだったのだろう」

「しかし……銃を撃ったあとはどうしたんだ。ランプシェードにつかまったままだったのかね」

「そうだ。ダンゴはきみやダンクワース警部が死体を検分し、いろいろ話をしているあいだ中、ずっと我々の頭のうえにいたのだ。皆がいなくなり、逃げられるタイミングを待つためにね」

ダンクワースがゆっくりと拍手をした。釣られて私も手を叩いた。ホームズは照れたように、

「いや、これは……思いがけぬ光栄ですな」

「あなたの推理力がなかったら、無実の人物がひとり、罪に陥《おとしい》れられるところでした。感謝します」

「では、マクファーレンくんは無実ということでよろしいのですな」

「もちろんです。ただちに釈放いたします。——マクファーレンさん、嫌な思いをさせて申し訳ない」

マクファーレンはまだ状況がよく呑み込めていないらしく、

「あ、いや、その……ホームズさんが私を救ってくださったのですね。正直、あなたのことをうだつのあがらない年寄りの演奏家だと馬鹿にしていました。こんなにすごい才能があろうとは……謝ります」

「はっはっはっ……謝ることはない。うだつのあがらない年寄りの演奏家であることはたしか

だからね。――では、ダンクワースさん、これで失敬します」

「ダンゴはどうなります」

「しばらくは私が探してみたいと思います。その成果がはかばかしくないときは、スコットランド・ヤードの総力を挙げて行方を追ってもらいましょうか」

「そんな悠長なことでよろしいのでしょうか」

ホームズは右目をつむり、

「まあ、私にお任せあれ。今夜にでもなんとかしたい、と思っているぐらいです」

「今夜……今夜ですか」

「そうです、今夜です。警部、あなたも午後七時ぐらいに私の下宿にお越しいただけますか」

「私が、ですか」

「はい。今回の事件の真相についていろいろと語り合いたいと思いましてね」

「わかりました。必ずうかがいます」

ホームズと私はスコットランド・ヤードを辞した。

馬車に揺られながらホームズは私に言った。

「きみも今夜、同席してくれるね」

「ああ、かまわないとも。ここまできたらどうしても最後までつきあいたくなったよ」

「それは良かった。一緒に夕食を食べよう。ハドソン夫人が今日は、ラム肉のシチューとコテージパイを用意してくれているはずだ」

「それはいいのだが……ダンゴの行方を探さなくてもいいのかね。ダンクワース警部との約束もあるし……」

「わかっているよ。ぼくのやり方を通させてくれたまえ」

私たちはホームズの下宿に戻り、ハドソン夫人の料理に舌鼓《したつづみ》を打った。ワインもたっぷりと堪能《たんのう》した。

「どうだね、シチューの味は？」

「すばらしいね」

私はお世辞ではなく心からそう言った。

「妻を亡くしてから、家政婦の作る料理か外食しか食べていないので、こういう手のこんだ家庭料理は久し振りなんだ。ぼくもここに越してきたくなったよ」

「本当かい？　三階が空《あ》いているから、そうしてくれるとハドソン夫人も大喜びするだろう。約四十年を経て同居が実現ということになる。ぜひ検討してくれたまえ」

私は半ば本気だった。この風変わりな人物となら、老後を楽しく過ごせそうな気がする。

食後の紅茶を飲み、煙草を吸いながら、私たちは今度の事件について話をした。そして、ワインの酔いも手伝ってか、私はとうとうある言葉を口にした。

「ぼくはきみのように推理力のある人間を見たことがない。その才能を世のために役立てるべきだ。探偵になりたまえ」

ホームズは一瞬、顔を引き締めたが、すぐに悲しげな表情になり、

「遅いよ、ワトスン。遅すぎるよ。これが二十年もまえなら、ぼくも考えていたかもしれないが……返すがえすも、あのときさみと同居できなかったことが悔やまれる」

「遅いことはないさ。今回の事件を見事に解決したじゃないか」

「探偵には直観力、推理力、観察力などのほかに体力も要求される。残念なことに、ぼくには依頼に応じてイギリス中を駆け回るほどの体力がない」

「そういうことは警察の連中に任せて、きみはこの部屋で、情報や資料をもとに推理をすればいい」

「ははは……たしかにぼくはあのダンクワース警部よりは推理の才があると思うが、やはりひと任せではだめさ。自分の目で見、自分の耳で聞かないと、そのなかに潜む真実は見抜けないものだ。警察の連中の集めてきた情報にはそういった些細な、しかし、大事なものが欠けているのだ」

そのとき、ノックの音がした。

「どうやら、話題の主、ダンクワース警部の来訪らしい」

ホームズはそう言った。私は、ダンゴの行方をまったく探していないことを思い出して焦ったが、ホームズは落ち着きはらっていた。果たしてハドソン夫人の案内で入ってきたのは昼に会ったばかりの警部だった。

「ホームズさん、お約束どおりやってきましたよ。ダンゴの居場所はわかりましたか」

「たぶんね」

私は思わずホームズを見た。

「本当かい？　きみはずっとぼくと一緒にいた。その間になにかをしたというのか」

ホームズはにやりとして、

「それでは諸君に、バートランド・ミルズ・サーカスの花形軽業師にして、今回の事件の犯人であるダンゴ氏を紹介しよう」

芝居がかった言い方でそう言うと、まっすぐうえを指差した。私は天井に目を向け、「あっ！」と叫んだ。そこにはひとりの男がまさに蜘蛛よろしくぴったりと張り付いているではないか。ダンゴはそのままの姿勢で右手を放した。その手には拳銃が握られていた。

「ワトスン！」

その声に我に返った私は、自分の軍用拳銃を抜き、ダンゴ目がけて一発放った。しかし、それはわずかにそれて、天井板に穴を開けた。ダンゴはひらりと床に飛び降り、身体を屈めて部屋のなかを走り回った。テーブルの陰からソファの陰、籐椅子の陰から食卓の陰へとネズミのようにちょろちょろと移動しながら、こちらを撃とうと機会を狙っている。

「我々が外出したときに窓から入り込み、それからずっと天井に潜んでいたんだろう。怖ろしいやつだ。――もう逃げ場はないぞ。あきらめて観念しろ」

ホームズはそう言ったが、ダンゴは聞く耳を持たない。私も、ダンクワース警部も一発ずつ発砲したが、家具や床にむなしく傷をつけただけだ。ダンゴも数発撃ってきたが、さいわいにもだれにも当たらなかった。ホームズは鋭い目でダンゴを見つめ、

「もちろん私は、きみがきっと来ると思っていたよ。だから、わざと家を空けたのさ。サーカスの連中に名刺を渡したのも、ああいうやつらは仲間意識が強いからひそかにきみに私のことを教えるだろうと思ってのことだ。だが、私を殺してもどうにもならないぞ。事件はすでにスコットランド・ヤードの手に移っている。オースティンも白状した。おとなしくしたほうが身のためだ」

「くそっ、てめえさえいなければ、だれも俺のしわざだと気づかなかったものを……許せねえ！」

ダンゴは肘かけ椅子の陰からホームズに襲いかかった。私とダンクワース警部はダンゴを撃とうとしたが、ホームズに当たりそうで引き金を引けなかった。私はダンゴに背後から取りすがり、ホームズから引きはがそうとした。

「しゃらくせえ！」

ダンゴは今度は私に飛びかかった。私に馬乗りになり、首を凄まじい力で絞め上げてきた。

「ワトスンから手を放すんだ！」

ホームズがダンゴの左腕をつかんだとき、ダンゴは右手をふところに入れた。私が、

「ホームズ、危ないっ！」

と叫んだ瞬間、ダンゴは隠し持っていたナイフでホームズの心臓を突いた。

◇

「ワトスン……ワトスン！」

かすれた叫び声だ。

「どうしたんだ、ホームズ」

私は声のする方向……居間のソファに向かった。うたたねをしていたホームズが上半身を起こしている。顔には小粒の汗がびっしりと浮かび、なんだか顔色も悪い。

「ワトスン……今は何年だい」

「何年？」

私はホームズがおかしくなったのかと思った。

「一八九四年だ。――これはなにかのクイズなのか？　それとも……」

「ぼくはどれぐらい眠っていたかい」

「そうだな……三十分かそこらだろう」

「三十分か。長い夢を見ていた。まるで、そう……一生分のね」

私は笑って、

「ぼくがとめたのに、久しぶりにコカインを射《う》ったりするからだ。どんな夢だったね」

「うむ、それが……」

ホームズはどこか遠い目をしたあと、

「ワトスン、ぼくは探偵かい？」

「は？　決まってるじゃないか。きみは探偵だよ」

「そうか……よかった」

「きみが探偵以外であろうはずがない。探偵も探偵、世界でただひとりの名探偵さ」

私が冗談めかしてそう言うと、ホームズはなぜか私の手を握り、

「ありがとう。きみに会えてよかった」

「なにを言ってるんだ」

ホームズは立ち上がると、

「もうコカインはやめだ。――明日はやっかいな事件の依頼人が来る。それについて下調べをしておこう。すまないがそこのファイルのBの項を取ってくれないか」

「いいとも……」

私が動こうとすると、ホームズはやや言いにくそうに、

「あ、それと……ぼくはいつも、ぼくほどの才能があれば探偵以外のどんな職業でも名声を博することができる、と言っているね。あれは、撤回するよ」

そう言ってきびきびと部屋のなかを歩きはじめた様子は、すっかりいつものホームズに戻っていた。

あとがき

「トキワ荘事件」

ミステリには『スタイルズ荘の怪事件』『りら荘事件』『ロートレック荘事件』など、○○荘事件というのが多いので、こういうのもありかなと思って書いてみたが、いやー、なかなか難しかった。なにしろ実在の人物が多数出てくるうえ、ご存命のかたもいらっしゃるので、扱いが……。でも、そのあたりのひとを出さないと意味ないし……というわけで、田中圭一《たなかけいいち》さんが「お願いです、訴えないでください」と言っておられる気持ちがよくわかった。まあ、私もたいがいいろいろ書いてきてはいるものの、これはかなり地雷だったかも。びくびく。でも、書いていていてすごく楽しかったので、またこういうのを書きたいものであります。SFっぽいネタも入ってるのだが、わかります？

「ふたりの明智」

これは、けっこうアクロバチックな設定で、まあ、むちゃくちゃな小説だが、江戸川乱歩の著作権がフリーになったというのを聞いて、早速むちゃくちゃしてみました、という作品。『怪人二十面相』や『少年探偵団』を読み返しておくと、わかりやすいかも。じつは、乱歩の著作権がフリーになったというので、ここぞとばかりにいろいろな作品に乱歩ネタを使ってしまった。申し訳ない。江戸川乱歩先生、すいません。ミステリ界の大巨匠の作品をこんな風にするなんて……と思うかもしれないが、私はSF畑の人間なので、仕方ないことなのである。

「二〇〇一年問題」

私はダジャレ小説の総帥《そうすい》であるアシモフ大先生の『黒後家蜘蛛の会』がめちゃくちゃ好きで、折に触れ読み返しては、あー、こんな風にダジャレひとつで一篇書いてもいいんだなあ、アシモフ大先生がやってるんだからいいにちがいないなあ、などと自己正当化を行っているわけだが、本作はコンピューターの「二〇〇〇年問題」に引っ掛けたネタである。このオチは、もしかしたら先行作品があるかも、と思ってはいたところ、やはり海外のパロディ小説に先行例があるらしいが、未読なのでどこまで共通しているのかわからない。まあ、いいんじゃないすか。私の黒後家愛が皆さんに伝わればそれでいいのであります。本作を書くために久々にキューブリックの『2001年宇宙の旅』を見返し、クラークの小説版も読み返したのだが、難解だと言われている映画版が案外わかりやすくてびっくりした。クラークの小説版にいたっては「それは説明しすぎやろ」とまで思ったのでした。SF映画の金字塔と呼ばれている作品をこんな風にするなんて……と思うかもしれないが、私はミステリ畑の人間なので、仕方ないことなのである。

「旅に病んで……」

俳句を作ったことはないし、詳しくもないが、寝るまえにはだいたい江戸時代の句集をぱらぱら読むのが癖になっている（時代小説を書いていると、そういうのが役に立つのである）。江戸時代には俳句という言葉はなく、「俳諧の連歌」を略して「俳諧」と呼び、その発句《ほっく》が独立して俳句となったのである。俳句と名づけたのは明治時代の正岡子規で、本作品はそのあたりのことをちょっとだけ踏まえている。芭蕉が亡くなったのは大阪で、キノコ料理を食べて中毒した、という説もあるぐらいけっこう唐突な死だったらしく、本人もまさか死ぬとは……と思っていたふしがあるし、江戸在住の高弟其角が死去の直前に急に面会に来るというのも不自然といえば不自然である。そのへんに着目した作品だが、書くのはなかなかたいへんでありました。

「ホームズ転生」

山のように出ているホームズパスティーシュ、パロディの数々だが、いざ書こうと思うと、巷《ちまた》にあふれているホームズ事典とかはほとんど役に立たず（いろいろ詳しく書いてあるが、こちらが知りたいと思うことは出ていないのである）、いわゆる「聖典」と呼ばれている、ドイルが書いた原典（の翻訳）を参照するしかない。一行書いてはホームズを読み返し、また一行書いては読み返し……という作業の繰り返しで、正直言ってめちゃくちゃしんどい！　信じられないほど時間がかかる。ロンドンの地図をいくつか床に広げてボールペンで印をつけたり、距離を測ったりしていると、いったい私はなんのためにこんなことをしているのだろう、と思ったりする。こんなことがフツーにできるのは日本にただひとり北原尚彦《きたはらなおひこ》さんだけではないか、と思うのだが、やりはじめてしまったものはしかたがない。前作『シャーロック・ホームズたちの冒険』で「『スマトラの大ネズミ』事件」というのを書いたときに懲《こ》りているはずだったのだが、そんなことはすっかり忘れてしまっていた……などとぼやきつつ、やっとこさ完成したわけだが、果たして出来はどうでしょうねえ。

というわけで、世界の偉人・架空の有名人を主人公にした探偵小説の連作の第二弾をここにお届けできる運びとなったのは望外の喜びである。前作の巻末でも書いたが、こういうものの常として、本連作は、実在の人物・団体・歴史とは一切関係なく、すべて著者の創作であることをお断りしておきます。

なお、「ホームズ転生」の執筆に当たっては（もちろん）北原尚彦さんに多くの貴重なご助言を賜《たまわ》ったが、ほかの作品については使用した資料が多岐にわたっており、そのすべてを列挙することができないため、今回も割愛させていただくことをお許し願いたい。それら資料の著者・出版社には多大な感謝をしております。ありがとうございました。

解説

北原尚彦

探偵役は、著名人。それも、実在・非実在を問わず。舞台である時代も国も問わず。そんなミステリ連作集が、田中啓文『シャーロック・ホームズたちの冒険』（二〇一三年）である。同書はミステリ好事家の間で好評を博し、二〇一六年に文庫化された。

更には、続篇が刊行された。それが『シャーロック・ホームズたちの新冒険』（二〇一八年）である。これまた好評を博し、二〇二一年に文庫化されることになったのが、本書というわけなのである。

連作集といっても、共通しているのは〝探偵役が著名人〟という設定のみ。直接の続篇などはない。よって、『シャーロック・ホームズたちの冒険』を読まずに本書を読んで頂いても構わない。『エラリー・クイーンの新冒険』を、『エラリー・クイーンの冒険』より先に読んでもあまり問題がないのと同様である（ただしグリーンバーグ&ウォー編の『シャーロック・ホームズの新冒険』はパロディ&パスティーシュ・アンソロジーなので、正典『シャーロック・ホームズの冒険』よりも後に読んだ方がよろしい）。本書を読んで、気に入ったら『シャーロック・ホームズたちの冒険』を読むというのはアリだろう。

〝著名人探偵もの〟の系譜などについては文庫版『シャーロック・ホームズたちの冒険』解説に書いたので、そちらを参照して頂きたい（シリーズ作品の文庫版解説は執筆者を変えることの方が多いと思うが、そこを敢えて再度ご指名頂いた。それなのに全く同じことを書いて枚数稼ぎをするほど面の皮は厚くないです……）。

さて、各篇解説である。中身をあれこれ解説する（というかツッコミを入れる）ので、色々と奇想天外な設定には触れざるを得ない。まっさらな状態で読みたい方は、本文をお先にどうぞ（もちろん、犯人やトリックを明かしたりはしませんが）。

【トキワ荘事件】

昭和二十年代、漫画家たちが何人も住んで一種の梁山泊《りようざんぱく》と化していたトキワ荘で起こった原稿盗難事件を、漫画家たちが解き明かすというもの。……本書の中でも、一番の問題作であろう。作者も「あとがき」で触れているように、まだご存命の方もおられるわけで。まあでも、ここに出てくる漫画家の誰かが誰かを殺したとかそういう話じゃないから、大丈夫なんじゃないでしょうか。

石森章太郎《いしもりしようたろう》が「シャーロック・ホームズを下敷きにした漫画を発表しており」という記述が出てくるが、これは事実。〈少女クラブ〉一九五六年七月号付録として発表された『まだらのひも』である。

ちなみに作中に出てくる『イナゴ身重く横たわる』だが。これは本来は、P・K・ディック『高い城の男』（第二次世界大戦で枢軸国側が勝利した歴史改変SF）に出てくる書物（連合国側が勝利した場合を描いた、その世界における歴史改変SF）のタイトルである。

この時間線では日本の漫画が隆盛を誇るようになる模様だが、『火の鳥』が『不死鳥』となっているなど、我々の時間線とも微妙に違うようである。

このように、ミステリであってもSF設定がまぎれ込んできたりするところが、いかにも田中啓文である。


【ふたりの明智】

江戸《えど》川乱歩《がわらんぽ》の生んだ名探偵・明智《あけち》小五郎《こごろう》が登場。タイトルからして〝明智小五郎は前期・後期で入れ替わっていた〟とか〝明智小五郎対メカ明智小五郎〟などというテーマかと思いきや――なんと明智小五郎と明智《あけち》光秀《みつひで》の対峙である。

小五郎と光秀が出会うのは、死んだ人間が最初に来る場所だという。そこから天国や地獄へ行くことになるというから、煉獄《れんごく》のことだろうか。

自らの死の謎を解かねば、天国へも地獄へも行けない。そこで小五郎は自分が死ぬ直前の出来事、田淵侯爵《たぶちこうしゃく》家の事件を回想する……という趣向。二十面相はもちろん、お馴染みの小林《こばやし》少年や中村《なかむら》警部も登場する。

その謎が解けたかと思うと、今度は明智光秀の方の謎解きが始まる。織田信長《おだのぶなが》に叛旗《はんき》を翻《ひるがえ》し〝主君殺し〟で知られる光秀。だがその真相は……というわけ。更に、これらふたつの謎がリンクしていく。

「あとがき」にもある通り、江戸川乱歩の著作権が近年フリーになった。そのため復刊やらパスティーシュ作品が次から次へと出るようになったのである。本作でも、著作権フリーをいいことにやりたい放題やっている。まあ、やりたい放題こそが田中啓文の最大の特徴（長所）なのだが。

【二〇〇一年問題】

とあるレストランで開かれる〝黒後家蜘蛛の会〟という例会では、毎度メンバーの間で何らかの謎が議論されるが、最終的に解き明かすのはいつも給仕のヘンリーである――というアイザック・アシモフの連作ミステリ『黒後家蜘蛛の会』。本作は、そのパスティーシュである。時代背景は二十一世紀になっており、キャラクターたちもずいぶんと歳を取っているようだ。

そしてこの物語の中では『二〇〇一年宇宙の旅』の物語が、事実として語られている。『二〇〇一年……』と地続き、同じ世界観なのである。つまり本作はアシモフのパスティーシュであると同時に、クラークのパスティーシュでもあるのだ（正確には映画版の設定を踏まえているようだが）。ミステリ好きもSF好きも、大喜びだ（その両者であるわたしは大喜びの二乗である）。アシモフについては『黒後家……』以外の作品についても混ぜ込んである。

そんな設定で、『二〇〇一年……』の事件の背後にあった真相はいかなるものかを探る、という趣向である。タイトルは「二〇〇〇年問題」の駄洒落である。あれは西暦二〇〇〇年にコンピュータが誤作動する可能性があるという問題だったので、本作におけるHAL9000の反乱とひっかけてあるのであろう。

ちなみにアイザック・アシモフは熱心なシャーロッキアンだが、論文を書かずに由緒正しいシャーロッキアン団体BSI（ベイカー・ストリート・イレギュラーズ）に入会。その後ようやく執筆した論文はモリアーティ教授が書いたという「小惑星の力学」を考察したものだったが、それを小説に書き直したのが『黒後家……』シリーズの一篇「終局的犯罪」なのである。

田中啓文には『竹林の七探偵』という作品があり、これは中国の〝竹林《ちくりん》の七賢《しちけん》〟が登場する連作ミステリだが、実は〝中華版『黒後家蜘蛛の会』〟だったりするので、興味のある方はどうぞ。

【旅に病んで……】

明治時代の俳人・歌人の正岡子規《まさおかしき》。彼は長らく病床にあった。看病をしていた高浜虚子《たかはまきょし》（子規の弟子である俳人・小説家）に、面白い文書が出てきたと子規は言う。それは松尾芭蕉《まつおばしょう》の弟子のひとり、服部土芳《はっとりとほう》が書いたものだった。そこには、なんと芭蕉の死には疑惑があると書かれていたのだ。果たしてその真相は……というお話。子規について、及び芭蕉について詳しく調べないと書けない、二重構造の作品である。

松尾芭蕉をテーマにしたミステリとしては、松本清張《まつもとせいちょう》『殺人行おくのほそ道』や斎藤栄《さいとうさかえ》『奥の細道殺人事件』などがある。小林信彦《こばやしのぶひこ》による「アメリカ人の日本研究家が書いた」という体のフィクション『ちはやぶる奥の細道』も滅法面白い。

正岡子規は本名「升（のぼる）」なので、作中で高浜虚子に「ノボさん」と呼ばれている。この本名から子規は「のぼる→のボール→野球」という連想で「野球」という号も使っていた（ちょっと田中啓文の駄洒落っぽい）。これがベースボールに野球という訳語が使われる前だった上、子規が野球好きだったために、「ベースボール＝野球」としたのは子規であると言われることもあるようだが、どうやらそれは別の人物らしい（まめち子規）。

【ホームズ転生】

いよいよ、最後の「ホームズ転生」である。タイトル買いをしてしまったシャーロッキアンの方がいらしたら、大変お待たせしました。（ここだけ他の解説より断然長いですが、編集氏からの「最後のホームズを熱く語って下さい」との指定だったので、遠慮なくそうさせて頂きました）。

語り手は、ジョン・H・ワトスン博士。誰もが、名探偵シャーロック・ホームズの相棒として知る人物である。だが読者は読み進めるうちに、どうも様相がおかしいことに気づくだろう。この作品でワトスン博士は、シャーロック・ホームズの相棒を務めていないのだ。それなのに、コンサート鑑賞中に事件に遭遇してしまう。このままワトスンが探偵役となるのかと思いきや、そこに登場するのがホームズという楽団員。そう、この世界では、ホームズは探偵にならずにヴァイオリニストになっていたのである！　確かに原作でも、シャーロック・ホームズはヴァイオリンを弾いているではないか。

またホームズがストラディヴァリウスを所持しており、それをユダヤ人の質屋から五十五シリングで買った、というのも原作（「ボール箱」）通りなのである。

こちらの世界でのホームズとワトスンも、聖バーソロミュー病院で出会っていた。両者の知人であるスタンフォードの引き合わせで、一緒に下宿する可能性はあった。しかしこちらのワトスンは、ホームズの推理によって「あなたはアフガニスタンに行っておられましたね」とやられたのを「事前に調査されていた！」と誤解し、共同生活を断ってしまったのだ。ホームズが探偵でなくヴァイオリニストの道に進む決断をしたというのも同時期だとのことなので、どうやらこの辺りに時間線の分岐点があるらしい。

それ以前の「〈グロリア・スコット〉号の悲劇」事件については、こちらのホームズも手がけたと語っている。その後の「マスグレーヴ家の儀式書」事件については微妙なところである。天文（地動説）の知識のこととか、ベイカー街の様子とか、大家のハドスン夫人などについては、原作と同じようである。「きみたちは目で見ているだけで観察ということをしていないからわからないのです」というのも、原作ホームズお決まりのセリフから。

楽器に関するあれこれは、さすがが自らが管楽器（サックス）を吹く作者だけのことはあり、非常に詳しい。

作者「あとがき」を再読したら、本作執筆においてわたしが協力したと記されていた。すっかり忘れていたが、ホールの構造についてだったかもしれない。あと、田中氏から「ヴァイオリニストになっていたホームズの設定で書こうと思うのですが」と聞かされて「それは是非書いて下さい！ 読みたい！」と申し上げたような気もする。

また構想段階では、ホームズが得意とする別な技能を生かした職業についていた場合の話も考えていたというので、機会があればそちらも是非書いて頂きたい。

さて。前作『シャーロック・ホームズたちの冒険』と本書『シャーロック・ホームズたちの新冒険』。両者を発表後に、田中啓文は新たなホームズ物に挑戦している。タイトルは『力士探偵シャーロック山』（二〇一八年）。田中啓文ファンはもちろん、シャーロッキアンは是非ともこちらも読んで頂きたい。〝やりたい放題〟度で言えば、かなりのものである（タイトルですぐに判りますよね）。

近年、空前絶後のシャーロック・ホームズ・ブームの影響で「シャーロック」や「ホームズ」をタイトルに冠した作品が次々に生み出されているが、田中啓文の場合は「ホームズと付けば売れるから」などということは全くなく、ひたすら「元ネタをいじるのが好きだから」書いている、ということが作品から如実に伝わってくる。次はどんな形の作品を書いてくれるか、楽しみに待つことにしよう。

本作品はフィクションであり、歴史上の人物や実在の人物が実名で登場している場合もその発言・行動などはすべて作者による創作であり、実際のその人物とは一切関係ありません。

本書は二〇一八年、小社より刊行された作品の文庫版です。

著者紹介　1962年大阪府生まれ。神戸大学卒。93年「落下する緑」を鮎川哲也編〈本格推理〉に投稿して入選。長編『凶の剣士』（後に『背徳のレクイエム』に改題）が第2回ファンタジーロマン大賞に佳作入選。09年「渋い夢」が第62回日本推理作家協会賞短編部門を受賞。

検印
廃止

シャーロック・ホームズたちの新冒険

2021年11月30日　初版

著者　田《た》中《なか》啓《ひろ》文《ふみ》

発行所　（株）東京創元社
代表者　渋谷健太郎

162-0814／東京都新宿区新小川町1-5
電話　03・3268・8231-営業部
03・3268・8204-編集部
URL　http://www.tsogen.co.jp
暁印刷・本間製本

ISBN978-4-488-47505-5　C0193

永遠の名探偵、第一の事件簿

THE ADVENTURES OF SHERLOCK HOLMES ◆ Sir Arthur Conan Doyle

シャーロック・ホームズの冒険

新訳決定版

アーサー・コナン・ドイル
深町眞理子 訳 創元推理文庫

◆

ミステリ史上最大にして最高の名探偵シャーロック・ホームズの推理と活躍を、忠実なるワトスンが綴るシリーズ第１短編集。ホームズの緻密な計画がひとりの女性に破られる「ボヘミアの醜聞」、赤毛の男を求める奇妙な団体の意図が鮮やかに解明される「赤毛組合」、閉ざされた部屋での怪死事件に秘められたおそるべき真相「まだらの紐」など、いずれも忘れ難き12の名品を収録する。

収録作品＝ボヘミアの醜聞，赤毛組合，花婿の正体，
ボスコム谷の惨劇，五つのオレンジの種，
くちびるのねじれた男，青い柘榴《ざくろ》石《いし》，まだらの紐，
技師の親指，独身の貴族，緑柱石の宝冠，
橅《ぶな》の木屋敷の怪